LOUIS WEINERT-WILTON

Die weiße Spinne

Kriminalroman

Wilhelm Goldmann Verlag

Made in Germany · 5/78 · 8. Auflage · 143.–192. Tsd.

Umschlagentwurf: Herbert Pothorn, München. Satz: Presse-Druck Augsburg. Druck: Mohndruck Reinhard Mohn OHG, Gütersloh. Krimi 2 · Berens/Hofmann
ISBN 3-442-00002-5

1

»Diesen Artikel führen wir nicht«, sagte Mrs. Muriel Irvine mit ihrer dunklen Stimme und legte den kleinen Gegenstand, den sie bisher zwischen ihren gepflegten Fingern prüfend hin und her gedreht hatte, wieder auf das Tischchen.

Es war ein kleine Spinne mit silberglänzendem Glasleib und Ringen und Beinen aus irgendeinem harten, weißen Metall.

Dawson sah die junge Frau unter seinen buschigen roten Brauen hervor einen Augenblick forschend an, dann hob er mit einem Ruck die breiten Schultern und schob die Spinne sorgfältig in eine Streichholzschachtel.

»Also nichts. Es tut mir leid, Mrs. Irvine, daß ich Sie bemüht habe.«

Die Besitzerin des Warenhauses »Zu den tausend Dingen« lächelte verbindlich, und selbst der für solche Eindrücke unempfindliche Mann von Scotland Yard entdeckte, daß sie eine selten schöne Frau war. Wie sie so in ihrer ebenmäßigen Schlankheit vor ihm stand, reichte ihm der Scheitel ihres welligen braunen Haares fast bis zur Stirn, und Dawson war stolz darauf, nahezu an sechs Fuß zu messen.

»Ich kenne zwar den Zweck Ihrer Nachforschungen nicht«, meinte sie zögernd, »aber ich glaube kaum, daß Sie damit in den großen Geschäften des Westend Erfolg haben werden. Was Sie mir gezeigt haben, ist billigste Partieware und entspricht nicht dem Geschmack unserer Kunden. Vielleicht versuchen Sie es einmal in Stepney, Limehouse oder unten in Stockwell, wo für solche Massenartikel eher eine Absatzmöglichkeit besteht.«

Der Inspektor sah auf seinen unförmigen steifen Hut nieder und nickte gedankenvoll.

»Das habe ich schon getan. Genau kann ich es nicht sagen, aber es dürften wohl an die hundert Geschäfte sein, die ich wegen dieser Sache bereits abgelaufen habe. Meine letzte Hoffnung hatte ich auf Sie gesetzt, Mrs. Irvine«, schloß er, und es war deutlich zu hören, daß diese Worte mehr als eine Redensart bedeuteten.

Die junge Frau hob etwas betreten den Kopf und blickte in ein Paar harte graue Augen, die durchdringend auf ihr ruhten. Der dunkle Teint ihres hochmütigen Gesichts wich für Sekunden einer wächsernen Blässe, aber im nächsten Augenblick hatte sie bereits ihr höfliches Lächeln wiedergefunden, und ihre Stimme klang kühl und gelassen wie immer.

»Wollen Sie mir vielleicht sagen, weshalb, Mr. Dawson?«

Sie deutete einladend auf einen der Fauteuils, aber der Inspektor zog es vor, stehen zu bleiben.

»Bei der Geschichte will mir eines nicht gefallen, Mrs. Irvine«, platzte er barsch heraus. »Daß Sie nämlich die Spinne nicht wiedererkannt haben. Wenn man solch ein Ding schon einmal gesehen hat und noch dazu unter so ungewöhnlichen Umständen wie Sie, sollte es einem doch im Gedächtnis bleiben, denke ich.«

Er hielt inne, und seine stechenden Augen hafteten durchdringend auf der regungslosen Frau, aber er begegnete einem so kühl fragenden Blick, daß er die Selbstbeherrschung verlor.

»Wenn Sie Komödie spielen, muß ich Ihnen mein Kompliment machen«, polterte er brutal los. »Aber auf die Dauer wird Ihnen das nichts nützen, und wenn Sie es auch noch so klug anstellen. Ich bin nun seit vierzehn Monaten hinter dieser Spinne her, und so wahr ich Benjamin Dawson heiße, eines Tages werde ich diese meine Hände auf das Tier legen. Benjamin Dawson hat noch auf keiner Fährte versagt«, fuhr er etwas leiser fort, aber jedes Wort klang wie eine furchtbare Drohung, »und er hat sich auch noch nie an der Nase herumführen lassen. Fragen Sie in Scotland Yard, Madam, wenn Sie es nicht glauben sollten . . .«

Er brach plötzlich ab, und es schien ihm zum Bewußtsein zu kommen, daß er doch etwas zu weit gegangen war.

Mrs. Irvine hatte sich in einen der tiefen Klubsessel gleiten lassen, und in dem starren, hilflosen Blick, mit dem sie zu ihm aufsah, lag etwas, was ihn unsicher machte. Er ärgerte sich, daß er seine Karten vorzeitig aufgedeckt und dadurch vielleicht eine Chance eingebüßt hatte. Aber es war nun einmal seine Art, es hie und da mit derben Überrumpelungen zu versuchen, und er hatte dieser Taktik bereits manchen Erfolg zu verdanken. Diesmal allerdings hatte er zu früh und ganz gegen seine Absicht losgeschossen. Das kam davon, weil er wegen der verdammten Spinne seine stählernen Nerven allmählich zu verlieren begann. Die junge Frau ließ einige Sekunden verstreichen, bevor sie auf seinen Ausbruch reagierte.

»Weshalb erzählen Sie mir das alles?« fragte sie abweisend. »Und was berechtigt Sie überhaupt, so mit mir zu sprechen? Soll das ein regelrechtes Verhör sein? Wenn ja, dann stellen Sie mir klar und deutlich Ihre Fragen, und ich will sie ebenso klar und deutlich beantworten, soweit ich es vermag. – Bisher wollten Sie lediglich von mir wissen, ob wir solche Spinnen, die Sie mir gezeigt haben, auf Lager haben, und ich antwortete Ihnen wahrheitsgemäß mit einem ›Nein‹.«

Dawson schob den mächtigen Unterkiefer vor und nickte.

»Allerdings. – Aber ist es Ihnen wirklich gar nicht aufgefallen, daß genau solch eine Spinne, von der plötzlich in ganz London auch nicht ein Exemplar aufzutreiben ist, seinerzeit bei Ihrem Gatten gefunden wurde?« Der Inspektor zog ein abgegriffenes Notizbuch aus der Tasche und blätterte einige Augenblicke darin. »Am 11. Juni vorigen Jahres. Diese Spinne war mit den übrigen Resten der Kleidungsstücke, dem gravierten Uhrdeckel und dem Trauring einer der wenigen Anhaltspunkte für die Identität des Toten, den man auf der Strecke der Untergrundbahn in Hampstead gefunden hatte.« Um Dawsons breiten Mund zeigte sich ein lauernder Zug, und er sah wieder in sein Taschenbuch. »Und Sie selbst, Mrs. Irvine, haben bezüglich der Spinne folgendes zu Protokoll gegeben: ›. . . auch die Spinne spricht dafür, daß der Tote mit meinem Gatten Richard Irvine identisch sein dürfte. Wir führen ein Galanterie- und Bijouteriewarengeschäft in Fulham und erhielten Ende April eine zwölf Stück enthaltende Musterkollektion dieses Artikels, die mein Mann an sich nahm . . . Warum er eine dieser Spinnen noch im Tode krampfhaft in der Hand hielt, vermag ich mir nicht zu erklären. Ebenso kann ich nicht sagen, wohin die übrigen elf Stück der Kollektion gekommen sind.‹«

Der Inspektor klappte das Buch zu und steckte es in die Tasche. »Damals hatten Sie mit Ihrem Gatten einen kleinen Laden im Südwesten, in dem Sie selbst bedienten – heute sind Sie die alleinige Besitzerin dieses Warenhauses, das zwei Stockwerke einnimmt und zu den größten Geschäften Londons zählt. – Wie hoch war doch gleich die Summe, auf die Mr. Irvine versichert war?« fragte er unvermittelt und pflanzte sich breitbeinig vor der jungen Frau auf.

»Fünfundzwanzigtausend Pfund«, erwiderte diese gelassen und ohne einen Augenblick zu zögern.

»Ein schönes Stück Geld für einen kleinen Geschäftsmann, dem es nicht gerade zum besten ging«, meinte der Inspektor. »Soviel ich weiß, mußten Sie einige Monate vor dem Tode Ihres Gatten einen Ausgleich mit Ihren Gläubigern treffen, und nach dem seltsamen Unglücksfall wurde eine Menge von Forderungen angemeldet. – Aber mit fünfundzwanzigtausend Pfund läßt sich schon etwas anfangen.«

Die junge Frau ließ sich nicht aus der Fassung bringen.

»Sie scheinen zwar sehr gut informiert zu sein«, sagte sie leichthin, »aber eines wissen Sie offenbar doch nicht: daß nämlich die Versicherungssumme noch nicht zur Auszahlung gelangt ist.«

Über Dawsons breites Gesicht ging ein hämisches Grinsen, und er rieb sich mit sichtlicher Befriedigung die Hände.

»Oh, auch das ist mir bekannt. Diese Versicherungsgesellschaften sind manchmal verdammt umständlich und eklig, wenn es ans Zahlen geht. Es scheint da in Ihrem Falle irgendeine Kleinigkeit nicht zu stimmen. Aber Sie können ja warten, Mrs. Irvine. Denn mit der Aussicht auf fünfundzwanzigtausend Pfund hat man schließlich einen Kredit. – Dieses schöne Geschäft kann nicht billig gewesen sein.«

»Nein«, gab sie unumwunden zu, »aber immerhin doch ganz preiswert.«

Der Inspektor hatte das Gefühl, daß die Frau sich nun völlig in der Gewalt hatte und daß er von ihr auch nicht ein Wort von dem erfahren würde, was er wissen wollte.

Tatsächlich war Mrs. Irvine seine letzte Hoffnung gewesen, denn an dieser unscheinbaren Spinne drohte sein Ruf als einer der Unfehlbaren von Scotland Yard zuschanden zu werden. Dreimal war sie ihm während des letzten Jahres bei rätselhaften Kapitalverbrechen untergekommen, die noch immer der Lösung harrten, und gestern hatte man bei dem berüchtigten Charles Lewis das vierte Exemplar gefunden. Der Mann baumelte in einem versperrten Separatzimmer seines Spielklubs an einer Portierenschnur, und niemand wußte, wie er dahin gekommen war. In seiner krampfhaft geballten Rechten hielt er eine silberglänzende Spinne, und als Dawson das Ding erblickt hatte, stieß er einen fürchterlichen Fluch zwischen den gelben Zähnen hervor. Lewis war einer der größten Schurken von London, und der Inspektor hätte ihm mit besonderer Genugtuung den Strick persönlich um den Hals gelegt; aber die verwünschte Spinne verdarb ihm das Vergnügen, das er sonst bei der Sache empfunden hätte.

»Haben Sie einen Mann namens Charles Lewis gekannt?« wandte er sich plötzlich wieder an die junge Frau. »Oder wissen Sie vielleicht, ob er zu den Bekannten Ihres Mannes zählte?«

»Nein«, sagte sie nach einer kleinen Weile ruhig, »ich höre diesen Namen zum erstenmal. Mein Mann hatte allerdings einen sehr großen Bekanntenkreis, aber ich habe mich um seinen Verkehr nie gekümmert.« Sie richtete ihre großen dunklen Augen voll auf den Inspektor und suchte in seiner Miene zu lesen. »Weshalb wollen Sie das wissen?« fragte sie nach einer kleinen Pause. »Hängt das auch mit der Spinne zusammen?«

Dawson ließ sich mit der Antwort Zeit.

Je länger er diese Frau, die sich so meisterhaft zu beherrschen wußte, beobachtete, desto weniger wollte sie ihm gefallen, und er war sehr zufrieden mit der Eingebung, die ihn in das Kaufhaus »Zu den tausend Dingen« geführt hatte. Die kühle Fassung der interessanten Frau hatte ihn nicht zu täuschen vermocht. In ihrem Wesen und in ihrem ganzen Verhalten lag etwas, was sein Mißtrauen geweckt hatte, und er konnte sich auf seine Witterung verlassen. Sie wußte unbedingt mehr, als sie sagen wollte, aber für solche Fälle hatte er eine bewährte Methode, der wohl auch die Nerven dieser beherrschten Frau auf die Dauer nicht standhalten würden.

»Eigentlich wollte ich zuerst sagen: ›Das geht Sie nichts an‹«, unterbrach er das Schweigen, »aber schließlich, warum sollen Sie es nicht wissen? Es dürfte Sie ja schließlich sehr interessieren. – Gewiß, auch meine letzte Frage hing mit der Spinne zusammen. Der ehrenwerte Mr. Charles Lewis ist nämlich gestern von Unbefugten aufgeknüpft worden, und man hat bei ihm ein solches Ding gefunden. Seltsam, wie? – Und vor fünf Monaten«, fuhr Dawson langsam fort, »hatte der Edelsteinhändler Paul Rubin, dem man Juwelen im Werte von achtzigtausend Pfund geraubt und dann den Schädel eingeschlagen hatte, ebenfalls eine der Spinnen bei sich und noch einige Monate früher der erstochene Wächter der London Joint Stock Bank, die bei dieser Gelegenheit um hundertachtundvierzigtausend Pfund erleichtert wurde. – Von den zwölf Spinnen, die Ihr Gatte nach Ihrer Aussage bei sich hatte, wären damit vier zum Vorschein gekommen. Es bleiben also noch acht, und ich werde nun dafür sorgen, daß sie unter etwas anderen Umständen zutage gefördert werden. – Zunächst werde ich einmal versuchen, ob gegen eine Belohnung von zehn Pfund für das Stück wirklich in ganz London nichts von diesem Zeug aufzutreiben ist.«

Die junge Frau saß mit gesenktem Haupt da, und nichts verriet, daß die Worte irgendwelchen Eindruck auf sie gemacht hatten.

Aber Dawson war offenbar zufrieden, denn als er wenige Augenblicke später die teppichbelegte Treppe des Hauses bedächtig hinabstieg, lag ein Schmunzeln auf seinem roten Gesicht.

In den belebten Stockwerken blieb er eine Weile stehen und sah mit Interesse in die lange Flucht der strahlend erleuchteten Verkaufsräume, in denen sich eine dichte Menge drängte. Das Warenhaus »Zu den tausend Dingen« schien glänzend zu gehen, und der Inspektor schüttelte unwillkürlich den Kopf, als er seinen Weg fortsetzte. Es gab da einiges, das er sich nicht zusammenreimen konnte und das in seine Kombinationen über die weiße Spinne nicht recht passen wollte.

Auf der Straße hielt er nach einer Taxe Umschau, die ihn schnell nach Scotland Yard bringen sollte.

Als der Wagen anfuhr, warf Dawson ganz mechanisch noch einen Blick auf die Front des Warenhauses und fuhr unwillkürlich zusammen.

Im Schatten des Portals stand ein stutzerhaft gekleideter Herr mittleren Alters mit angegrautem Haar an den Schläfen und einer schwarzen Binde über dem linken Auge, die sein scharfgeschnittenes Gesicht noch markanter erscheinen ließ.

Der Inspektor lehnte sich zurück und stieß einen leisen, langgezogenen Pfiff aus.

Es konnte ein Zufall sein, der Mann konnte vor dem stark besuchten Geschäft tatsächlich auf irgend jemanden warten – aber Dawson freute sich doch, daß er John Corner, den Schlepper und Spießgesellen des toten Charles Lewis, gerade noch im letzten Augenblick an der Schwelle des Warenhauses »Zu den tausend Dingen« erblickt hatte . . .

Der Mann von Scotland Yard war schon lange gegangen, als Mrs. Irvine noch immer in ihrem regungslosen Sinnen verharrte. Erst der silberne Schlag der kleinen Uhr auf dem Kamin schreckte sie aus ihrem Brüten auf, und sie blickte mit so verstörten Augen durch den eleganten Raum, als ob sie aus einem entsetzlichen Traum erwacht wäre.

Plötzlich aber schnellte sie lautlos zu den beiden Türen, von denen die eine zu dem Korridor, die andere zu den Kontorräumen führte, und schob die Riegel vor.

Es drängte sie, etwas zu tun, was vielleicht Wahnwitz war, aber sie stand unter einem unwiderstehlichen Zwang, als sie den schweren Tresor öffnete und eines der kleinen Stahlfächer aufschloß.

Aus der hintersten Ecke brachte sie einen einfachen Karton zum

Vorschein, und wieder flog ihr Blick ängstlich forschend durch den Raum, ob sie auch wirklich allein und unbeobachtet sei.

Sie hielt die Schachtel eine Weile unschlüssig in der Hand, bevor sie den Deckel abhob und mit halbgeschlossenen Augen auf den Inhalt starrte: eine Anzahl silberglänzender Spinnen!

Muriel Irvine sagte sich, daß ihr Geldschrank von heute an für diese kleine unscheinbare Schachtel kein zuverlässiger Aufbewahrungsort mehr sei. Sie versperrte den Schrank und machte sich an der Wandtäfelung unterhalb des breiten Doppelfensters zu schaffen. Als sie das kleine Geheimfach in dem dicken Mauerwerk freigelegt hatte, schob sie den Karton hinein und schien damit ihre überlegene Ruhe wiedergewonnen zu haben. Geräuschlos schob sie die Riegel von den Türen zurück. Dann drückte sie auf einen der Knöpfe am Rande ihres Schreibtisches. Miss Constancia Babberly, die Geschäftsführerin des Hauses, zog in ihrem Kontor die Mundwinkel höchst mokiert herab, als sie das Klingelzeichen vernahm.

»Mylady will sich wahrscheinlich bereits wieder empfehlen«, sagte sie zu dem jungen Korrespondenten. »Ist Ihnen schon solch ein Chef vorgekommen, der das Kontor fast Tag für Tag einige Stunden vor Geschäftsschluß verläßt? Mir noch nicht.«

Sie begann sich umständlich die etwas zu lang geratene Nase zu pudern und zupfte vor dem Spiegel kokett ihr Kleid zurecht.

Sie hatte eine mehr als schlanke Linie und war bestrebt, möglichst viel davon sehen zu lassen.

Um ihre Stellung zu betonen, hatte sie sich eine ungemein hoheitsvolle Miene zugelegt, die sie vor Jahren einmal einer vornehmen Kundin abgeguckt hatte. Seit jener Zeit ging auch Miss Babberly mit dünnen Lippen und halbgeschlossenen Augen umher, aus denen sie ihre Umgebung mit vornehmer Blasiertheit anblinzelte. Gegen die weiblichen Angestellten war sie bissig, und nur die jüngeren männlichen Angestellten durften sich ihrer Gewogenheit erfreuen.

Von Mrs. Irvine war sie nicht entzückt. Sie haßte junge Frauen, besonders wenn sie auch noch hübsch waren.

Aber auch im geschäftlichen Verkehr gefiel ihr Mrs. Irvine nicht. Sie hatte eine so kühle, herablassende Art, ihrer ersten Angestellten ihre kurzen bestimmten Anordnungen zu erteilen, und war jeder Vertraulichkeit so wenig zugänglich, daß Miss Constancia vor Ärger das Blut in den Adern kochte.

Als sie das Chefzimmer betrat, das in seiner ganzen Ausstattung mehr einem reizenden Salon als einem Geschäftskontor glich, war die junge Frau bereits dabei, die Handschuhe zuzunesteln. Sie schien in Eile zu sein und blickte nicht einmal von ihrer Beschäftigung auf.

»Ich gehe«, sagte sie kurz. »Die Kassenblocks und die Schlüssel lassen Sie wie immer in meine Wohnung bringen. Und morgen vormittag können Sie zwischen zehn und ein Uhr nicht mit mir rechnen. Dafür werde ich mittags pünktlich kommen und die Post erledigen.«

»Sehr wohl«, erwiderte die Geschäftsführerin, aber ihre Miene verriet, daß sie das höchst ungehörig fand.

Sie wollte dies endlich einmal etwas deutlicher zum Ausdruck bringen und zu verstehen geben, was das so vernachlässigte Geschäft an ihr hatte. Schließlich waren sieben Pfund die Woche wirklich ein Bettellohn für ihre langjährige Dienstzeit und die Arbeitsleistung, die ihr aufgebürdet wurde!

»Madam können sich völlig auf mich verlassen«, fuhr sie daher selbstbewußt fort. »Es sind allerdings die Stunden des regsten Geschäftsverkehrs, und man muß gehörig hinterher sein, um völlig allein den großen Betrieb zu überblicken.«

Sie war gespannt, was Mrs. Irvine hierzu meinen würde, aber die Antwort, die sie erhielt, befriedigte sie nicht.

Mrs. Irvine stand bereits an der Tür, als sie sich nochmals umwandte und die Geschäftsführerin mit einem nachdenklichen Blick aus ihren dunklen Augen ansah.

»Das kann ich verstehen«, stimmte sie zu. »Aber es handelt sich nur noch um wenige Tage. Ich beabsichtige, eine weitere Kraft einzustellen, die Sie sehr wesentlich entlasten wird.«

Sie verschwand mit einem leichten Kopfnicken, aber wenn Blicke töten könnten, wäre sie wohl kaum weit gekommen.

Als Mrs. Irvines schlanke Gestalt im Portal erschien, trat der Herr mit der Binde über dem linken Auge ihr in den Weg und lüftete höflich den Hut.

Die junge Frau dankte sehr kühl und mit einer leichten Falte zwischen den Brauen, aber als der Mann ihr einige Worte zugeflüstert hatte, folgte sie ihm willig zu der eleganten Limousine, die an der Seitenfront des Hauses in einer schmalen Quergasse hielt.

2

Eine Stunde später wäre diese Begegnung nicht mehr unbemerkt geblieben, aber Inspektor Dawson war eben erst dabei, seine Anordnungen zu treffen.

Er hatte in seinem kleinen Dienstzimmer in Scotland Yard noch einmal alle Akten durchstudiert, die sich auf die Fälle der weißen Spinne bezogen, und ließ sich nun den Sergeanten Meals kommen.

»Ich habe einige Sachen für Sie, die dringlich und wichtig sind«, sagte er zu dem wohlgenährten Mann mit dem freundlichen Gesicht. »Aber gehen Sie dabei behutsam vor, denn wenn Sie mir einen Schnitzer machen, werden Sie diesmal nichts zu lachen haben. Sie sind ja in manchen Dingen ganz geschickt, aber zuweilen gehen Sie zu scharf ins Zeug und verderben damit alles.«

Der vierzigjährige Meals lächelte verlegen wie ein Schuljunge, der einen Tadel erhält, und sah den Inspektor verschüchtert an.

»Ich weiß«, gab er schuldbewußt zu. »Aber es soll nicht mehr vorkommen.«

»Das will ich zu Ihrem Besten hoffen«, knurrte Dawson. »Also, diesmal tun Sie nur das, was ich Ihnen sage, nicht mehr. Übrigens«, sprang er plötzlich ab, »etwas Neues über Lewis?« Der Sergeant nickte und legte ein kleines Päckchen vor den Inspektor auf den Tisch.

»Ich habe hinter einer der Portieren ein Paar Damenhandschuhe gefunden«, sagte er halblaut, »und in einem der Finger steckte ein Ring, der wahrscheinlich mit abgestreift worden ist.«

Dawson schlug das Papier auseinander, nahm die Handschuhe, besah sie eingehend, roch daran und griff dann nach dem Ring. Es war ein sehr kostbares Stück, ein Platinreif mit einer selten schönen Perle und einem Kranz großer regelmäßiger Brillanten.

»Nach meiner Schätzung mindestens drei- bis vierhundert Pfund«, meinte er lakonisch. »Sind Sie auf keine Verlustanzeige gestoßen?«

»Nein. Ich glaube, die Verliererin wird wohl keinen Wert darauf legen, die Sache an die große Glocke zu bringen«, erwiderte Meals und blinzelte den Inspektor vielsagend an.

»Geben Sie die Sachen ins Depot. Das hat schließlich bis morgen Zeit. Anderes ist mir wichtiger. – Also hören Sie zu: Erstens möchte ich Ihnen Mrs. Muriel Irvine, die Besitzerin des Warenhauses ›Zu den tausend Dingen‹, 72 Wardour Street, empfehlen. Sie wissen, wie ich das meine! Zweitens kümmern Sie sich wieder einmal um unseren alten Freund John Corner. Trachten Sie herauszubekommen, was er in der letzten Zeit getrieben hat und womit er sich jetzt beschäftigt. Besonders begierig wäre ich zu wissen, ob er sich in der Gegend des Warenhauses von Mrs. Irvine öfter sehen läßt und was ihn dorthin zieht. Und im Laufe des morgigen Vormittags suchen Sie die Continental Insurance Company auf, und lassen Sie sich von der Rechtsabteilung eingehend darüber informieren, weshalb an Mrs. Irvine bisher die Summe, auf die ihr verunglückter Gatte versichert war, nicht ausgezahlt worden ist. – So, das wäre alles. Vielleicht sehe ich mich heute noch einmal im ›Klub der Siebenundsiebzig‹ um. Ich möchte das Zimmer, in dem Lewis seine schöne Seele ausgehaucht hat, doch noch einmal näher in Augenschein nehmen.«

Meals hatte dem Inspektor mit gespannter Aufmerksamkeit zugehört und sich einige Notizen gemacht.

Sein frisches Gesicht glänzte vor Eifer, und er konnte es offenbar nicht erwarten, an die Arbeit zu gehen.

Aber Dawson rief ihn noch einmal zurück.

»Lassen Sie das Ding hier sofort fotografieren«, sagte er, indem er die weiße Spinne aus der Zündholzschachtel nahm, »und geben Sie in der Nachrichtenabteilung den Auftrag, für sämtliche morgigen Abendblätter mit einem Abzuge folgende Anzeige aufzugeben:

›Zehn Pfund Belohnung . . .‹«

Der Inspektor hielt einige Augenblicke inne, um sich den Text zu überlegen. »Also: ›Zehn Pfund Belohnung erhält derjenige, der ein Exemplar vorstehend abgebildeter Spinne – in Klammern: silberglänzender Glasleib, sechs Beine, zwei Körperringe und zwei Längsstreifen aus weißem Metall – abliefert oder anzugeben vermag, in welchem Geschäft solche Nachbildungen zu haben sind oder bei wem er eventuell eine solche Spinne gesehen hat. Mitteilungen an Inspektor Dawson, Zimmer 58, Scotland Yard.‹«

3

Es war nach den späteren Feststellungen genau neun Uhr vierzig Minuten, als der im ganzen Polizeikorps bekannte Detektiv Dawson von einem patrouillierenden Wachmann zum letzten Male gesehen wurde. Er stand an einem der östlichen Ausgänge von Regents Park und schien jemanden zu erwarten, war aber dann plötzlich verschwunden.

Kurz vor Mitternacht lief bei der Kriminal-Abteilung die Meldung ein, daß Inspektor Dawson in Camden Town ermordet aufgefunden worden sei. Sein Körper war noch nicht ganz erkaltet und wies außer tiefen Strangulierungsspuren, die offenbar von einer starken Drahtschlinge herrührten, einen tödlichen Stich im Rücken auf. Die krampfhaft geschlossene Rechte hielt eine weiße Spinne umklammert.

Die Stunden, die folgten, zählten zu den übelsten, die Scotland Yard je durchlebt hatte.

Sir James Gaskill nahm mit eisigem Schweigen die einlaufenden Berichte entgegen, und nur das Zucken um seinen bartlosen, energischen Mund verriet, wie es in ihm gärte.

Dann war das Telefon im Chefzimmer länger als eine Stunde in geheimnisvoller Tätigkeit, aber kein Wort drang durch die gepolsterte Tür.

Durch die düsteren Gänge kroch das Grauen, und auf allen Mienen lagen verbissene Wut und erwartungsvolle Spannung.

Knapp nach halb zwölf war Sergeant Meals von seinen ersten Nachforschungen zurückgekehrt und suchte mit fieberhaftem Eifer Dawson im Hause aufzustöbern. Dann telefonierte er nach allen Richtungen, aber der Inspektor war nirgends zu erreichen. Als die Schreckensbotschaft kam, brach Meals förmlich zusammen.

Es dämmerte bereits, als aus dem Zimmer des Chefs plötzlich die Klingel durch das ganze Haus schrillte.

Die Kommissare, Oberinspektoren und Inspektoren versammelten sich erwartungsvoll um den grünen Tisch, aber Sir James schien es kurz machen zu wollen, denn er lud sie nicht ein, Platz zu nehmen.

»Das tragische Schicksal unseres armen Dawson dürfte Ihnen wohl den Ernst der Lage klargemacht haben«, sagte er. »Wir müssen gründliche und rasche Arbeit tun, und ich rechne damit, daß jeder von Ihnen alles aufbieten wird, um diese empfindliche

Scharte, die uns einen unserer Besten gekostet hat, wieder auszuwetzen.«

Er neigte bereits verabschiedend den Kopf, als Herbert Bates, der jüngste, ehrgeizigste der Kommissare, sich die Chance nicht entgehen lassen wollte.

»Sir, wer, befehlen Sie, soll den Fall übernehmen?« fragte er ehrerbietig.

»Captain Raymond Conway, der überwachende Kommissar von Dover«, erwiderte Sir James leichthin, als ob es sich um die selbstverständlichste Sache von der Welt handelte.

Wenige Minuten später ging der Name in den Mauern von Scotland Yard von Mund zu Mund, aber niemand wußte damit etwas anzufangen. Er war in den letzten zwei Jahren oft genannt worden, doch da man seinen Träger nie zu Gesicht bekommen hatte und auch die Kollegen von Dover nur geheimnisvoll die Achseln zuckten, wenn man danach fragte, hatte er fast einen mythischen Klang bekommen.

4

Mr. George Turner hatte an diesem Abend eben sein Theater in Piccadilly betreten und war in den spärlich beleuchteten langen Gang eingebogen, der zum Treppenaufgang führte, als der erste Kapellmeister auf ihn losstürzte. In seinen flackernden Augen lag eine ratlose Verzweiflung, die Turner auf das Schlimmste gefaßt machte.

»Miss Mariman hat eben sagen lassen, daß sie heute nicht singen könne«, sprudelte der Dirigent aufgeregt hervor. »Jetzt – eine halbe Stunde vor Beginn der Aufführung.«

Der schwitzende Mann im Frack fuhr sich mit dem Finger zwischen Kragen und Hals und verzog das Gesicht, als ob er im Begriff stünde, sich die Kehle zu durchschneiden.

»Sie müssen uns eine andere Amneris besorgen«, stieß er keuchend hervor.

»Den Teufel muß ich«, fuhr ihn Turner an und schritt in sein Büro, wo er Hut und Mantel in weitem Bogen auf den nächsten Tisch warf.

»Wissen Sie, was ich tun werde?« rief er. »Ich werde statt der Amneris einfach eine Nackttänzerin auftreten lassen. Bei Gott, das werde ich«, schrie er, als er die gekränkte Miene des anderen sah, »damit das Publikum endlich einmal einen Begriff davon bekommt, welch eine verdammte Arbeit ich mit Ihrer Oper übernommen habe. Ich war unbedingt unzurechnungsfähig, als ich mich überreden ließ, in Kunst zu machen. Solange ich meine Revuen gab, hatte ich Geld und keine Sorgen – und jetzt habe ich kein Geld und nur Sorgen! Und für die großen Gagen, die ich zahle, habe ich eventuell eines Abends nicht einmal eine Vorstellung. – Was ist überhaupt los?« fuhr er den Dirigenten an. »Wo ist Miss Mariman, und warum kann sie nicht singen?«

»Miss Mariman ist in ihrer Garderobe. Aber sie hat einen schweren Nervenanfall gehabt . . .«

»Kommen Sie mir nicht mit solchen Albernheiten«, wütete Turner. »Einen Nervenanfall! Wenn Sie Gallensteinanfall sagen würden, das könnte ich verstehen. – Wenn das einreißt, daß die Mitglieder wegen Nervenanfällen nicht auftreten, dann können wir unsere Bude glatt zusperren. Es wäre ohnehin das beste.«

»Sie hat einen furchtbaren Schrei ausgestoßen«, fuhr der Mann fort. »Ich habe ihn bis ins Probezimmer gehört, und das ganze Bühnenpersonal ist zusammengelaufen. Kurze Zeit darauf ist ihre Ankleidefrau ganz verstört auf mich losgestürzt und hat mir mitgeteilt, daß Miss Mariman auf keinen Fall singen könne.«

»Hat man nach einem Arzt geschickt?«

Der Direktor hatte plötzlich seine Ruhe wiedergewonnen, und in seinem feinen Künstlergesicht mit den ausdrucksvollen Augen spiegelte sich sogar so etwas wie Teilnahme.

»Jawohl«, versicherte der Dirigent, »aber sie hat ihn nicht vorgelassen.«

Turner wollte neuerlich auffahren, aber es fiel ihm ein, daß Miss Mariman ihre gewissen Eigenheiten hatte, und er beschloß, selbst nachzusehen, wie die Dinge eigentlich standen.

Er mußte einige Male an die Garderobe klopfen, bevor die Tür sich spaltbreit öffnete und der Kopf der Garderobiere erschien. Die schweigsame Alte gehörte nicht dem Personal des Theaters an, sondern stand in Privatdiensten der Sängerin. Dies war nur eine der Bedingungen, die Miss Mariman gestellt hatte.

Als die Frau den Direktor erkannte, zog sie die Tür etwas zu und wandte sich flüsternd nach innen.

Gleich darauf erschien ihr Gesicht wieder, und es blickte diesmal weit freundlicher als vorher.

»Madam läßt bitten, sich noch einige Augenblicke zu gedulden. Sie ist mit dem Ankleiden noch nicht ganz fertig.«

»Wird sie singen?« fragte Turner hastig, aber obwohl er seine Stimme gedämpft hatte, schien er doch drinnen gehört worden zu sein, denn es kam von dort eine Antwort.

»Gewiß, Mr. Turner. In zehn Minuten bin ich fertig.«

Der Direktor atmete tief und erleichtert auf, und als er nach etwa einer Viertelstunde eingelassen wurde, sprach aus dem Blick, mit dem er die Künstlerin betrachtete, ehrliche Besorgnis. Sie war bereits vollständig kostümiert und geschminkt, und es fiel ihm ein, daß er sie eigentlich noch nie anders gesehen hatte. Wenn er ihr auf der Straße begegnet wäre, hätte er sie gewiß nicht erkannt, da er absolut nicht wußte, wie sie im gewöhnlichen Leben aussah. Auch zu den wenigen Proben erschien sie immer dicht verschleiert – um ihr sehr empfindliches Organ zu schonen, wie sie sagte –, und es gab wohl niemanden im Theater, der je ihr wirkliches Gesicht gesehen hatte.

»Sie müssen entschuldigen, wenn ich Ihnen eine große Aufregung verursacht habe«, sagte sie und schlug ein Paar schöne dunkle Augen schüchtern zu ihm auf. »Es war eine ganz dumme Geschichte, und Mary war etwas voreilig.«

Als Turner gut gelaunt durch den Garderobengang zurückkehrte, begegnete er einer alten Garderobiere, die ihn belustigt angrinste.

»So vergnügt, Mrs. Kane?« fragte er jovial. »Warum?«

»Daß Miss Mariman so erschrocken ist«, erwiderte die Alte und schüttelte den Kopf.

Für Turner war die Geschichte zwar abgetan, aber es interessierte ihn doch, Näheres zu hören.

»Was hat es eigentlich gegeben?«

»Wahrscheinlich war es ein Spaß«, meinte die Frau. »So etwas kommt ja hier öfter vor, und man kann doch nicht annehmen, daß jemand gar so schreckhaft ist. Aber Miss Mariman scheint besonders nervös zu sein. Es war furchtbar, wie sie die Sache aufgenommen hat. Ich stand gerade vor der Garderobe, als sie diese betrat, und die Tür war noch offen, als sie den fürchterlichen Schrei ausstieß.«

»Weshalb hat sie denn geschrien?«

»Wegen einer Spinne.«

»Einer gewöhnlichen Spinne?« wunderte sich Turner.

»Ach wo, nicht einmal, sondern nur eine nachgemachte«, erklärte die Alte. »Ich hatte sie schon früher bemerkt, als ich nachsah, ob alles in Ordnung sei. Der Leib war aus Glas, und die Beine sahen aus, als ob sie aus Silber seien. Jemand hatte sie oben an den Garderobenspiegel gesteckt. Miss Mariman aber tat so entsetzt, als ob es eine Giftschlange sei . . .«

Die Vorstellung konnte pünktlich beginnen, aber Turner vermochte doch ein Gefühl des Unbehagens nicht loszuwerden und saß sehr nervös im Hintergrund seiner Loge. Miss Mariman war zwar glänzend bei Stimme und spielte leidenschaftlicher und hinreißender denn je, aber dem scharfen Auge des Direktors entging es nicht, daß sie sich doch nicht ganz in der Gewalt hatte und noch immer gegen die Nachwirkungen einer außerordentlichen Aufregung ankämpfen mußte.

Nach dem ersten Akt traf er im Foyer plötzlich mit Ralph Hubbard zusammen.

Er hegte für diesen etwa dreißigjährigen Mann mit dem regelmäßigen, gelassenen Gesicht eine gewisse Zuneigung, obwohl er ihn eigentlich nur flüchtig kannte. Hubbard, der mit seiner Figur und seinen Manieren auch für die Bühne einen vollendeten Bonvivant abgegeben hätte, wußte trotz seiner kühlen Ruhe ungemein amüsant über alles zu plaudern, und Turner brauchte am heutigen Abend jemanden, der ihn etwas ablenkte.

»Seien Sie nett und leisten Sie mir Gesellschaft«, sagte er, indem er ihn in die Loge zog. »Sie tun ein gutes Werk, denn ich bin in einer erbärmlichen Stimmung. Aber wenn der Eiserne glatt fällt, dann sollen Sie mich in einer Laune sehen wie noch nie, und ich will einige Flaschen Sekt springenlassen.«

Er erzählte ihm, was sich abgespielt hatte.

»Sehen Sie«, meinte er, »von solch lächerlichen Kleinigkeiten sind wir armen Theaterdirektoren abhängig. Eine nachgemachte Spinne, vor der sich nicht einmal ein Kind fürchtet, kann uns einen unerhörten Skandal verursachen und eine Unmenge Geld kosten.«

Hubbard schien nur mit halbem Interesse zuzuhören, fragte aber doch:

»Wohin ist die Spinne gekommen?«

Der Direktor sah ihn verwundert an.

»Das weiß ich nicht. Wahrscheinlich hat man das Ding der schreckhaften Miss Mariman so rasch wie möglich aus den Augen gebracht.«

In diesem Augenblick setzte das Orchester ein, und als der Vorhang hochging, richtete der junge Mann sein Glas scharf auf die wunderbare Erscheinung der Amneris.

»Wie gefällt sie Ihnen?« flüsterte Turner.

Hubbard setzte das Glas nicht ab, sondern nickte nur leicht, und erst als der Akt zu Ende war, kam er auf die Frage zurück.

»Ist die Frau wirklich so schön, wie sie aussieht, oder kann sie sich nur so fabelhaft herrichten? Ich habe mich vergeblich bemüht, das herauszufinden.«

»Das kann ich Ihnen leider auch nicht sagen«, meinte Turner mit etwas verlegenem Lächeln, und als der andere ihn verwundert ansah, begann er, ihm diesen seltsamen Umstand zu erklären.

»Wissen Sie, die Geschichte mit Miss Mariman ist eigentlich von Anfang an so eine Art Theater im Theater. Schon wie ich zu ihr gekommen bin, war nicht ganz alltäglich. Ich hatte für die Oper ursprünglich eine andere Vertreterin dieses Faches engagiert, die aber einen Tag vor der ersten Vorstellung bei der Generalprobe von ›Carmen‹ einen schweren Unfall erlitt. Alle Abendblätter waren damals voll von der Geschichte, und ich befand mich in schauderhafter Verlegenheit. Denn eher finden Sie eine Hochdramatische, die nicht zu fett ist, oder einen Tenor, der wirklich so viel kann, wie er sich einbildet, als eine halbwegs gute Erste Altistin. – Da wurde ich plötzlich ans Telefon gerufen, und eine Dame erbot sich einzuspringen. Sie hätte das Repertoire, das ich brauchte, und wäre bereit, mir sofort vorzusingen. In solchen Fällen greift man natürlich nach jedem Strohhalm, und ich war einverstanden. Kaum eine halbe Stunde später wurde mir Miss Mariman gemeldet. Die Figur imponierte mir sofort, aber sie hatte einen seidenen Schleier so geschickt ums Gesicht geschlungen, daß davon nicht viel mehr zu sehen war als ein Paar großer dunkler Augen. Das war mir natürlich zu wenig, denn beim Theater kann man schon gar nicht die Katze im Sack kaufen. Aber sowie ich die erste Anspielung darauf machte, stieß ich sofort auf energischen Widerstand. ›Eine meiner ersten Bedingungen wäre, daß ich es in dieser Hinsicht halten kann, wie ich will‹, erklärte sie mit einer so kühlen Bestimmtheit, daß ich sofort wußte, daß da nichts zu machen war. Zuerst ärgerte ich mich über diese Marotte und wollte die verschleierte Dame schon hinauskomplimentieren, aber dann kam mir meine verdammte Situation zum Bewußtsein, und ich entschloß mich, die geheimnisvolle Frau vor allem einmal anzuhören. – Nun, nach der heutigen Amneris können Sie sich wohl vorstellen, wie das damals war, und ich hätte in jenem Augenblick noch ganz andere Bedingungen unterschrieben als die fünfzig Pfund pro Abend und die verschiedenen besonderen Klauseln, auf denen Miss Mariman bestand. Ich muß übrigens sagen, daß mir daraus bisher nicht die geringsten Schwierigkeiten erwachsen sind, und nur mit den Kolleginnen hat es deshalb anfangs einige Reibereien gegeben. Aber die alte Dienerin von Miss Mariman scheint sehr resolut und kurz angebunden zu sein und hat ihrer Herrin rasch Ruhe verschafft.«

»Wirklich, wie in einem Roman«, gab Hubbard lächelnd zu und drehte das Monokel gedankenvoll zwischen den Fingern. Dann klemmte er das Glas wieder ins Auge und schien das Parkett nach Bekannten abzusuchen.

Plötzlich aber wandte er sich rasch um und sagte unvermittelt:

»Können Sie mir die Adresse von Miss Mariman geben, Mr. Turner?«

Der Direktor zog mit einem verschmitzten Lächeln die Brauen hoch, schüttelte dann aber nachdenklich den Kopf.

»Lassen Sie das. Glauben Sie mir, es kommt nichts dabei heraus.«

»Das kann man nie wissen«, erwiderte der andere mit einem so seltsamen Lächeln, daß ihn Turner überrascht ansah. Er hätte diesen kühlen Mann nie für so abenteuerlustig gehalten.

»Schön«, sagte er, »wenn Sie durchaus wollen, kann ich Ihnen dienen: Mayfair, 3 Berkeley Street.«

Als die letzte große Szene der Amneris vorüber und der Abend damit endgültig gerettet war, konnte es Turner nicht abwarten, aus dem Theater zu kommen.

»Worauf legen Sie mehr Wert?« fragte er. »Auf eine glänzende Aufmachung oder auf ausgezeichnete Küche mit allen möglichen Spezialitäten und den köstlichen Tropfen? Im ersteren Falle schlag' ich Ihnen Ritz oder Carlton vor, sonst aber weiß ich etwas Besonderes.«

Hubbard entschied sich ohne weitere Überlegung für das Besondere, und der Direktor ließ seinen Wagen zum Bühneneingang beordern.

»Wohin geht also die Fahrt?« fragte Hubbard lächelnd, als sie am Wagen standen, und Turner nannte ihm ein Restaurant am St. James Square. »Und wie lange werden wir bleiben?«

»So lange wie man eben braucht, um ein gutes Dinner in aller Behaglichkeit einzunehmen und sich nachher gemütlich auszuplaudern. Ich glaube, etwa zwei Stunden werden Sie mir also schon opfern müssen.«

»Zwei Stunden – mit größtem Vergnügen«, sagte sein Begleiter und stieg in den Wagen.

Als das Auto im Straßengewühl verschwunden war, nahm ein kräftiger, unscheinbarer Mann, der am Haupteingang gestanden hatte, die Pfeife aus dem Mund, spuckte kunstvoll aus und sah dann auf seine große Taschenuhr.

Sie zeigte auf ein Viertel nach zehn.

Der Mann klopfte die Pfeife an einem der Pfeiler aus, und wenige Augenblicke später ging er eilig zur nächsten Telefonzelle.

Turner hatte wirklich nicht zuviel versprochen. Das von ihm zusammengestellte Dinner war erstklassig, und man konnte verstehen, daß in dem verhältnismäßig kleinen Speiseraum fast kein Plätzchen frei war.

Der Direktor kannte eine Menge der Herren im Frack und der Damen in großer Abendtoilette und tauschte ununterbrochen Grüße aus, und auch Hubbard schien sich für das bunte Bild sehr zu interessieren. Er blinzelte durch sein Glas immer wieder über die Tischreihen, und zuweilen verriet ein leichtes Zucken in seinem sonst so beherrschten Gesicht, daß irgendeine Erscheinung seine besondere Aufmerksamkeit erweckte.

Vor allem galt dies von einem langen, hageren Herrn mittleren Alters, der allein an der gegenüberliegenden Wand saß und seine vorstehenden Augen von Zeit zu Zeit suchend durch den Raum gleiten ließ.

Der Mann hatte einen ausgesprochenen Pferdeschädel mit einem stark vorspringenden Kinn und einer fliehenden Stirn, und der breite Mund mit dem kräftigen Gebiß vervollständigte den brutalen Eindruck. Von den großen, fleischigen Ohren zog sich um den Hinterkopf ein schmaler Haarkranz, und darüber glänzte eine sichtlich mit großer Sorgfalt gepflegte Glatze wie ein riesiger, polierter Fingernagel.

»Wenn ich die nächste Revue gebe, lade ich den Herrn ein«, sagte Turner, der den auffälligen Gast auch bemerkt hatte. »Der Mann ist eine Nummer für sich.«

»Und was für eine Nummer«, stimmte Hubbard mit einem vielsagenden Lächeln bei, und sein Blick wanderte unwillkürlich wieder zu dem Herrn hinüber.

Dieser fing den Blick diesmal auf, und seine kalten Augen hafteten sekundenlang wie in stummer Zwiesprache auf dem Begleiter Turners.

Aber Hubbard sah bereits wieder geradeaus und vermied es von nun an sichtlich, dem andern irgendwie Aufmerksamkeit zu schenken.

Übrigens wurde der Mann mit der wunderbaren Glatze gleich darauf in Anspruch genommen. Ein tadellos gekleideter Herr mit einer Binde über dem linken Auge, den er offenbar mit Ungeduld erwartet hatte, nahm an seinem Tische Platz. Die beiden begrüßten einander mit der formlosen Gemessenheit alter Bekannter, aber Hubbard, der jede Phase dieser Begegnung gespannt verfolgte, sah mehr. Es entging ihm nicht, daß in den Augen des Kahlköpfigen eine hastige, besorgte Frage stand, und daß er sich mit einem Ruck zurücklehnte, als der Neuangekommene einige Male mechanisch über die Tischdecke strich, als ob er sie von Brosamen säubern wollte.

Der Mann mit dem Pferdekopf zwinkerte nervös mit den Augen und rieb sich das Kinn. Dann steckte er sich gelassen eine große schwere Zigarre an, vermochte aber nicht zu verhindern, daß seine Hand dabei merklich zitterte.

Turner neigte sich etwas vor und deutete mit einer leichten Kopfbewegung nach dem Tisch.

»Haben Sie Corner bemerkt?« fragte er leise. »Sie kennen ihn doch wohl? Es scheint, daß ihm im ›Klub der Siebenundsiebzig‹ der Boden zu heiß geworden ist, seitdem man dort seinen Herrn und Freund Lewis auf so rätselhafte Weise aufgeknüpft hat. – Übrigens«, fuhr er fort, »ist mir mit ihm vor einigen Tagen etwas Eigenartiges passiert. Ich begegnete ihm nämlich in Soho mit einer Dame, die nach ihrer Figur und ihrem Gesicht, das diesmal nicht verschleiert war, ganz gut Miss Mariman hätte sein können. Aber bestimmt kann ich es natürlich nicht behaupten . . .«

Hubbard widerfuhr in diesem Augenblick etwas, was ihm noch nie geschehen war. Sein Glas fiel ihm aus dem Auge und klirrte auf den Teller.

»Die Spinne . . .«, entfuhr es ihm halblaut.

»Ja, die Dame mit der Spinne«, sagte Turner etwas verwundert. »Aber ich möchte darauf schwören, daß es nur eine Ähnlichkeit war; denn so wenig ich auch von Miss Mariman weiß, ich halte sie unbedingt für eine Dame, und Corner ist kein Verkehr für eine Frau, die etwas auf sich hält.«

Der andere nickte flüchtig, und sein Blick folgte gleichgültig einem Mann, der eben durch die Reihen der Tische schritt und jemanden zu suchen schien. Er paßte nicht recht in diesen glänzenden Rahmen, denn er trug über einem einfachen Straßenanzug einen etwas verschossenen Mantel, und seine behäbige Erscheinung mit dem gesunden, freundlichen Gesicht ließ in ihm einen kleinen Geschäftsmann vermuten, der sich den Besuch eines derartigen Luxusrestaurants wohl kaum leisten konnte.

Als der Fremde an dem Tisch des Herrn mit der spiegelblanken Glatze vorüberging, sah er angelegentlich nach seiner Uhr, und fast im gleichen Augenblick schienen auch die beiden Freunde dafür Interesse zu haben, wie spät es sei.

Hubbard aber malte mit seinem winzigen Bleistift elf Uhr fünfundzwanzig auf das Theaterbillett, das er noch immer bei sich trug, und drehte es spielend zwischen seinen Fingern zusammen.

Der behäbige Mann schien nicht gefunden zu haben, was er suchte, denn er kam bereits wieder zurück und verschwand gleich darauf in sichtlicher Eile.

»Es wird mir ein Vergnügen sein, Sie nach Hause zu bringen«, sagte Turner, als sie etwa eine halbe Stunde später das Lokal verließen. Aber Hubbard lehnte lebhaft ab.

»Das würde für Sie einen zu großen Umweg bedeuten, und ich bin Ihnen für den reizenden Abend ohnehin schon genug verpflichtet.«

»Nun, gar zu unterhaltend scheint es für Sie nicht gewesen zu sein«, meinte der Direktor. »Sie waren eigentlich recht einsilbig.«

Der elegante Mann beugte sich zu ihm herab und lächelte ihn aus seinen grauen Augen seltsam an.

»Das will ich zugeben. Aber trotzdem dürfen Sie mir glauben, daß es für mich ein äußerst interessanter Abend war.«

Als er die nächste Straßenecke erreicht hatte, kreuzte ein untersetzter nächtlicher Bummler seinen Weg und schob die Pfeife aus einem Mundwinkel in den andern.

Beim Windham Club nahm Hubbard ein Auto und ließ sich zur Charing Cross Station fahren.

5

»Haben Sie ihn schon gesehen?« fragte Meals.

»Wen?« brummte der alte Sergeant Stevens gleichmütig zurück, der ebenso grau und vergilbt aussah wie seine Akten, mit denen er seit mehr als zwanzig Jahren hauste.

»Nun, Kommissar Conway. Er soll schon drei Tage im Dienst sein, aber es hat ihn noch niemand zu Gesicht bekommen.«

Meals steckte die Nase in einen der Strafauszüge und fuhr mit dem Finger suchend über die einzelnen Spalten.

»Er hat das Zimmer Nummer 7 im Erdgeschoß eingeräumt bekommen«, fuhr er fort, als der andere schwieg. »Sie wissen, das mit den zwei Ausgängen. Man kann über ein paar Stufen direkt ins Freie gelangen . . .«

Der Detektivsergeant mußte jedoch wahrnehmen, daß Stevens für das Thema tatsächlich nicht das geringste Interesse hatte, und vertiefte sich daher wieder in seine Arbeit. Nach einer Weile fühlte er aber doch das Bedürfnis, sich über die eigenartige Sache weiter auszusprechen.

»Es ist wohl in Scotland Yard noch nicht dagewesen, daß man vor den eigenen Leuten Verstecken gespielt hätte. Nicht einmal bei den Oberen hat sich Conway bisher sehen lassen, und es ist kein Wunder, daß diese darüber verschnupft sind. Als ich heute vor Kommissar Bates seinen Namen nannte, machte der ein Gesicht, als ob er Essigsäure geschluckt hätte. – Nun, mir kann es recht sein. Aber ich bin neugierig, wie der Herr Kommissar auf diese Weise mit dem Fall Dawson fertig werden will. Allein kann er die Geschichte doch nicht gut machen.«

Meals seufzte hörbar und wischte sich rasch über die Augen.

»Aber jetzt ist unsereiner anscheinend ganz überflüssig geworden«, fuhr er mit leichter Bitterkeit fort. »Und selbst wenn man aus eigenem Antrieb etwas tun wollte oder etwas zu melden hätte, wüßte man nicht, wie das anfangen. Der Herr Kommissar hat eine Diensteinteilung, nach der man sich nicht gut richten kann. Einmal kommt er um sieben Uhr morgens, das nächstemal um zwölf Uhr nachts . . .«

»Es ist unter Nummer 2755 der Befehl erlassen worden, alle Meldungen an Kommissar Conway schriftlich im Protokoll zu hinterlegen«, bemerkte Stevens trocken. »Er läßt sich seine Mappe immer von dem diensthabenden Wachmann holen.«

Der Sergeant erwiderte nichts, aber er hob vielsagend die Schultern, womit er zu verstehen geben wollte, daß dies kein dienstlicher Verkehr für Scotland Yard sei. Die ganze Geheimnistuerei paßte ihm nicht. Am meisten wurmte es ihn aber, daß ihm bei der Verfolgung der Mörder Dawsons anscheinend auch nicht die geringste Rolle zufallen sollte. Er hatte gestern und heute wohl schon zwanzigmal versucht, sich selbst in Erinnerung zu bringen, aber sein hartnäckiges Klopfen an der verschlossenen Tür von Nummer 7 war stets unbeantwortet geblieben.

»Sergeant Meals, Kommissar Conway will Sie sprechen«, hörte er da plötzlich eine rauhe Stimme sagen.

Er fuhr unwillkürlich zusammen, weil er glaubte, daß ihm seine Nerven einen Streich gespielt hätten. Aber an der Tür stand tatsächlich ein Schutzmann, dem es zu lange zu dauern schien, bis Meals sich in Bewegung setzte.

»Sputen Sie sich«, riet er wohlmeinend, »denn der Kommissar hat es eilig, und ich glaube, es ist mit ihm nicht gut Kirschen essen.«

Meals lief hastig durch die Gänge, als er aber diensteifrig die Tür von Nummer 7 aufriß, mußte er unwillkürlich an der Schwelle haltmachen und die Hand über die Augen legen.

Von dem Schreibtisch im Hintergrund des langgestreckten Zimmers warfen zwei starke Lampen ihren Schein direkt auf den Eingang, und der Sergeant war einige Sekunden wie geblendet.

Erst allmählich gewöhnten sich seine Augen an das scharfe, konzentrische Licht, aber da die großen schwarzen Schirme nach rückwärts gedreht waren, vermochte er nur bis zum Tisch zu sehen. Was dahinter war, lag in völligem Dunkel, und nur das Mauerwerk des gewölbten Raumes zeichnete sich in schattenhaften Umrissen ab. Der Sergeant sagte sich, daß der Schreibtisch unmittelbar vor dem Bogen stehen müsse, der das Zimmer eigentlich in zwei Räume teilte, von denen jeder einen besonderen Ausgang hatte.

In dem Büro herrschte lautlose Stille, aber Meals wagte keinen Schritt weiter zu tun, obwohl er sich in dem blendenden Lichtkegel höchst unbehaglich fühlte.

»Sie haben mit Inspektor Dawson gearbeitet?« fragte plötzlich eine kalte, herrische Stimme.

»Jawohl«, erwiderte der Sergeant eifrig, und seine Augen bemühten sich, das Dunkel zu durchdringen, um wenigstens einen Schatten des Sprechers wahrzunehmen. Aber er sah nichts und hätte nicht einmal angeben können, woher die Stimme gekommen war.

»Wann haben Sie Dawson zum letzten Male gesehen?« klang es endlich wieder aus dem Dunkel.

»Einige Stunden vor seinem Tode. Unmittelbar bevor er Scotland Yard verließ.«

»Hat er mit Ihnen irgendwelche dienstliche Angelegenheiten besprochen?«

»Jawohl«, sagte Meals eifrig. »Er tat dies immer. So ziemlich bei allen Fällen, die er gehabt hat, mußte ich ihm jedesmal die verschiedenen Recherchen besorgen.«

»Auf welchen Fall bezogen sich seine letzten Mitteilungen?«

»Mitteilungen waren es eigentlich nicht«, stellte der Sergeant bescheiden fest. »Inspektor Dawson sprach nie davon, worum es eigentlich ging, und das hat mir zuweilen meine Arbeit sehr erschwert. Er hat mir auch am letzten Abend nur einen Auftrag erteilt, ohne mir Näheres zu sagen.«

»Und worin bestand dieser Auftrag?«

»Mrs. Irvine, die Besitzerin des Warenhauses ›Zu den tausend Dingen‹, möglichst unauffällig zu überwachen.«

»In welchem Zusammenhang hat Ihnen Dawson diesen Auftrag erteilt?«

Sergeant Meals mußte erst wieder einige Sekunden nachdenken.

»Ich hatte ihm gemeldet, daß ich im ›Klub der Siebenundsiebzig‹ ein Paar Damenhandschuhe und einen Ring gefunden hatte«, sagte er dann bedächtig. »Die Sachen befinden sich im Depot. Und daraufhin gab er mir den Auftrag wegen Mrs. Irvine.«

Wieder entstand eine Pause, die dem Sergeanten unendlich lang schien und ihn immer nervöser werden ließ. Solch eine Unterredung mit einem Vorgesetzten war ihm in seiner Dienstzeit noch nicht vorgekommen.

»Was haben Sie an jenem Abend gemacht?« wollte der Unsichtbare plötzlich weiter wissen.

»Ich habe mich nach Mrs. Irvine umgesehen.«

»Haben Sie etwas ausgerichtet?«

»Leider nicht viel«, sagte Meals und hob bedauernd die Schultern. »Ich erfuhr nur, das Mrs. Irvine an dem betreffenden Tag bereits kurz nach fünf Uhr das Geschäft verlassen hatte, aber bis gegen elf Uhr war sie noch nicht nach Hause gekommen. Sie solle überhaupt immer erst nach Mitternacht heimkehren, wie man mir sagte, und manchmal auch gar nicht«, fügte er hinzu. »Ich wollte dies Inspektor Dawson mitteilen und bin deshalb noch einmal nach Scotland Yard zurückgekommen. Aber« – Meals senkte seine Stimme und begann etwas zu schlucken – »er war nicht mehr hier, und ich konnte ihn auch telefonisch nirgends erreichen.«

»Wann war das?«

»Um elf Uhr vierzig Minuten.«

»Woher wissen Sie das so genau?«

»Weil ich unter der Lampe im Flur auf die Uhr gesehen habe. Inspektor Dawson sprach meist um Mitternacht noch einmal in Scotland Yard vor, bevor er nach Hause ging, und ich wollte wissen, ob ich ihn noch erreichen würde. Zuweilen pflegte er vorher in einem der Lokale in Pall Mall zu speisen, und ich sah daher unterwegs auch dort überall nach.«

»Um welche Zeit?«

»Zwischen elf und elf Uhr fünfundzwanzig«, gab Meals prompt zurück.

»Haben Sie die Überwachung von Mrs. Irvine seitdem fortgesetzt?«

»Nein«, gestand der Sergeant unsicher. »Ich wußte nicht, ob es dabei bleiben sollte, und ...«

»Es bleibt dabei«, unterbrach ihn die kalte Stimme. »Ich will über Mrs. Irvine bis auf weiteres täglich genaueste Mitteilungen haben.«

»Sehr wohl, Sir«, erwiderte der Detektiv eifrig. »Und wann soll ich immer zum Bericht erscheinen?«

»Wenn ich Sie rufen lasse«, erhielt er kurz zur Antwort, und das knappe »Danke«, das folgte, sagte ihm, daß er gehen konnte.

Meals war von dieser ersten Begegnung mit seinem neuen Vorgesetzten sehr enttäuscht, und sein sonst so freundliches Gesicht zeigte einen sehr mißmutigen Ausdruck.

Während seiner allerdings erst sehr kurzen Dienstzeit in Scotland Yard hatte er schon manchen unangenehmen Vorgesetzten kennengelernt, und auch Dawson war nicht gerade von der gemütlichsten Sorte gewesen, aber der Kommissar von Dover schien alle zu übertreffen.

Auf dem Heimweg, den er in tiefem Grübeln zurücklegte, kam Meals am »Klub der Siebenundsiebzig« vorüber. Er blieb einen Augenblick unschlüssig stehen und sah nach den hellerleuchteten Fensterfronten.

6

Das Gebäude, das ausschließlich Klubzwecken diente, machte einen sehr vornehmen Eindruck, und nach dem Kommen und Gehen in der Vorhalle und der Menge der wartenden Autos zu schließen, schien großer Betrieb zu herrschen.

Eben jetzt trat Ralph Hubbard in das Vestibül, und die Diensteifrigkeit des Portiers verriet, daß er ein gerngesehener Gast war.

»Sie haben uns lange nicht beehrt, Sir«, sagte der geschmeidige Haushüter, wegen seines ehrwürdigen Spitzbubengesichts und seines Amtes kurz der »Erzengel« oder auch nur »Gabriel« genannt, indem er dem Gast beim Ablegen behilflich war.

Hubbard rückte vor einem der großen Spiegel seine Krawatte zurecht und schnippte einige Stäubchen von seinem tadellosen Frack.

»Es gibt glücklicherweise auch noch andere Vergnügungsstätten in London, mein lieber Gabriel, in denen es etwas lustiger zugeht als bei euch. Ich hatte eigentlich etwas anderes vor, aber die Geschichte mit Mr. Lewis hat mich hergetrieben. Ich bin ganz überrascht, daß ihr keine Trauerfahne herausgehängt habt.«

»Man hat davon abgesehen«, erklärte Gabriel mit salbungsvoller Vertraulichkeit. »Mr. Lewis war zwar gewissermaßen der Hausherr des Klubs und hat hier eine hervorragende Rolle gespielt, aber man glaubte, von seinem Ableben der Öffentlichkeit gegenüber kein allzu großes Aufsehen machen zu dürfen . . .«

»Sehr schön gesagt, mein Lieber«, bemerkte Hubbard anerkennend und klopfte dem Mann auf die Schulter. »Aber wenn Sie das noch einige Male sagen, werden Sie den Zungenschlag bekommen.«

»Es war entsetzlich, Sir«, fuhr Gabriel fort, entzückt, jemanden zu finden, dem er die Geschichte noch nicht erzählt hatte. »Ich war der erste, der ihn sah. Es war mir nämlich aufgefallen, daß von dem grünen Salon in der zweiten Etage der Schlüssel nicht abgegeben worden war, und als ich das Zimmer versperrt fand und öffnen ließ, da sah ich ihn hängen. An dem Schiebehaken des Ventilators. Die Seidenschnur hatte man von einer Portiere genommen. Natürlich haben wir sofort eine neue gekauft.«

Hubbard drückte ihm ein Geldstück in die Hand, was den gefälligen Gabriel veranlaßte, ihn mit tiefen Bücklingen zu verfolgen, bis die Flügeltüren des Klubs hinter ihm zugefallen waren.

Der »Klub der Siebenundsiebzig« war in seiner Art wohl einer der seltsamsten in London, denn er hatte nicht gerade alltägliche Satzungen. Nicht nur, daß die Zahl seiner Mitglieder, wie schon der Name besagte, beschränkt war und auf keinen Fall überschritten werden durfte, die Aufnahme war auch noch an eine gewisse, nicht so leicht zu erfüllende Bedingung geknüft: Jeder Anwärter auf die Mitgliedschaft mußte auf irgendein Ereignis verweisen können, das ihn, wenn auch nur für Tage oder Stunden, in den Vordergrund des öffentlichen Interesses gerückt hatte.

Hinsichtlich der Art dieses Ereignisses war man sehr vielseitig und nichts weniger als engherzig.

Neben Lord Stanley Summerhay, der seine Aufnahme dem Umstand verdankte, daß er in den englischen Gewässern den größten Lachs seit Menschengedenken gefangen hatte, und dem durch seine fünf Ehescheidungen bekannt gewordenen Sir Milton Murray gab es hier noch eine Menge anderer Persönlichkeiten, die ein recht buntes Gesellschaftsgemisch abgaben. Mr. William Lawton besaß eine wertvolle Sammlung der seltensten Fliegen, Mr. Harald Shearer hatte es verstanden, in einem Jahre eine Erbschaft von mehreren hunderttausend Pfund durchzubringen, Charles Ward war in einen etwas anrüchigen Meineidsprozeß verwickelt gewesen, und der elegante John Corner hatte in einer vielbesprochenen Affäre am Spieltisch ein Auge eingebüßt. Dann waren hier weiter noch der kahlköpfige Mr. Edward Phelips, dessen Bild bei der Aufdeckung so ziemlich jedes großzügigen Schwindels in den Blättern erschien, der bekannte Sportsmann Mr. Dick Bryans, der bei einer nächtlichen Autofahrt drei Verkehrsschutzleute zur Strecke gebracht hatte, und Mr. Arthur Hills, der gesuchte Anwalt, dem kurz vor seiner Aufnahme in den Klub sein zwölfter Klient durch die gewisse Falltür geglitten war.

Das Interesse an dem Klub war so rege, daß die Leitung sich schließlich zu einer harmlosen Umgehung der Satzungen verstehen mußte, indem sie jedem Mitglied das Recht einräumte, einen Gast anzumelden, der aller Annehmlichkeiten eines ordentlichen Klubmitglieds teilhaftig wurde, bis auf die Auszeichnung, sich zu den auserlesenen Siebenundsiebzig rechnen zu dürfen.

Ein kleine Krise hatte der Klub vor ungefähr zwei Jahren durchgemacht, als der unternehmende Lewis ihm räumlich einen Spielsaal angegliedert hatte, der den Freunden des Spiels die umständliche und kostspielige Reise nach Ostende oder Monte Carlo ersparte. Es war damals in den Räumen des »Klubs der Siebenundsiebzig« etwas stürmisch zugegangen, aber die hochgehenden Wogen hatten sich rasch wieder gelegt, denn Lewis besaß Geschick und hatte alle Differenzen mit bewundernswertem Takt zu beseitigen gewußt. Der Spielklub erhielt einen eigenen Aufgang zu seinen Räumen im zweiten Stock, und während es seinen Besuchern ganz unmöglich war, zu den darunterliegenden Klubzimmern Zutritt zu erhalten, konnten die Siebenundsiebzig und ihre Gäste auch in den Spielsälen nach Belieben ein- und ausgehen, ohne erst einer Empfehlung zu bedürfen.

Diese Einrichtung hatte sich bereits nach kurzer Zeit als sehr vorteilhaft erwiesen, denn als eines Nachts die neugierige Polizei im Hause erschienen war, um sich die Spielsäle etwas näher anzusehen, war hierdurch der »Klub der Siebenundsiebzig« in keiner Weise behelligt worden. Nur Mr. Lewis mußte damals eine mehrmonatige »Auslandsreise« antreten.

Hubbard hatte sich im Lesezimmer einen Whisky servieren lassen und machte sich daran, die am Abend eingelaufenen Blätter vom Kontinent durchzufliegen, wurde aber immer wieder von Bekannten begrüßt. Er schien sehr beliebt zu sein.

Auch der Mann mit dem Pferdekopf hatte ihn kaum erblickt, als er auch schon eilig heranstelzte und ihm die knochige Rechte entgegenstreckte.

»Endlich«, rief er. »Ich habe Sie seit mehreren Tagen vergeblich erwartet, seitdem ich Sie am St. James Square gesehen hatte. Sie erinnern sich doch? Ich hatte dort eine Zusammenkunft mit Corner. Wenn Sie nicht in Gesellschaft gewesen wären, hätte ich Sie sehr gerne begrüßt. Aber ich habe mich doch tadellos benommen, nicht wahr? Kein Mensch hätte geahnt, daß wir so gute alte Bekannte sind.« Er meckerte leise und blinzelte den andern vertraulich an. »Sind Sie wieder einmal längere Zeit weggewesen? – Wieder dort, wo wir zusammen spazierengegangen sind, oder diesmal anderswo?«

»Anderswo«, erwiderte Hubbard einsilbig und streifte bedächtig die Asche von seiner Zigarre.

Mr. Phelips schlug ihm mit einem verschmitzten Lächeln auf die Schulter.

»Sie sind ein patenter Junge«, meinte er, »aber ich glaube, Sie verplempern sich. Mit ihrer Erscheinung und Ihrem Auftreten müßten Sie es doch zu etwas bringen können. Ich will mich nicht in Ihr Vertrauen drängen, aber Sie wissen, daß ich Sie sehr schätze, und wenn Sie offen mit mir sprechen wollten, könnte ich vielleicht etwas für Sie tun. – Wie geht es Ihnen augenblicklich?«

»Danke. Nicht zum besten. So hoffnungslos, daß ich beabsichtige, die erstbeste Stellung anzunehmen, die sich mir bietet.«

Der Mann mit der Glatze horchte überrascht auf und überlegte dann, aber Hubbard kam ihm zuvor.

»Aber eine Stellung ohne Risiko«, sagte er nachdrücklich. »Ich habe in der letzten Zeit zu unangenehme Erfahrungen gemacht und möchte meine Ruhe haben. Wenn man an sein tägliches Bad und etwas Bequemlichkeit gewöhnt ist, findet man sich in gewisse Verhältnisse nicht mehr so recht hinein.«

»Kann ich verstehen«, meinte Phelips, und seine Miene verriet, daß er nicht sehr angenehmen Erinnerungen nachhing. »Aber es ist nun im Leben leider einmal so: Wenn man etwas gewinnen will, muß man auch etwas wagen. – Man scheint Sie das letztemal nicht eben gut behandelt zu haben, mein Junge, aber immer geht es ja nicht schief«, tröstete er. »Was für eine Anstellung schwebt Ihnen übrigens vor? Zum Bankdirektor wird man Sie nicht gleich machen, und mit dem, was zu haben ist, dürfte Ihnen bei Ihren Ansprüchen kaum gedient sein. Sieben, wenn es gut geht, acht Pfund in der Woche – das reicht wohl gerade für Ihre Wäscherechnung und die Zigarren. Warten Sie also damit lieber noch. Durch Lewis' Tod . . .«

Hubbard beugte sich lebhaft vor und sah den andern aus halbgeschlossenen Augen fragend an.

»Richtig. Das interessiert mich. Es ist ein sehr unangenehmer Gedanke, daß unsereiner vielleicht auch einmal an den nächsten Haken gehängt werden könnte.«

Phelips schien von dieser Sache nicht gerne zu sprechen.

»Er war selbst schuld daran«, murmelte er endlich und zuckte mit den Schultern. »Diese ewigen Weibergeschichten mußten ein schlimmes Ende nehmen.«

»Was Sie nicht sagen!«

Hubbard war sichtlich begierig, mehr zu erfahren, und rückte näher heran. »Das hätte ich unserem behäbigen Lewis nicht zugetraut. Ich dachte, seine einzige Leidenschaft wäre das Geldmachen gewesen. – Sie glauben also«, fuhr er fort, »daß ihn irgendeine eifersüchtige Schöne einfach in eine Schlinge gesteckt und an die Wand gehängt hat? Alle Hochachtung. Meiner Schätzung nach wog Lewis mindestens zweihundert Pfund.«

»Daß Sie über so eine Sache noch spaßen können«, brummte der Mann mit dem Pferdekopf. »Sie wissen doch, wie ich das meine. Selbstverständlich war dabei auch ein Mann im Spiel.«

»Ein Mann?« fragte der neugierige Hubbard. »Auch für einen einzelnen Mann ist so etwas ein ganz nettes Stück Arbeit.«

Der Herr mit der Glatze blickte angelegentlich zur Decke und trommelte mit den Fingern auf die Stuhllehne.

»Natürlich ist das nur eine Vermutung. Wie Sie sich denken können, ist im Klub sehr viel über die Geschichte gesprochen worden, aber niemand vermochte eine Erklärung zu finden, wie es geschehen konnte. Sie müssen wissen, daß sowohl die Tür nach dem Korridor wie die nach dem kleinen Balkon versperrt war und daß beide Schlüssel von innen steckten. Corner und mir ist die

Sache furchtbar nahegegangen, denn wir hatten mit ihm an demselben Abend eben in dem grünen Salon noch eine geschäftliche Besprechung gehabt. Als wir gingen ...«

»Lebte er da noch?« fragte Hubbard gedankenlos.

»Natürlich«, erwiderte Phelips etwas gekränkt, »denn er begleitete uns noch bis in die Vorhalle und beauftragte Gabriel, für uns einen Wagen zu besorgen.«

»Und wann ist also die Geschichte hier passiert?«

»Zwischen halb zwölf und drei Uhr nachts. Genau ließ es sich nicht feststellen, aber um Viertel nach zwölf Uhr hat Gabriel noch eine verschleierte Dame hinaufgeleitet, die Lewis selbst einließ, und etwa um drei Uhr wurde dann das Zimmer geöffnet.«

»Und wann hat die Dame das Haus verlassen?«

»Das weiß man leider nicht. Gerade um diese Zeit pflegen die meisten Besucher des Spielsaals aufzubrechen, und es ist möglich, daß die Frau mit diesen das Haus verlassen hat. Jedenfalls ist sie nicht mehr durch das Vestibül des Klubs gekommen, wie Gabriel versichert.«

»Und wer hat hinter ihr die Tür des grünen Salons wieder versperrt?« fragte der hartnäckige Hubbard weiter. Phelips fuhr sich verzweifelt über die rosig leuchtende Glatze.

»Woher soll ich das wissen?« seufzte er und verdrehte die Augen. »Ich glaube, daß sich auch Leute, die etwas davon verstehen sollten, darüber vergeblich die Köpfe zerbrechen. Inspektor Dawson und seine Gehilfen haben sich die Sache sehr angelegen sein lassen und haben stundenlang in dem Zimmer gesteckt, aber ich glaube nicht, daß sie bisher viel klüger geworden sind.«

»Nun, der arme Dawson ist dieser Sorge ledig, wie ich gehört habe«, meinte Hubbard leichthin.

Phelips nickte wehmütig, aber er kam nicht dazu, sich darüber auszusprechen, denn in diesem Augenblick gewahrte er Corner, der den Kopf durch eine der Portieren steckte.

»Also, übereilen Sie nichts«, verabschiedete er sich. »Ich werde schon sehen, was sich für Sie tun läßt.«

Er blinzelte dem eleganten Mann freundschaftlich zu und schritt dann mit Corner langsam durch die Klubräume.

Keiner von beiden sprach ein Wort, und auch als sie bereits in dem behaglichen Privatzimmer saßen, herrschte noch eine geraume Weile Schweigen.

Endlich unterbrach Corner die Stille mit der Frage:

»Kennen Sie ihn näher?«

»Nun, näher wäre etwas zuviel gesagt«, erwiderte Phelips mit einem breiten Grinsen. »Aber immerhin ganz gut. Wir haben voriges Jahr einige Wochen lang immer zusammen frische Luft geschöpft und sind sogar meistens nebeneinander spaziert. Ein sehr netter Junge. Nur scheint er plötzlich etwas kopfscheu geworden zu sein.«

»Haben Sie etwas mit ihm vor?« forschte der andere mißtrauisch. »Ich wäre nicht dafür, daß Sie sich mit ihm irgendwie einlassen. Der Mann gefällt mir nicht – obwohl ich ihm auch schon begegnet bin.«

»Sie auch?« meinte Phelips belustigt und schlug sich lachend aufs Knie. »Großartig, der Bursche scheint bereits so ziemlich alle Gefängnisse Englands ausprobiert zu haben.«

Corner liebte es nicht, wenn sein Freund so freimütig sprach.

»Hat er uns an dem gewissen Abend in dem Lokal am St. James Square gesehen?« fragte er kurz.

»Natürlich. Und ich habe ihn auch noch an die Begegnung erinnert.«

»Schön.«

Der Einäugige begann, nervös auf und ab zu gehen und machte dann plötzlich vor Phelips halt.

»Ich glaube nämlich, daß wir nicht genug Zeugen haben können«, sagte er mit dünnen Lippen.

Der Mann mit dem Pferdekopf bekam ein fahles Gesicht, und seine vorstehenden Augen flackerten unruhig.

»Ist etwas geschehen?« stieß er bestürzt hervor.

Corner zuckte mit den Achseln.

»Soviel ich weiß, noch nicht, aber ich habe auf einmal das fatale Gefühl, als ob wir ins Rutschen geraten seien. Oder ist Ihnen vielleicht besonders wohl bei der Geschichte?«

Er nahm seinen Marsch wieder auf und nagte an den Lippen.

»Der Teufel hole Strongbridge«, zischte er und ballte die Hand zur Faust.

»Sagen Sie das nicht so laut«, warnte Phelips hastig und dämpfte seine Stimme. »Es könnte schlimm ausfallen. Haben Sie gewisse Dinge denn nicht gewitzigt? Da hilft jetzt nichts als durchhalten.«

Corner fand darauf keine Antwort, und Phelips betrachtete ihn mit ernster Besorgnis. Wenn sogar sein hartgesottener Genosse es mit der Angst zu tun bekam, war dies ein bedenkliches Zeichen.

*

Um dieselbe Zeit führte Hubbard im Vestibül mit Gabriel, der ihm die Garderobe reichte, eine leise Unterhaltung.

»Es wäre sehr nett von Ihnen«, sagte er, »wenn Sie es mir ermöglichen würden, einen Blick in den grünen Salon zu tun. Ich war zwar bereits einige Male dort, erinnere mich aber nicht mehr so genau. Und ich möchte doch gerne wissen, wie das mit Lewis eigentlich war.«

Der »Erzengel« setzte eine sehr bedenkliche Miene auf.

»Das wird leider kaum möglich sein, Sir; Mr. Phelips hat strengstens untersagt, irgend jemanden in das Zimmer zu lassen, und da er augenblicklich im Klub weilt . . .«

»Damit ist noch nicht gesagt, daß er davon erfahren muß«, erwiderte Hubbard und unterstützte seinen Wunsch durch einen diskreten Händedruck, der Gabriels strenges Pflichtbewußtsein arg ins Wanken brachte. »Sie können sich auf mich verlassen. Geben Sie mir ruhig den Schlüssel, und ich werde mich ganz unbemerkt ein bißchen in dem Raum umsehen und dann ebenso unbemerkt wieder verschwinden. Den Schlüssel lasse ich stecken, und Sie können ihn in einer halben Stunde wieder abholen.«

Gabriels Bedenken hielten einem derart dringlichen Ersuchen nicht stand.

»Ich bitte Sie aber, Sir, den Aufgang zu den Spielsälen zu benützen. Und wenn zufällig doch jemand kommen sollte . . .«, fuhr er besorgt fort.

»So wird er mich sicher nicht sehen«, beruhigte ihn Hubbard und schritt mit einem freundlichen Nicken zu der Glastür, die die Vorhalle des Klubs von der Treppe zu dem zweiten Stockwerk trennte.

Er stieg diese langsam hinauf und glitt, oben angelangt, wie ein Schatten an den Spielsälen vorüber, bis er am Ende des langen Ganges den grünen Salon erreichte. Er steckte den Schlüssel geräuschlos ins Schloß, klinkte leise auf und verschwand hinter der Tür. Dann sperrte er ebenso geräuschlos wieder von innen ab und schaltete alle Lichter ein.

Nach etwa einer Stunde verließen Corner und Phelips schweigsam den Klub, und Gabriel hielt es für an der Zeit, den Schlüssel des grünen Salons wieder in sicheren Gewahrsam zu nehmen. Als er nach dem Schloß tastete – man fand in den Spielsälen hellerleuchtete Gänge nicht stilvoll und auch nicht sehr praktisch –, überlief ihn ein eisiger Schauer, denn das Schlüsselloch war leer.

Der »Erzengel« suchte mit den Händen den Boden ab, dann klopfte er hastig mehrmals an die Tür, und als er keine Antwort erhielt, drückte er krampfhaft auf die Klinke.

Aber die Tür gab nicht nach.

Von furchtbaren Vorstellungen gepackt, lehnte sich Gabriel zitternd an die Wand und überlegte, was er tun solle. Wenn er das Haus alarmierte, so konnte er damit die Sache nur noch schlimmer machen.

Mit schlotternden Knien eilte er endlich davon und schleppte keuchend den Mann heran, der die Arbeit schon einmal getan hatte.

Nach einer endlosen Weile klirrte innen der Schlüssel zu Boden, und der Mann schnappte mit seinem Haken das Schloß auf.

Gabriel griff mit unsicherer Hand in das Dunkel nach dem Lichtschalter und stierte mit entsetzten Augen in den Raum.

Der Salon war leer.

Aber plötzlich gewahrte der »Erzengel« etwas, was ihn zusammenfahren ließ:

An dem Schiebehaken des Ventilators hing eine Portierenschnur mit einer kunstvollen Schlinge . . .

Der arme Gabriel brauchte lange Minuten, bevor er sich wieder gefaßt hatte und imstande war, mit seinem verwunderten Gehilfen den Salon genau zu durchsuchen und die Portierenschnur wieder dort zu befestigen, wo sie eigentlich hingehörte. Dieses neue Rätsel war zuviel für seinen Verstand und bedeutete für ihn eine doppelt schwere Bürde, weil er es niemandem anvertrauen durfte.

Dann dachte er an den netten Mr. Ralph Hubbard, und er mußte sich sagen, daß er keine ruhige Stunde haben würde, bevor er nicht wußte, was aus dem Gentleman, den er als eine Zierde des »Klubs der Siebenundsiebzig« betrachtete, geworden war.

7

Muriel Irvine saß gerade bei ihrem Frühstück, von dem sie aber kaum etwas berührte, als ihr Raphael Summerfield gemeldet wurde.

Summerfield war ein großer, knochiger Mann mit einer mächtigen Adlernase, die etwas ins Rötliche spielte, und mit einem krausen Kopf, der im ersten Viertel jeden Monats tiefschwarz, im dritten blaugrün und im letzten Viertel in allen erdenklichen Farben schillerte. Der buschige, ebenfalls gekräuselte Schnurrbart unter der gebogenen Nase war dagegen immer von tadellosem Schwarz, da er sich mit Hilfe einer alten Zahnbürste viel leichter instand halten ließ als ein ganzer Haarwald. Die Haarpflege war eine der vielen kleinen Schwächen von Raphael Summerfield. Er war ein sehr gescheiter Anwalt, und er war mit dem, was er erreicht hatte, vollkommen zufrieden, obwohl seine Einkünfte äußerst bescheiden waren. Das kam daher, daß er drei gleich undankbare Sorten von Klienten hatte: Solche, die er sofort hinauswarf, solche, von denen er sich nicht bezahlen ließ, und solche, die ihm von selbst nichts zahlten.

Mrs. Irvine hatte es bei ihm durchgesetzt, in die Sonderklasse einer wirklich zahlenden Klientin eingereiht zu werden, aber sie war genötigt, die lächerlichen Honorarforderungen, die er ihr halbjährlich überreichte, durchschnittlich um fünfzig Prozent zu erhöhen.

Dadurch war allerdings zwischen ihr und Mr. Summerfield ein ziemlich schwieriger Rechtsstreit entstanden, indem sich der Anwalt auf die für Fulham geltenden Taxen berief, während Mrs. Irvine darauf beharrte, daß für sie als Geschäftsinhaberin in Westend unbedingt nur die für diesen Distrikt festgesetzten Gebühren in Betracht kommen könnten.

Der Streit war zur Zeit noch immer in der Schwebe und wurde von beiden Teilen mit großer Erbitterung geführt.

Der Anwalt blieb einen Augenblick an der Tür stehen, streckte mit der Rechten seinen vorsintflutlichen, aber tadellos gebügelten Zylinder, mit der Linken eine dicke Aktentasche weit von sich und neigte feierlich den Kopf.

»Ich habe mich um neuneinhalb Minuten verspätet, Mrs. Irvine«, entschuldigte er sich mit hohler Stimme, »aber die Verkehrsmittel von heute sind eben unberechenbar. Solange die Omnibusse noch von vernünftigen lebendigen Geschöpfen in Bewegung gesetzt wurden, waren sie weit rascher und zuverlässiger. Ich hatte mir seinerzeit eine Fahrzeittabelle nach allen Richtungen angelegt, daraus das arithmetische Mittel gezogen, und es kam damals in den allerseltensten Fällen vor, daß ich eine Verspätung von eineinhalb bis zwei Minuten zu verzeichnen hatte.«

»Grämen Sie sich nicht darüber, Mr. Summerfield«, tröstete ihn die junge Frau mit einem schalkhaften Lächeln, das man ihrem kühlen Gesicht gar nicht zugetraut hätte. »Die Hauptsache ist, daß ich Sie nicht verpaßt habe, denn hier plaudert es sich gemütlicher und ungestörter als im Kontor.«

Sie deutete einladend auf einen der Stühle am Frühstückstisch und klingelte.

»Sie werden eine Tasse Tee mit mir nehmen.«

»Eine Tasse Tee?« meinte er überlegend, während er den Zylinder umständlich zu Boden stellte. »Vielleicht. Ich habe zwar bereits um 6 Uhr 13 Minuten gefrühstückt und bin ein entschiedener Anhänger einer streng geregelten Lebensweise, aber bei der Unregelmäßigkeit, die nicht nur im Verkehr, sondern in unserem ganzen öffentlichen Leben eingerissen ist, läßt sich dieses Prinzip heute nicht mehr so unbedingt aufrechterhalten.«

Er ließ sich steif am Frühstückstisch nieder und sah zu, wie das Mädchen den goldgelben Tee eingoß. Dann begann er in der Tasse zu rühren, und seine etwas kurzsichtigen Augen irrten verlegen und erwartungsvoll in dem reizenden Raum umher. Muriel erinnerte sich plötzlich. Sie stand auf und brachte selbst eine kostbare alte Karaffe herbei und füllte mit deren Inhalt die Tasse des Anwalts.

Summerfields große Nase blähte sich zu einem wollüstigen Schnuppern, und über sein Gesicht glitt ein verzücktes Lächeln.

»Oh, irgendein Fruchtsaft«, lispelte er und begann heftig zu blinzeln.

»Ja, ein Fruchtsaft aus Jamaika«, erklärte die junge Frau.

Er kostete mit Behagen, und als ihm die schöne Frau die appetitlichen Brötchen zuschob, griff er verträumt und ganz mechanisch zu.

Mr. Summerfield hatte bereits die dritte Tasse Tee geleert, als er plötzlich aus seinen Träumen aufschreckte.

»Sie machen viel zuviel Geschichten mit mir, Mrs. Irvine. Komme ich zu Ihnen als Anwalt oder als Gast? Als Anwalt«, stellte er fest. »Und einem Anwalt hat man nicht einen herrlichen Tee mit einem köstlichen Fruchtsaft aus Jamaika vorzusetzen, sondern man hat ihm einfach zu sagen: Nehmen Sie Platz und legen Sie los!«

Er war mit einem Male ein ganz anderer, sachlich und bestimmt, und seine sonst so gespreizte Redeweise wurde kurz, klar und bündig.

»Hier, Mrs. Irvine«, sagte er, indem er seine große Hand auf ein dickes Aktenbündel legte, »ist unsere Gegenschrift. Ich habe sie nur mitgebracht, damit Sie wissen, wie so etwas beiläufig aussieht. – Lesen müssen Sie sie nicht, denn Sie würden sie ohnehin nicht verstehen«, fügte er beruhigend hinzu und schob die riesigen

Manschetten, die aus den etwas zu kurzen Ärmeln geglitten waren, sorgfältig wieder zurück. »Zu solch einer gewundenen Logik gehört ein gewundenes Juristengehirn. Unsere Gerichte wollen nun einmal, daß selbst der einfachste und klarste Fall möglichst kompliziert wird, damit er nach etwas aussieht. Sonst hätte ich mich viel kürzer gefaßt.«

Er rückte seinen Rock zurecht und setzte sich in Positur, als ob er im Begriff stünde, vor den Schranken eines Gerichtshofes ein Plädoyer zu halten.

»Ich habe mich schon lange darauf gefreut, einmal meine Meinung über die Versicherungsgesellschaften öffentlich sagen zu können, und nun ist der Augenblick gekommen. Ich glaube, es wird diesen Herren nicht sehr angenehm klingen, und sie werden bedauern, mit uns angebändelt zu haben«, meinte er mit sichtlicher Befriedigung.

»Auf der einen Seite«, fuhr er fort, »die Versicherungsgesellschaften mit ihrem Riesenkapital und ihren stolzen Palästen – auf der anderen Seite der Bürger, der Beamte, der Angestellte, der gezwungen ist, sich und seine Angehörigen für eine Zeit sicherzustellen, da er nicht mehr imstande sein wird zu arbeiten. Unablässig, Tag und Nacht, werden ihm die Lockungen der Versicherungsgesellschaften in die Ohren gebrüllt, in die Augen geschleudert, und wenn er einen Agenten hinauswirft, stehen bereits zwei andere vor der Tür. Er wird umworben, bedrängt, gequält, bis sein Widerstand zusammenbricht und er unterschreibt. – Nun ist er glücklich versichert, und da lernt er seine Pflichten gegenüber der Gesellschaft gründlich kennen. Er wird gemahnt, wenn er mit seinen Zahlungen säumig ist, er wird gepfändet, wenn er nicht zahlen kann. Die Gesellschaft pocht auf ihr verbrieftes Recht.«

Summerfield schnappte nach Luft, bevor er fortfuhr.

»Aber einmal kommt endlich die Stunde, da die Versicherungssumme fällig wird – und in dieser Stunde, hochehrenwerte Richter, ändert sich mit einem Male das bisherige Bild. Die Versicherungsgesellschaft hat nun, da ihre Pflichten beginnen, sehr viel Zeit. Und wenn dies, wie in unserem Falle, auch nur halbwegs möglich ist, beginnt sie zu prozessieren. Sie kann warten, sie kann prozessieren«, konstatierte er mit erhobener Stimme, »denn sie hat Geld. Der arme Versicherte aber oder seine Hinterbliebenen durchleben eine Zeit qualvollen Bangens.«

Der Anwalt schlug in höchster Erregung auf den Tisch, daß die Tassen sprangen, und rollte entrüstet mit den Augen.

»Ist das Moral, hochverehrte Richter«, brüllte er, »ist das gleiches Recht – und gibt es da einen Zweifel, welche Seite der schirmende Arm des Gesetzes schützen muß?«

Summerfield atmete tief auf, fing die flüchtig gewordenen Röllchen wieder ein und blickte Muriel stolz und erwartungsvoll an.

»Ich danke Ihnen, daß Sie sich meiner Sache so annehmen«, sagte sie, aber es klang etwas kühl, und auch während seines temperamentvollen Plädoyers war sie nicht sehr begeistert gewesen.

»Sie haben nichts zu danken«, wehrte er kurz ab. »Ich vertrete nur das Recht und meine innerste Überzeugung.«

Die schöne Frau hob langsam den Blick und ließ ihn mit einem gequälten Ausdruck des Zweifels auf dem Anwalt haften.

»Sie wissen, daß ich mich leider zu dieser Überzeugung nicht so ganz durchringen kann«, wandte sie leise ein, aber der energische Summerfield hatte dafür nur eine überlegene Handbewegung.

»Jawohl, ich weiß. Sie haben mir das schon einmal gesagt. Sie haben zwar seinerzeit die Effekten, die man Ihnen vorlegte, als Eigentum Ihres Mannes anerkannt, aber nachher sind in Ihnen allmählich Bedenken aufgestiegen, ob der Verunglückte wirklich Ihr Gatte war. – Was hat Sie auf diese seltsame Idee gebracht?« forschte er.

Diese direkte Frage versetzte Mrs. Irvine offensichtlich in Verlegenheit. Sie schwieg einen Augenblick und hob dann ratlos die Schultern.

»Ein gewisses Gefühl«, meinte sie unbestimmt.

»Ein gewisses Gefühl!« echote Summerfield geringschätzig. »Da haben wir's.« Er tippte mit dem gewaltigen Zeigefinger auf seine Akten und sah Muriel mißbilligend an. »Ein Gefühl ist kein Argument in einem Prozeß«, erklärte er entschieden.

»Hier handelt es sich um Beweis und Gegenbeweis. – Wir haben die Behauptung aufgestellt, daß Mr. Richard Irvine verunglückt ist, und wir haben hierfür den Beweis erbracht, soweit dies unter den besonderen Umständen eben möglich war. Natürlich kann man einen Mann, der unter die Räder eines Zuges geraten ist, den Herren Direktoren der Versicherungsgesellschaft nicht als wohlerhaltene Leiche auf den Schreibtisch legen. Wir haben ihnen aber zumindest den Wahrscheinlichkeitsbeweis geliefert, daß der Mann tot ist – und wenn sie nicht wenigstens gleich gewichtige Wahrscheinlichkeitsbeweise dafür erbringen, daß er am Leben ist, müssen sie bezahlen. Verstehen Sie, Mrs. Irvine?«

»Ich verstehe«, sagte sie und nickte nachdrücklich. »Und ich bin unausgesetzt bemüht, neue Beweise zu sammeln – ob sie nun für mich oder für die anderen von Nutzen sein mögen.«

Der Anwalt starrte sie aus großen Augen an.

»Machen Sie keine Dummheiten«, grollte er ärgerlich. »Erstens ist das überflüssig, und zweitens verstehen Sie nichts davon. – Oder haben Sie vielleicht jemanden, der Ihnen bei dieser Sache an die Hand geht?« forschte er mißtrauisch. »Dann sagen Sie mir's ruhig, und ich trete ihm den ganzen Prozeß ab. Ich habe keine Lust, mir den Karren in den Dreck fahren zu lassen. Daß Sie nicht so ganz aufrichtig zu mir sind, weiß ich ja schon längst. Solange es sich hierbei um Ihre Vermögensverhältnisse handelt, die mir nicht recht klar sind, habe ich nichts gesagt, denn die gehen mich nichts an. Meinetwegen lassen Sie sich übers Ohr hauen, von wem und wie Sie wollen«, bemerkte er bissig, »aber wenn Sie mir mit Ihren Nachforschungen« – die Art, wie er das Wort betonte, verriet, wieviel er davon hielt – »in meinen schönen Prozeß hineinpfuschen, dann mache ich Schluß. Jawohl.«

Er richtete sich kerzengerade auf und begann mit gereiztem Gesicht seine Akten zusammenzuraffen, ohne die junge Frau eines weiteren Blickes zu würdigen.

Mrs. Irvine verharrte wortlos mit der verlegenen und schuldbewußten Miene eines gescholtenen Schulmädchens und schien einen schweren Kampf zu bestehen. Sie schätzte den originellen Summerfield, sie wußte, daß sie an ihm nicht nur einen vortrefflichen Anwalt, sondern auch einen aufrichtigen Freund hatte, und eine Stimme in ihr drängte sie, sich ihm in diesem günstigen Augenblick rückhaltlos anzuvertrauen. Aber die Furcht vor seinen gescheiten Augen, die sie bereits in starrer Bestürzung auf sich ruhen fühlte, verschloß ihr die Lippen.

Der Anwalt war über ihr Schweigen nicht gekränkt, denn er war ein guter Menschenkenner und wußte, daß er seine Klientin, für die er in seinem einsamen Herzen sehr viel übrig hatte, erst mit sich selbst fertig werden lassen mußte.

Er griff nach Zylinder und Mappe, um sich zu verabschieden.

»Der Umstand, daß Sie mir die Ehre erwiesen haben, mich an Ihrem köstlichen Frühstück teilnehmen zu lassen«, begann er mit Würde, indem er einen Blick auf seine eiförmige silberne Taschenuhr warf, »sowie die Wichtigkeit und Kompliziertheit der Prozeßmaterie haben es mit sich gebracht, daß ich Sie um ungefähr zwölf Minuten länger in Anspruch genommen habe, als ich ursprünglich vorhatte. Wollen Sie dies entschuldigen.«

Er verbeugte sich steif, aber auf einmal stand Muriel vor ihm und streckte ihm mit einem warmen, bittenden Blick in den dunklen Augen die Hand entgegen.

»Wenn Sie mich dringend brauchen sollten, so rufen Sie mich«, sagte er nachdrücklich und schüttelte Mrs. Irvines Rechte sehr kräftig. »Trotz der Unberechenbarkeit unserer heutigen Verkehrsmittel glaube ich, Ihnen doch innerhalb sechsundfünfzig Minuten jederzeit zur Verfügung stehen zu können.«

8

Knapp vor dem Wochenende ereignete sich im Kontor »Zu den tausend Dingen« eine Kleinigkeit, über die die reizbare Miss Babberly in eine derartige Wut geriet, daß sie sich am liebsten selbst geohrfeigt hätte.

Miss Constancia hatte einen ihrer »unvorteilhaften Tage«, wie sie es nannte, was bisweilen vorkam, wenn sie schlecht geschlafen hatte. Nun lag gerade eine solche Nacht hinter ihr, und am Morgen war sie wie gerädert und mit einem grüngelben Teint erwacht. Sie bemühte sich zwar, die Spuren des üblen Traumes nach Möglichkeit zu beseitigen, aber sie wußte aus Erfahrung, daß dies ein vergebliches Beginnen war und daß sie sich damit abfinden mußte, für zwölf Stunden weniger anziehend und pikant auszusehen als sonst.

Es war gegen elf Uhr, und Miss Babberly konstatierte enttäuscht, daß Mrs. Irvine noch immer nicht erschienen war. Diese unerhörte Gleichgültigkeit regte sie um so mehr auf, als sie nicht wußte, was Mrs. Irvine in dieser Zeit trieb, und sie daher völlig auf ihre Mutmaßungen angewiesen war.

In diesem Augenblick steckte Lil ihren stichelhaarigen Kopf durch die Tür und sagte mit einem breiten Grinsen:

»Ein Mann ist da, der Madam sprechen will.«

Die übelgelaunte Geschäftsführerin interessierte das nicht. Für die Männer, die mit der Besitzerin des Geschäftes sprechen wollten, hatte sie nichts übrig. Es waren entweder geschwätzige Geschäftsreisende oder betriebsame kleine Chefs, die ihre Waren selbst anboten. Miss Babberly gingen diese Leute auf die Nerven, und sie hatte kein Verlangen, mit ihnen zu tun zu haben. »Mrs. Irvine ist noch nicht gekommen«, sagte sie daher kurz. »Der Mann soll warten, wenn er will.«

Etwa eine Viertelstunde später ertönte aus dem Chefzimmer die Klingel, und Lil lief schnell hinein.

Gleich darauf stampfte sie eilig wieder zurück, und dann kam der furchtbare Augenblick, der Miss Babberly einer Ohnmacht nahe brachte.

Sie hatte sich, als sie wieder die Tür in ihrem Rücken gehen hörte, höchst gereizt umgewandt, aber in der nächsten Sekunde schon ging in ihrem Gesicht eine krampfhafte Wandlung vor. Ihre dünne Oberlippe hob sich, ihre graugrünen Augen traten vor Liebenswürdigkeit fast aus den Höhlen, und ihr strohgelber Lockenkopf senkte sich zu einem huldvollen Gruß.

Hinter Lil schritt nämlich ein schlanker, tadellos gekleideter Herr an ihr vorbei, der sicher weder ein Geschäftsreisender noch ein Chef war. Constancia hatte dafür einen Blick. Das war angeborene Vornehmheit und Distinktion, das war Eleganz und Figur.

Sie schnupperte verzückt den feinen Duft von Lavendel und Juchten ein, der sie streifte – und dann kam ihr mit einem Male ihr unvorteilhafter Tag zum Bewußtsein.

Kaum hatte sie die Tür zum Chefzimmer geschlossen, als sie zum Spiegel stürzte – aber was sie sah, entsetzte sie. Gerade an solch einem Tag mußte das geschehen.

Und diesen Mann, dem sich selbst der interessanteste Filmstar, den sie je auf der Leinwand erblickt hatte, nicht an die Seite stellen konnte, hatte sie bei der zerrauften, albernen Lil sitzen lassen. Eine volle, lange Viertelstunde . . . !

Als Miss Babberly aus dem Spiegel endlich ein farbenprächtiges Pastellbild entgegenstrahlte, war sie einigermaßen mit sich zufrieden. Aber nun quälte sie die Frage, ob der Besuch bei seinem Weggehen wieder ihr Zimmer passieren werde oder ob ihn Mrs. Irvine durch ihren Privatausgang entlassen werde.

Sie machte sich mit langen Ohren an der Tür zum Chefzimmer zu schaffen, mußte sich jedoch erneut von der Schalldichtigkeit der Polsterung überzeugen.

Aber selbst wenn dieses Hindernis nicht gewesen wäre, hätte Miss Babberly kaum etwas vernommen, denn in dem Zimmer herrschte eine geraume Weile ein sehr bedrückendes Schweigen. Mrs. Irvine saß an ihrem Schreibtisch und las mechanisch immer wieder die kurzen Zeilen, die sie handschriftlich an Mr. Ralph Hubbard gerichtet hatte: »Ihre Offerte sagt mir zu. Wollen Sie sich Freitag, den 12. d. M., gegen elf Uhr vormittags, in meinem Kontor einfinden.«

Sie hatte diesen einzigen Brief auf etwa zweihundert Angebote geschrieben, die ihr auf eine Anzeige, mit der sie einen Sekretär und Disponenten gesucht hatte, zugekommen waren.

Aber in diesem Augenblick wünschte sie, daß sie unter den zahlreichen Bewerbern eine andere Wahl getroffen hätte.

Sie war so verwirrt, daß sie den Besuch nicht einmal einlud, Platz zu nehmen, und es dauerte lange, bis sie sich gefaßt hatte.

Sie drehte das Schreiben nervös in den Händen und hob den Blick etwas unsicher zu dem eleganten Herrn, der mit der Lässigkeit eines vollendeten Weltmannes vor ihr stand.

»Ich nehme an, Mr. Hubbard«, sagte sie endlich kühl, »daß es sich hier um einen Irrtum handelt. Sie dürften sich bei Ihrer Bewerbung wohl etwas anderes vorgestellt haben. Wir sind nur ein ganz einfaches Kaufhaus . . .«

»Ich war völlig informiert, als ich mich bewarb«, fiel er ebenso kühl ein, als sie stockte. »Es ist dies mein Prinzip, denn ich liebe es, in klare Verhältnisse zu kommen, wenn ich irgendwo eine Stellung annehme.«

Es klang sehr selbstbewußt, und das gefiel Muriel nicht, wie ihr überhaupt der ganze Mann nicht gefiel. Das heißt – sie hatte an ihm eigentlich gar nichts auszusetzen, im Gegenteil; aber als er eingetreten war und ihr wortlos ihr Schreiben überreicht hatte, war eine fixe Vorstellung in ihr gründlich zerstört worden. Sie hatte nach den Zeugnissen und Referenzen einen Mann gesetzten Alters erwartet, von dem sie sich überhaupt kein Bild gemacht hatte, weil ihr dies ganz nebensächlich schien – und nun stand eine Persönlichkeit vor ihr, die sie sich in jeden Salon, aber nicht in das Büro eines Kaufhauses denken konnte.

»Haben Sie Branchenkenntnisse?« fragte sie in der Hoffnung, dadurch einen unverfänglichen Grund für den Abbruch der Verhandlungen zu finden.

»Nein«, erklärte er offen. »Aber ich würde mich gewiß in einem Warenhaus dieser Art sehr rasch einarbeiten. Dazu gehört ja nur ein gewisser Geschmack und das richtige Verständnis für das, was das Publikum verlangt.«

Die junge Frau horchte unwillkürlich auf, und dabei schwand für Sekunden der starre, abweisende Zug aus ihrer Miene. Sie fand die Antwort ganz gescheit und wußte aus eigener Erfahrung, daß sie zutreffend war. Sie selbst war seinerzeit auch aus einem ganz anderen Milieu in einen derartigen Betrieb gekommen, und es war wirklich nicht so schwer, sich hineinzufinden.

»Ich glaube auch nicht, daß Ihnen die Bedingungen entsprechen würden«, fuhr sie mit trockener Geschäftsmäßigkeit fort. »Mehr als sieben Pfund in der Woche vermag ich für die Stelle nicht auszusetzen.«

Sie erwartete bestimmt, daß mit dieser Mitteilung die Unterredung beendet sein würde, und hatte deshalb sogar ein Pfund weniger geboten, als sie ursprünglich vorgesehen hatte. Aber zu ihrer größten Überraschung gab Hubbard durch ein leichtes Neigen des Kopfes sein Einverständnis kund, und sie sah sich neuerlich geschlagen. Der Mann war glatt und zäh, und wenn er diese Eigenschaften auch im geschäftlichen Leben entwickelte, mochte er gewiß eine sehr tüchtige Kraft sein. Die Empfehlungen von ersten Häusern lauteten auch alle in diesem Sinne, und wenn er eine Erscheinung vom Durchschnittstypus gewesen wäre, hätte sie nicht einen Augenblick gezögert. So aber fiel er gewissermaßen aus dem Rahmen. Sie konnte einen Angestellten von einem derart auffallenden Äußeren und von solchen Umgangsformen nicht brauchen. Das Personal würde hinter seinem Rücken wahrscheinlich die Augen verdrehen oder sich vielsagend in die Seite stoßen, und sie selbst würde ihm gegenüber vielleicht nicht den kurz angebundenen Ton aufbringen, an den sie im Verkehr mit ihren Angestellten gewöhnt war.

Das war das Ausschlaggebende, und nachdem sie ihn noch einmal mit einem etwas spöttischen Blick von oben bis unten gemustert hatte, entschloß sie sich, das entscheidende Wort zu sprechen.

»Mr. Hubbard, wenn ich ein Luxushotel oder sonst ein großes Unternehmen besäße und einen Repräsentanten suchen würde, so würden Sie mir sehr geeignet erscheinen. Aber ich brauche eine einfache Arbeitskraft, die in keiner Weise von dem Milieu meines Hauses absticht. Vielleicht werden Sie mich verstehen. Es tut mir sehr leid . . .«

Sie vollendete nicht, sondern erhob sich und ließ keinen Zweifel darüber, daß sie die Unterredung für beendet hielt.

»Ich hätte nicht geglaubt, Mrs. Irvine, daß Sie sich durch solche Dinge beeinflussen lassen würden«, erwiderte er, indem er gelassen den Handschuh überstreifte. »Ich dachte, Sie suchen einen Mann für eine Vertrauensstellung, wie Sie annoncierten. Das glaube ich zu sein, und nun, da ich weiß, daß Sie sich an gewissen Äußerlichkeiten stoßen, würde ich auch dem gerne Rechnung tragen, obwohl ich mich wahrscheinlich dabei nicht sehr wohl fühlen würde. – Sie sollten es also doch mit mir versuchen. Mr. Wilkens hatte mir versprochen, sich persönlich für mich zu verwenden, und ich dachte, daß er es getan hätte«, fügte er mit einem fragenden Blick hinzu.

Die junge Frau fand den Ton, in dem er mit ihr sprach, geradezu unverschämt, aber die Erwähnung von Mr. Wilkens brachte sie plötzlich in Verlegenheit. Sie war diesem Mann, der zu den angesehensten Kaufherren der City zählte und der ihr wiederholt in uneigennützigster Weise an die Hand gegangen war, zu großem Dank verpflichtet, und sie hatte ihm tatsächlich die Berücksichtigung seines Schützlings zugesagt. Er hatte noch gestern deshalb mit ihr telefonisch gesprochen und ihr diesen Bewerber so eindringlich empfohlen, daß sie darüber fast verwundert war. Es mußte ihm sicher sehr viel daran gelegen sein, und sie konnte den Mann nicht gut verletzen.

»Mr. Wilkens hat Sie mir allerdings empfohlen«, sagte sie endlich und warf den Kopf zurück, »und ich möchte mich gerne gefällig zeigen. Wenn Sie also Ihre Anstellung nur diesem Umstande zu verdanken haben wollen«, fuhr sie mit beleidigender Offenheit fort, »so können Sie Montag eintreten. Die Arbeitszeit ist von acht bis sieben mit einer eineinhalbstündigen Mittagspause. Ihre besonderen Pflichten werden Sie allmählich kennenlernen.«

Er hatte wieder nur eine stumme Zustimmung, und Mrs. Irvine klingelte.

Rasch und beflissen wie noch nie, stürzte Miss Babberly bereits in der nächsten Sekunde ins Zimmer.

»Mr. Hubbard, unser Sekretär und Disponent«, stellte Muriel kurz vor. »Er wird Ihnen einen Teil der Arbeit abnehmen, was Sie gewiß sehr begrüßen werden.«

Miss Constancia hatte für die überraschende Mitteilung nur einen verzückten Augenaufschlag.

Mrs. Irvine nickte verabschiedend, aber als sich die beiden bereits zurückziehen wollten, fiel ihr noch etwas ein.

»Da unsere Räumlichkeiten leider sehr beschränkt sind, müssen Sie sich im Zimmer von Miss Babberly einrichten, so gut es eben geht«, bemerkte sie zu Hubbard, und es schien, als ob um ihren Mund ein schadenfrohes Lächeln spielte. Constancia aber bat in diesem Augenblick ihrer Herrin alles ab, was sie je Übles über sie gedacht und gesprochen hatte, und das war sehr viel.

So vollzog sich der Eintritt Ralph Hubbards in das Warenhaus »Zu den tausend Dingen«. Aber bereits vom nächsten Montag an begann die Besitzerin ungeduldig nach irgendeiner Unzulänglichkeit ihres neuen Angestellten zu forschen, um dieses Dienstverhältnis auf eine möglichst kurze Dauer zu beschränken.

Zuerst diktierte sie dem Sekretär einige Briefe und sah dabei gespannt auf seine tadellose Hand, die in gewandter Kurzschrift jedem ihrer Sätze zu folgen vermochte. Zuweilen machte sie eine kleine Pause, um nach einem Wort oder einer Redewendung zu suchen, und Hubbard blickte dann stumm auf sein Papier und wartete gelassen, bis sie wieder fortfuhr. Als sich das aber einige Male wiederholt hatte, begann er plötzlich, ihr die fehlenden Worte prompt in den Mund zu legen, und sie mußte zugeben, daß er stets das Richtige traf.

Aber sonderbarerweise ärgerte sie sich darüber und wurde gereizt.

»Selbstverständlich wird es Ihre Aufgabe sein, die Korrespondenz allein zu erledigen«, sagte sie. »Ich werde Ihnen immer nur kurze Anweisungen geben.«

Daß er alle ihre Anforderungen und Bemerkungen lediglich mit einem zustimmenden Kopfnicken hinnahm, machte sie noch nervöser; und so empört sie gewesen wäre, wenn er auch nur ein überflüssiges Wort gesprochen hätte, so unerhört fand sie es, daß er sich stumm wie ein Fisch verhielt.

»Welche Vorbildung haben Sie?« wollte sie plötzlich wissen, indem sie gleichgültig in den Papieren auf ihrem Schreibtisch blätterte.

»Ich war sieben Jahre in Oxford«, gab er zurück.

»Aus das noch«, sagte sie mit einer seltsamen Betonung, und um ihren hübschen Mund lagerten sich kleine Fältchen.

»Ich habe mich zur Anstellung einer weiteren Kraft aus besonderen Gründen entschlossen«, erklärte sie ihm. »Unter gewöhnlichen Verhältnissen wäre die Stelle, die Sie einnehmen, völlig überflüssig, aber ich kann mich leider dem Geschäft nicht so ganz widmen, wie dies notwendig wäre. Es kommt des öfteren vor, daß ich mehrere Stunden fernbleiben muß, und für diese Zeit möchte ich irgend jemanden hier haben, der mich vertritt und auf den ich mich verlassen kann. Mein Personal ist ja im allgemeinen geschult und willig, aber es bedarf trotzdem einer Beaufsichtigung. Und mit Miss Babberly allein möchte ich in dieser Hinsicht nicht rechnen«, fügte sie hinzu. »Es wird also an Ihnen liegen, sich den Leuten gegenüber vom ersten Tage an die nötige Autorität zu verschaffen.«

Als Hubbard gleich darauf mit der Korrespondenz in sein Zimmer zurückkam und sich an die Arbeit machte, sah er sich von einer geradezu rührenden Fürsorge umgeben.

Miss Constancia, die sich koketter denn je hergerichtet hatte, tänzelte unablässig um ihn herum und hatte ihm bald dies, bald jenes zu reichen, wobei er ihre spiegelnden Fingernägel nicht übersehen konnte.

»Sie sind wirklich zu liebenswürdig, Miss Babberly«, wehrte er endlich ab, aber sie schüttelte lebhaft ihren Lockenkopf.

»Wir müssen einander doch an die Hand gehen«, sagte sie und blickte ihn schmachtend an. »Mrs. Irvine ist sehr genau und« – sie vergaß sich, machte einen dünnen Mund und zog die Nase herunter – »nicht sehr angenehm, und ich möchte nicht, daß Ihnen die Arbeit bei uns gleich verleidet wird.«

Den weiteren Vormittag benützte Hubbard dazu, den Betrieb in den Verkaufsräumen kennenzulernen. Constancia schritt stolz wie ein Pfau an seiner Seite. Das Personal machte tatsächlich große Augen, aber nicht nur wegen des eleganten neuen Mannes, sondern auch wegen der Geschäftsführerin, die man noch nie so liebenswürdig gesehen hatte. Nur über die jungen Angestellten sah man mit einem Male hinweg, als ob sie völlig Luft seien.

Vor der Mittagspause fragte sie den Sekretär sehr angelegentlich, wo er zu speisen gedenke, und nannte ihm dann ein Lokal in der Nähe, wo er gewiß sehr zufrieden sein werde. Hie und da würde sie es schon einrichten, daß sie mit ihm frühstücken könne, deutete sie ihm mit einem verheißungsvollen Blick an, denn es gebe doch immer eine Menge zu besprechen, und im Kontor ergebe sich dazu nicht die Gelegenheit.

Gegen fünf Uhr öffnete sich plötzlich die Tür des Chefzimmers, und Mrs. Irvine erschien auf der Schwelle.

»Liegt noch etwas vor?« fragte sie, und als Constancia und Hubbard verneinten, zog sie sich mit einem kurzen Gruß wieder zurück. Gleich darauf wurde innen der Schlüssel umgedreht, und wenige Minuten später fiel auch die Tür nach dem Korridor hörbar ins Schloß.

»So macht sie es jeden Tag«, erklärte Miss Babberly und schlug mit einem höchst zweideutigen Lächeln die Beine übereinander, so daß man möglichst viel davon sehen konnte. »Können Sie das verstehen? Ich nicht. Da muß doch unbedingt etwas dahinterstecken«, fuhr sie fort und nestelte mit einem impertinenten Lächeln an ihrem Halsausschnitt herum. »Ich bin ja gewiß nicht prüde«, versicherte sie eifrig und sah Hubbard aus ihren grünen Augen von der Seite an, »aber sie sollte doch auf das Gerede des Personals etwas Rücksicht nehmen, das natürlich auf alle möglichen Vermutungen kommt. Besonders, da sie sich bereits einige Male um diese Stunde abholen ließ. Vor dem Portal, denken Sie sich. Wie ein Dienstmädchen. Ich finde das höchst ungehörig.«

»Von einem Mann natürlich«, meinte der Sekretär leichthin, indem er sich mit seiner Korrespondenzmappe zu schaffen machte.

»Natürlich«, kicherte sie, »Sonst wäre doch nichts dabei. Übrigens ein ganz interessanter Mann«, fuhr sie mit sachverständiger Anerkennung fort. »Bereits etwas älter, aber von tadellosem Aussehen. Nur die Binde über dem einen Auge stört. – Ich bitte Sie, schließlich ist das doch ein Gebrechen.«

Hubbard klappte unvermittelt die Mappe zu und lächelte die Kollegin vergnügt an.

»Das Geschäft bedarf unserer Aufsicht, Miss Babberly«, sagte er und machte eine einladende Handbewegung.

Constancia hatte sich die Sache zwar anders gedacht, aber schließlich war dies ja der erste Abend. Während sie glückselig hinter dem Sekretär dreinschwebte, träumte sie von jenen, die noch kommen sollten.

9

Das kleine Haus in Islington war äußerlich so schmutzig wie die enge, stickige Gasse, in der es lag, aber noch lange nicht so schmutzig wie die Räume, die es hinter klapprigen Türen barg. Das eine Zimmer im Erdgeschoß hatte zwei Bewohner, die selbst von der sehr anspruchlosen Nachbarschaft um dieses Dach über dem Kopfe nicht beneidet wurden. Man ging an dem alten Bau, in dem es eigentlich seit Jahren kein Leben mehr gegeben hatte, mit einer gewissen Scheu vorüber, und seine gegenwärtigen Insassen machten ihn nicht freundlicher.

Zu sehen war von ihnen eigentlich nur einer, und auch dieser nur selten, aber man wußte, daß er einen Genossen hatte, der nicht recht bei Verstand war und des Nachts zuweilen mit seinen tierischen Schreien die ganze Gasse weckte. Aber jeder der Nachbarn hatte eigene Sorgen in Hülle und Fülle und kümmerte sich um den Nächsten nicht, weil er auch selbst nicht wünschte, daß man die Nase in seine vier Wände steckte.

Billy Knox hatte eben seinen Nachmittagsschlaf beendet, steckte die rußige Petroleumlampe an, und der erste blinzelnde Blick aus seinen verquollenen Augen galt der primitiven Lagerstätte, die, der seinen gegenüber, die Wand einnahm. Als er das lange Bündel gewahrte, das regungslos dort lag, schien er beruhigt und machte sich möglichst geräuschlos daran, seine Tagesarbeit fortzusetzen und einen tiefen Schluck zu nehmen. Er bedurfte nach dem Schlafen immer einer Stärkung und nach dieser die Stärkung des Schlafes, und er konnte sich dies leisten, seitdem er das Glück gehabt hatte, eine so wunderbare Anstellung zu finden. Der Mann dort auf dem Bett war ja gewiß schwierig, und es war gerade kein Vergnügen, mit ihm zu hausen, aber für die Möglichkeit, so viel trinken zu dürfen, wie ihm schmeckte, hätte Billy ohne Zögern sogar mit des Teufels Großmutter gemeinsam Haushalt geführt.

Eben als Billy seine breite Nase langsam aus dem Glase herauszog und sich mit Behagen den nassen Schnurrbart aus dem Munde wischte, fuhr das Bündel jäh in die Höhe und starrte mit glanzlosen Augen in die Helle. Dann streckten sich ein Paar dürre Arme verlangend nach der Flasche aus, und von den bläulichen Lippen kam ein weinerliches Lallen, das kaum mehr etwas von menschlichen Lauten an sich hatte.

Die ganze ausgemergelte Gestalt bot von dem langen, wirren Haupthaar mit den grauen Strähnen und dem wildverwachsenen Gesicht bis zu den dünnen, kraftlosen Beinen ein Bild furchtbarster Verwahrlosung, und die glasigen Augen mit den großen Pupillen gaben ihr ein geradezu gespenstisches Aussehen.

Billy versicherte sich zunächst durch einen mißtrauischen Seitenblick, in welcher Verfassung sich sein Pflegling befand, dann bediente er sich erst selbst noch einmal aus der Flasche und goß hierauf ein zweites Glas bis zum Rande voll.

»Durst, mein Junge?« fragte er gönnerhaft. »Ein scheußliches Gefühl, wenn man nichts dagegen tun kann, aber wir können es uns leisten.«

Der Mann stürzte das scharfe Getränk hinunter, als ob es Wasser sei, und Billy konnte nur voll Bewunderung den Kopf schütteln.

»Im Kopfe bist du zwar nicht ganz richtig, aber die Gurgel ist in Ordnung«, sagte er anerkennend, »und das ist die Hauptsache. – Noch einen?«

Der andere nickte apathisch. Aber kaum hatte er das zweite Glas hinuntergegossen, ging mit ihm eine merkliche Veränderung vor. Er begann die Glieder zu strecken, und in seinen Augen flackerte es unruhig auf.

Billy Knox kannte diese üblen Vorzeichen und war auf seiner Hut.

Er brachte zunächst den wackligen Tisch zwischen sich und seinen unheimlichen Zimmergenossen und nahm dann die Pose eines Tierbändigers an.

»Sten«, knurrte er drohend, »mach keine Dummheiten. So leid es mir täte, ich müßte dich wieder einmal verbleuen, und wenn du dann dabei wieder eins abbekommst, daß dir acht Tage der Schädel brummt, so ist das nicht meine Schuld. Ich bin ein guter Kerl, aber was hilft das, wenn du ein Vieh bist.« Er hielt seinen Blick fest auf seinen Pflegling gerichtet, und dieser fiel furchtsam in sich zusammen.

»Gib mir mein Pulver«, keuchte er. »Nur ein bißchen von meinem Pulver ...«

»Da mußt du warten, bis unser Freund kommt«, meinte sein Wärter und zuckte bedauernd mit den Achseln. »Whisky und deinen scheußlichen Fusel, soviel du willst, aber dein verdammtes Pulver kann ich dir leider nicht beschaffen. Verstanden?«

Er schlug mit seiner mächtigen Faust dröhnend auf den Tisch, und Sten schwankte zu seinem Lager.

Billy sagte sich verdrießlich, daß es wieder einmal eine unruhige Nacht werden würde, aber als sich nach etwa einer Viertelstunde die Tür auftat, hatten alle seine Befürchtungen ein Ende. Er sprang mit einem Satz auf und versuchte, vor dem alten, sorgfältig gekleideten Herrn einige tiefe Bücklinge zu machen, die ihm das Blut in den Kopf trieben.

Aber der Ankömmling hatte keine Zeit, sich um ihn zu kümmern, denn er mußte alles aufbieten, um Sten von sich abzuwehren, der auf ihn zugesprungen war.

»Geben Sie ihm sein Teufelspulver, Mr. Pringle«, flüsterte Billy, »dann sind Sie ihn sofort los. Er hat ein Schweineglück, daß Sie heute gekommen sind, und ich hätte ihm wohl eine gehörige Tracht Prügel verabreichen müssen, um ihn auf andere Gedanken zu bringen.«

Der Fremde zog ein kleines Päckchen aus der Tasche seines Mantels, und kaum hielt es Sten in Händen, als er wieder zu seinem Lager eilte. Dort riß er mit unsicheren Fingern die Hülle auf, und dann hörte man nichts mehr von ihm.

»Wie steht es?« fragte der freundliche Pringle Billy, der mit dem Rockzipfel dienstbeflissen einen der morschen Stühle säuberte. »Hat er mal Augenblicke, in denen es sich mit ihm reden läßt?«

»Das könnte man gerade nicht sagen«, meinte Knox und schüttelte verdrießlich den Kopf. »Ich gebe mir ja alle Mühe, denn wenn man so sitzt und sein Gläschen trinkt und seine Pfeife raucht, gehört dazu auch ein gemütlicher Plausch. Aber ich mag anfangen, wovon ich will, er gibt auf nichts eine Antwort. Manchmal kommt es mir überhaupt so vor, als ob er nicht einmal verstünde, was ich sage. Und er selbst macht nur das Maul auf, wenn er trinken will oder nach seinem Pulver verlangt.«

»Lassen Sie ihm nur nichts abgehen«, sagte Pringle mit sanfter Stimme. »Ich werde auch dafür sorgen, daß Sie immer ein Reservepäckchen von seinem Pulver haben, wenn ich einmal längere Zeit nicht kommen könnte.«

Er warf einen forschenden Blick auf den armen Kerl, der plötzlich ganz ruhig auf seinem unordentlichen Lager saß.

»Nun, mein Lieber, wie fühlen Sie sich?« fragte er.

Der Mann schien die Frage völlig überhört zu haben, denn er rührte sich nicht. Plötzlich aber wandte er seinen Blick langsam auf den Besucher, und aus seinen Mienen war mit einem Male alles Unheimliche gewichen.

»Wenn Sie noch einige Augenblicke gewartet hätten«, sagte er stockend und mit etwas lallender Zunge, »würde ich geantwortet haben: ausgezeichnet. – Ich bin Ihnen sehr dankbar, daß Sie mir mein Pulver gebracht haben.«

Er sprach ganz vernünftig und sehr gewählt, und mit dem wiederkehrenden Bewußtsein schien ihm auch das Verständnis für seine Verfassung und seine Umgebung zu dämmern. Er blickte verlegen an seiner armseligen, schmutzigen Gestalt herunter und schlüpfte in einen alten Mantel, der auf dem Bett lag.

»Sie müssen verzeihen, daß ich Sie so empfange«, entschuldigte er sich, »aber ich bin krank und kann mich um nichts kümmern.«

»Das wird schon alles wieder anders werden«, tröstete ihn der Besucher mit einem gütigen Lächeln. – »So, wie es früher einmal war«, fügte er mit einem gewissen Nachdruck hinzu und sah Sten durchdringend an. »Erinnern Sie sich noch?«

Mr. Pringle hielt die Augen hinter den scharfen Brillengläsern halb geschlossen und schien die Antwort mit lebhafter Spannung zu erwarten. Aber der Kranke hatte die Brauen zusammengezogen, als ob er angestrengt über etwas nachdächte, und seine Miene nahm einen verträumten Ausdruck an.

Dann begann er plötzlich lebhaft zu nicken und rieb sich mit kindischer Freude die Hände.

»Oh, zuweilen erinnere ich mich«, sagte er mit einer gewissen Vertraulichkeit. »Es muß sehr schön gewesen sein damals, denn ich sehe dann immer so viele herrliche Dinge und so viele Menschen. Und manchmal spricht eine sehr liebe Stimme zu mir, aber ich weiß nicht, wo ich sie schon einmal gehört habe. Und es ist überhaupt alles immer gleich wieder vorbei. Ich möchte diese schönen Bilder gerne festhalten, damit es hier nicht so traurig ist, aber es geht nicht. – Ich bin sehr krank, Sir.«

»Aber Ihren Namen werden Sie sich wohl gemerkt haben?« fragte der teilnahmsvolle Gast.

»Meinen Namen?« Sten starrte hilflos um sich und begann wieder angestrengt zu grübeln.

»O ja«, versicherte er verlegen. »Billy ruft mich ja immer.«

Er sah seinen Zimmergenossen flehend an, und dieser ließ sich nicht lange bitten.

»Sten Moore«, brüllte er so nachdrücklich, als ob er dem andern den Namen in den Kopf hämmern wollte. »Sten Moore.«

»Jawohl«, bekräftigte der Kranke lebhaft und sah Pringle triumphierend an. »Sten Moore.«

Dann begann er plötzlich wie ein Trunkener zu schwanken und fiel auf sein Lager zurück.

»Es ist ein Kreuz mit ihm, Sir«, klagte Billy verzweifelt. »Hundertmal am Tage schreie ich ihm ins Ohr, wie er heißt, weil Ihnen so daran gelegen ist, aber er kann nichts in seinem Schädel behalten.«

Der freundliche Mr. Pringle schien Billy auch nicht dafür verantwortlich zu machen, denn als er sich zum Gehen wandte, legte er statt des einen Scheins, wie sonst, deren zwei auf den schmierigen Tisch.

»Weil Sie sich des armen Kranken so annehmen«, sagte er anerkennend. »Aber vergessen Sie ja nicht«, schärfte er ihm ein, »mich sofort zu benachrichtigen, wenn hier etwas geschehen sollte.«

Billy verbeugte sich noch immer bis zur Erde, als der Besucher das Haus bereits verlassen hatte und eilig dem Ausgang der düsteren Gasse zustrebte. Er hielt sich dicht an den Mauern, und seine Augen blickten bei jedem Schritt scharf ins Dunkel. Plötzlich stockte sein Fuß, und er drückte sich regungslos in den tiefsten Schatten, aber es war bereits zu spät.

Der untersetzte Mann, der etwa zehn Schritte vor ihm plötzlich aufgetaucht war, hatte ihn offenbar schon bemerkt und kam nun langsam näher.

Der Herr mit der Brille zögerte noch einen Augenblick, dann schob er die Hände in die Taschen und setzte seinen Weg unbefangen fort.

Der Entgegenkommende hielt haarscharf auf ihn zu, und es schien, als ob er nicht gerade die freundlichsten Absichten hätte. Als sie aber dicht voreinander standen, begnügte er sich damit, dem alten Herrn mit einer Taschenlampe blitzschnell ins Gesicht zu leuchten.

Mr. Pringle wandte geblendet das Gesicht zur Seite und schlüpfte vorbei, während der andere gelassen weiterging.

Er hatte aber kaum einige Schritte getan, als der alte Herr jäh herumschnellte und den Arm in die Luft warf.

Sekundenlang war ein metallisches Singen zu hören, dann schwankte der neugierige Mann und stürzte rücklings zu Boden. Pringle zog mit kräftigen Armen an dem dünnen Drahtseil, das er in Händen hielt, und schleifte den massigen, zappelnden Körper rasch zu sich heran.

Er hatte das schwere Stück Arbeit fast schon vollbracht, als er plötzlich taumelte und zu Boden gestürzt wäre, wenn er nicht an der Mauer Halt gefunden hätte. Fast gleichzeitig sprang auch der Überfallene wieder auf die Füße, und aus seiner Hand schoß ein Feuerstrahl, den der scharfe Knall eines Schusses begleitete . . .

Das Geschoß schlug etwa einen Zoll neben dem Kopf des alten Herrn in die Hausmauer, und der Schütze kam nicht dazu, seine Waffe zum zweitenmal abzudrücken. Er sah nur mehr für Sekunden einen undeutlichen Schatten, der in wilder Flucht davonstürzte und dann verschwand, als ob ihn die Erde verschlungen hätte.

10

Sergeant Gibbs wußte, daß es aussichtslos war, ihm zu folgen, und trachtete zunächst danach, seinen arg mitgenommenen äußeren Menschen etwas in Ordnung zu bringen. Dann leuchtete er sorgfältig den Boden ab und rollte mit einem leisen Fluch die abgeknipste Drahtschlinge zusammen, die ihm fast das Leben gekostet hätte. Nur dem Umstand, daß er gerade die Hand an der Pfeife hatte, als das Zeug über seinen Kopf gefallen war, hatte er es zu danken, daß er ziemlich heil davongekommen war. Es war ihm dadurch möglich gewesen, die mörderische Schnur von seinem

Halse abzuhalten und rechtzeitig von dem Instrument Gebrauch zu machen, das er bei sich trug, seitdem er sich mit dem Tode Lewis' und Dawsons eingehend beschäftigt hatte.

Er sah sehr übel zugerichtet aus und war in schlechtester Laune, als er etwa eine Stunde später in dem hellen Lichtkegel des Zimmers Nummer 7 in Scotland Yard stand.

»Diesen Fehlschuß werde ich mir nie im Leben verzeihen, Captain«, sagte er grimmig. »Das war eine Schweinerei. Solch einen Banditen drei Schritte vor dem Lauf zu haben und danebenzuknallen – pfui Teufel!«

Er hätte fast ausgespuckt, besann sich aber noch rechtzeitig und fuhr sich mit dem großen farbigen Taschentuch über das rote, zerschundene Gesicht.

Kommissar Conway saß wie immer irgendwo in dem Dunkel hinter dem Schreibtisch und hatte den verzweifelten Bericht des Sergeanten nicht mit einem Laut unterbrochen. Wenn auch dieses Versteckspiel seinem verläßlichen Gehilfen gegenüber, den er sich aus Dover mitgebracht hatte, völlig überflüssig war, so hatte er doch seine besonderen Gründe, im Zimmer 7 ein für allemal dabei zu bleiben.

Auch als Gibbs geendet hatte, verging noch eine geraume Zeit, bevor der Kommissar antwortete, und nur daraus konnte man schließen, wie sehr ihn die Sache beschäftigte.

»Pech, mein Lieber«, sagte er endlich, und der Sergeant glaubte, jenes spöttische Lächeln in den Mienen seines Vorgesetzten zu sehen, das er so gut kannte und bei dem er sich immer so unbehaglich fühlte. »Nicht, daß Sie danebengeschossen haben, denn ich stelle mir das Ende dieses Burschen etwas anders vor, sondern daß Sie sich wie ein Hase haben abfangen lassen, ist das Verdrießliche an der Geschichte.«

Aus der Nische klang so etwas wie ein leises schadenfrohes Lachen, und Gibbs bekam einen gewaltig roten Kopf.

»Hoffentlich sind Sie dadurch etwas klüger und vorsichtiger geworden, denn wir haben es mit einem verdammt schlauen und kaltblütigen Schurken zu tun«, fuhr Conway eindringlich fort. »Selbst Dawson, der doch gewiß zu unseren erfahrensten und geschicktesten Leuten zählte, hat daran glauben müssen.«

Der Sergeant hob den Kopf und sah gespannt in das Dunkel.

»Sie meinen also auch, Captain . . .?«

Der Unsichtbare gab auf diese halbe Frage keine direkte Antwort.

»Ich meine, daß Sie die Protokolle über den Fall Dawson und Lewis mit sehr viel Verständnis gelesen haben und daß die Kneifzange eine ausgezeichnete Idee von Ihnen war. Dieser gute Einfall hat Sie vor einem gräßlichen Ende und uns beide vor einer argen Blamage bewahrt. Sie wissen ja, daß uns Scotland Yard nicht sehr grün ist, und ich kann das verstehen.«

»Und ich habe danebengeschossen!« stöhnte Gibbs und faßte sich wütend an den struppigen Haarschopf.

»Reden Sie nicht soviel davon«, gebot die Stimme aus dem Dunkel kurz, »es braucht niemand davon zu wissen. Bedauerlich nur, daß der Mann nun gewarnt ist und sich eine andere Verkleidung zulegen wird, in der wir ihn erst wieder aufstöbern müssen. Haben Sie gar keinen Anhaltspunkt?«

Der Sergeant schüttelte trübselig den Kopf.

»Nichts, Captain. Ich hatte ihn höchstens drei Sekunden im Licht und sah nur einen falschen Bart und das falsche Haar. Nicht einmal in die Augen konnte ich ihm schauen, weil er den Kopf sofort zur Seite warf.«

»Und die Figur?«

»Wie sie jeder dritte Mann in London hat«, erwiderte Gibbs mit einem Achselzucken.

»Wo sind Sie auf ihn gestoßen?«

»In der Nähe des Foundling-Hospitals. Ich erkannte sofort, daß es der Mann war, der sich an den letzten Abenden bei Ihrem Nebenausgang hier draußen wiederholt herumgetrieben hat, und wollte ihn mir einmal etwas näher ansehen. Er schien etwas vorzuhaben, denn er tat sehr harmlos, hatte aber dabei seine Augen überall. Als er dann plötzlich in ein Taxi schlüpfte, fuhr ich ihm nach. Er wechselte den Wagen noch zweimal, und es war kein leichtes Stück Arbeit, ihm auf den Fersen zu bleiben. Trotzdem ging es ganz gut, bis zum letzten Augenblick, wie das immer ist. Er kam an einer Kreuzung noch durch, wir aber mußten einige Minuten warten, und so entwischte er mir. Ich konnte nur noch sehen, welche Richtung der Wagen nahm und fuhr dann nach und stöberte aufs Geratewohl umher. – Und auf einmal hatte ich ihn wirklich vor mir. – Weiß der Teufel, wo er war, und was er dort zu tun hatte.«

Der Kommissar schien sich für diese Frage nicht weiter zu interessieren, sondern untersuchte in seinem Winkel offenbar die Drahtschlinge, weil er plötzlich davon zu sprechen begann.

»Eine feine Arbeit, diese Schnur«, sagte er anerkennend. »Von bestem Material und doch so weich und schmiegsam, daß man eine Henne damit strangulieren könnte. Sie hatten ein geradezu unerhörtes Glück, daß Sie da herausgekommen sind«, fuhr er nach einer kleinen Pause fort, »und Sie sollten sich kein zweites Mal auf so etwas verlassen. Wenn Sie nicht auf Ihrer Hut sind, mein lieber Gibbs, und es nicht sehr klug anstellen, so gebe ich von heute an für Ihr Leben nicht einen Penny. Der Mann wird hart hinter Ihnen her sein, und ich möchte darum wetten, daß er sich auch noch auf andere unangenehme Dinge ebenso versteht, wie auf das Lassowerfen. Wenn er Sie vor den Revolver bekommt, wird er kaum so rücksichtsvoll sein wie Sie, einen halben Zoll danebenzuknallen. Also, lassen Sie sich's gesagt sein, und halten Sie die Augen offen.«

Nachdem der Sergeant das Büro seines Chefs verlassen hatte, blieb es im Zimmer Nummer 7 eine Weile still.

Dann löste sich aus dem dunklen Hintergrund eine hohe schlanke Gestalt und ließ sich am Schreibtisch nieder. Aber auch jetzt konnte man von ihr nur eine Hemdbrust von tadelloser Weiße mit zwei schimmernden Perlen erkennen, während das Gesicht völlig im Schatten blieb.

Kommissar Conway, der in Gesellschaftskleidung zu sein schien, drehte noch eine Weile an den Lampenschirmen, dann klingelte er. »Den Sergeanten Meals«, befahl er dem eintretenden Schutzmann.

Meals kam atemlos herein, und als er die Hemdbrust hinter dem Schreibtisch leuchten sah, kniff er die Augen halb zu, um von seinem neuen Vorgesetzten endlich etwas mehr kennenzulernen als die Stimme. Aber die beiden Lampen waren verdammt geschickt eingestellt, und je schärfer er gegen das Licht blickte, desto mehr versagten ihm die Augen den Dienst.

Da der Kommissiar die Gewohnheit zu haben schien, sich mit dem Sprechen Zeit zu lassen, glaubte der Sergeant etwas vorherschicken zu dürfen.

»Ich war heute abend bereits dreimal an Ihrer Tür, Sir«, meldete er respektvoll.

»Aber das hat keinen Zweck. Sie müssen sich schon gedulden, bis ich Sie rufen lasse. Also – etwas Neues?«

»Jawohl, Captain«, stotterte er endlich, und seine freundlichen Augen zwinkerten hilflos gegen das Licht. »Es betrifft Mrs. Irvine.«

»Nun, dann nehmen Sie sich einen Stuhl und legen Sie los«, forderte ihn der unsichtbare Chef auf, und Meals konstatierte zu seiner Erleichterung, daß dessen Stimme heute weit freundlicher klang als das erste Mal. Das machte ihm Mut, und er trat einige Schritte gegen den Schreibtisch, um der Aufforderung nachzukommen. Aber sein Fuß stockte sofort, denn die Stimme wurde mit einem Male höchst ungemütlich.

»Bleiben Sie dort, wo Sie sind. Sie haben ja einen Stuhl bei der Hand. – Was ist also mit Mrs. Irvine?«

Der Sergeant setzte sich gehorsam und bescheiden auf den Rand des nächsten Stuhls.

»Ich habe über sie einiges in Erfahrung gebracht, was vielleicht wichtig ist«, begann er. »Natürlich kann ich das nicht beurteilen, weil ich ja nicht weiß, worum es sich eigentlich handelt. – Zunächst habe ich mich bemüht herauszubekommen, wo Mrs. Irvine die Zeit zwischen 5 Uhr nachmittags, um welche Stunde sie fast täglich das Geschäft verläßt, bis zu ihrer Heimkehr nach Mitternacht verbringt, aber ich bin damit leider noch nicht zu Ende gekommen. Ich konnte sie bisher immer nur bis zu dem großen Häuserblock an der Ecke der New Bond Street verfolgen, der aus sechs Gebäuden besteht und außerdem zwei Passagen hat, in denen ein sehr reger Verkehr herrscht. Hier ist sie mir stets aus den Augen gekommen, und ich weiß nicht, ob sie eine der vielen Treppen hinaufgeschlüpft oder nur durchgegangen ist. Nun werde ich mir morgen einige Leute nehmen und diese an den Ausgängen postieren. Dann wird sich's ja zeigen. Bleibt sie im Block, kann es ja nicht so schwer sein zu erfahren, wohin sie geht und was sie dort macht.«

Meals räusperte sich leise und blickte fragend in Richtung Schreibtisch, als ob er von dort ein zustimmendes Wort erwarte, aber in dem Dunkel blieb es still, und der Sergeant knackte verlegen mit den Fingern.

»Das ist aber natürlich nicht das, weshalb ich Sie so dringend sprechen wollte, Captain«, fuhr er endlich etwas unsicher fort, »sondern das ist eine ernstere Geschichte.«

Er ließ wieder eine Pause eintreten und hätte wer weiß was darum gegeben, das Gesicht seines Vorgesetzten sehen zu können, weil es ihn einfach verrückt machte, so ins Leere hineinzusprechen und nicht einen Laut der Erwiderung zu hören.

»Ich glaube nämlich, daß Mrs. Irvine die Dame ist, die Lewis kurz vor seinem Tode im grünen Salon empfangen hat«, platzte er heraus, als ihm die Stille gar zu unheimlich wurde.

»Zum Teufel, woher haben Sie das?« kam es plötzlich hinter dem Schreibtisch hervor, und der Sergeant merkte, daß er endlich die gebührende Aufmerksamkeit gefunden hatte. Das hob sein Selbstgefühl und machte ihn mit einem Male sicherer.

»Ich habe es festgestellt«, erwiderte er, indem er stolz mit dem Kopf nickte. »Das heißt«, lenkte er sofort bescheiden ein, »soweit sich so etwas feststellen läßt. Aber der Portier im ›Klub der Siebenundsiebzig‹ versicherte mir, daß es unbedingt Mrs. Irvine gewesen sei. Er hatte sie bereits früher mit Lewis gesehen. Einmal hat sie Lewis sogar durch die Klubhalle zu ihrem Wagen geleitet und ganz offen mit ihrem Namen angeredet. Der Portier wollte bisher nicht darüber sprechen, aber jetzt scheint er plötzlich Angst bekommen zu haben und hat sich mir anvertraut. Wollen Sie der Sache nachgehen, Captain?«

Er zog seine dicke Diensttasche hervor und begann darin zu suchen.

»Ich habe für alle Fälle eine Vorladung für Mrs. Irvine ausgestellt, damit dieser wichtige Punkt geklärt wird. Dann wird sich vielleicht auch ergeben, wem die Handschuhe und der Ring gehören. – Es fehlt nur die Stunde und Ihre Unterschrift, Captain.«

Er hatte endlich das Papier gefunden und machte Miene, damit zum Schreibtisch zu kommen, aber wieder hielt ihn die schneidende Stimme zurück.

»Lassen Sie die Vorladung auf Ihrem Stuhl, wenn Sie weggehen. Ich werde selbst die Stunde einsetzen und die Zustellung veranlassen, sobald ich dies für notwendig erachte.«

Meals kroch wieder in sich zusammen, und es dauerte eine Weile, bevor er seiner hilflosen Befangenheit so weit Herr wurde, daß er in seinem Bericht fortfahren konnte.

»Mrs. Irvine hat vor einigen Tagen auch einen Sekretär eingestellt«, begann er etwas zaghaft. »Es wird im Geschäft darüber sehr viel gesprochen, weil es so etwas bis jetzt dort nicht gegeben hat und weil der neue Angestellte eigentlich nicht so recht hineinpaßt. Er soll ausschauen wie der geborene Hochstapler, und man glaubt, daß die Frau gewisse triftige Gründe dafür haben mußte, ihn bei sich unterzubringen.«

Der Sergeant lächelte, und sein gesundes Gesicht strahlte vor Befriedigung.

»Er heißt Ralph Hubbard, und ich habe ihn auch schon in unserem Archiv gefunden. Es sind immer nur Kleinigkeiten gewesen, die er sich zuschulden kommen ließ, wie Falschspiel, tätliche Widersetzlichkeit gegen Polizeiorgane, Ausgabe ungedeckter Schecks, Falschmeldung und noch einige andere ähnliche Sachen, bei denen man mit drei bis sechs Monaten davonkommt. Trotzdem dürfte der junge Herr in den letzten drei Jahren kaum ebenso viele Monate in Freiheit verbracht haben, und es ist jedenfalls seltsam, daß sich Mrs. Irvine einen solchen Menschen ins Geschäft nimmt. – Aber ich werde schon dahinterkommen«, fügte er mit einem schlauen Schmunzeln hinzu und blinzelte wieder gegen das blendende Licht, hinter dem die tadellose Hemdbrust unbeweglich hervorschimmerte.

»Das wäre mir sehr lieb«, sagte der Unsichtbare, und seine Stimme klang so freundlich, wie Meals sie noch nie gehört hatte. »Jedenfalls behalten Sie den Mann im Auge, denn er scheint ein unternehmender Bursche zu sein. Ich glaube, ich kann mich auf Sie verlassen, denn die Sache mit Mrs. Irvine haben Sie bisher recht gut gemacht. Sie müssen darauf viel Zeit verwendet haben und dürften wohl in den letzten Tagen kaum mehr zur Ruhe gekommen sein.«

»Oh, es war nicht so arg«, wehrte der Sergeant mit verlegenem Eifer ab, aber sein strahlendes Gesicht verriet, wie sehr er sich über diese Anerkennung freute. Es waren die ersten wärmeren Worte, die er von dem neuen Vorgesetzten hörte, er hätte nie geglaubt, daß dieser Mann so sprechen könne.

Aber der Kommissar schien nun einmal in leutseliger Laune zu sein, denn er legte eine Anteilnahme an den Tag, die Meals womöglich noch mehr in Verlegenheit setzte, als es früher seine schroffe Art getan hatte.

»Wie alt sind Sie eigentlich, und wie lange dienen Sie bereits bei der A-Abteilung?« fragte er.

»Einundvierzig Jahre, Captain, und bei Scotland Yard bin ich seit dreieinhalb Jahren. Früher war ich Schutzmann. Aber als ich bei der Aufklärung eines Mordfalles einige kleine Dienste leistete, wurde ich hierher versetzt«, fügte der Sergeant in seiner schüchternen Weise hinzu. »Es ist dies schon immer mein sehnlichster Wunsch gewesen.«

»Sind Sie verheiratet?«

Meals nickte lebhaft.

»Jawohl, Captain, seit vierzehn Jahren.«

»Kinder?«

»Sechs«, sagte er leise.

»Ich gratuliere«, meinte der Kommissar anerkennend. »Aber da mag es wohl ein bißchen schwer sein, mit Ihrem Gehalt richtig auszukommen?«

»Oh, nicht doch«, widersprach Meals mit einem glücklichen Lächeln. »Meine Frau ist sehr tüchtig und hat in Chelsea einen kleinen Hutsalon, der sehr gut geht. Wir verdienen, was wir brauchen, und können sogar noch einiges beiseite legen.«

»Da haben Sie wohl gar keine Bedürfnisse und Passionen?«

»O doch, Sir«, gestand der Sergeant etwas zögernd. »Das Angeln. Wenn ich einmal einen freien Tag habe, zieht es mich ans Wasser. Inspektor Dawson hat mich auch manchmal für Samstag und Sonntag beurlaubt, weil er davon wußte«, bemerkte er schüchtern.

»Das können Sie von mir auch haben, wenn es halbwegs geht«, sagte der Kommissar bereitwillig.

Als Meals diesmal das Zimmer Nummer 7 verließ, lag ein glückliches Lächeln auf seinem Gesicht, denn er durfte nun hoffen, daß es sich mit Captain Conway ebenso angenehm arbeiten lassen würde wie mit Dawson.

Einige Minuten, nachdem der Sergeant gegangen war, erscholl aus dem Zimmer Nummer 7 abermals die Klingel, und der diensthabende Wachmann beeilte sich, dem Signal Folge zu leisten.

»Nehmen Sie noch einen Mann und sorgen Sie dafür, daß sich niemand in der Nähe meiner Tür herumtreibt, wenn ich in einer Viertelstunde das Zimmer verlasse«, scholl es dem Mann entgegen, als er eingetreten war.

Der gute Bobby hatte noch nie einen derartigen Auftrag erhalten, seitdem er bei der A-Abteilung diente, aber er zerbrach sich darüber nicht den Kopf, sondern sagte nur: »Sehr wohl, Sir.«

Als sich genau nach Ablauf einer Viertelstunde die Tür von Nummer 7 rasch öffnete und eine Gestalt mit hochgeschlagenem Mantelkragen und tief in die Stirn gedrücktem Filzhut das Büro hastig abschloß, war auf dem Gang tatsächlich nicht eine Menschenseele zu sehen. Nur links und rechts stand in respektvoller Entfernung je ein Wachtposten, der mit militärischer Strammheit die Hand an den Helm führte.

Captain Conway griff dankend an seinen Hut und entfernte sich schnellen Schrittes.

Eben als er in den Gang einbiegen wollte, der zum Hauptportal führte, schoß ihm Meals in den Weg. Er hatte ein dickes Aktenbündel unter dem Arm und war in so geschäftiger Eile, daß er den Entgegenkommenden gar nicht gewahrte. Er wäre ihm auch gewiß auf die Füße getreten, wenn der Herr mit dem Hut ihm nicht plötzlich ausgewichen wäre und mit dem Arm eine Bewegung gemacht hätte, die den armen Sergeanten gleich einem Gummiball gegen die Wand warf.

Meals schnappte nach Luft und machte Miene, sich auf den unhöflichen Unbekannten zu stürzen, aber in diesem Augenblick war schon einer der beiden Polizisten bei ihm, der ihm rasch etwas ins Ohr raunte, was Meals veranlaßte, der entschwindenden Gestalt mit offenem Munde nachzustarren.

11

Mrs. Irvine las mit kritischer Genauigkeit die Korrespondenz durch, die ihr der Sekretär zur Unterschrift vorgelegt hatte, und war bemüht, irgend etwas zu finden, woran sie etwas auszusetzen hatte. Der Angestellte mit der anscheinend unerschöpflichen Garderobe, den fabelhaften Krawatten und der unerschütterlichen, korrekten Haltung ging ihr bereits auf die Nerven, und sie hätte ihn unbedingt schon hinausgeworfen, wenn ihr Mr. Wilkens nicht einen so überschwenglichen Dankesbrief für die Anstellung seines Schützlings geschrieben hätte.

Nun mußte sie einen triftigen Grund haben, und ein solcher schien vorläufig nicht so leicht zu finden zu sein. Hubbard war die Pünktlichkeit und Gewissenhaftigkeit in Person, und so wenig sie auch im Geschäft weilte, hatte sie sich doch bereits überzeugen können, daß er mit Interesse bei der Sache war und sich überraschend schnell eingearbeitet hatte. Auch das Personal respektierte ihn sichtlich, und sogar Miss Babberly war plötzlich eifriger denn je geworden.

Aber alles dies ärgerte Muriel weit mehr als es sie befriedigte, und wenn sie die knappen, klaren Briefe las, die er nach ihren kurzen Weisungen verfaßte, so suchte sie geradezu krampfhaft nach irgendeinem Fehler, den sie hätte rügen können. Wie bisher hatte sie aber auch heute nichts dergleichen gefunden, und sie schlug daher die Mappe mit der Korrespondenz etwas unwillig zu.

»Sie werden sich etwas mehr dem üblichen Geschäftsstil anpassen müssen«, sagte sie, um wenigstens einen kleinen Tadel anzubringen. »Was Sie schreiben, ist ja an sich richtig, klingt aber mehr nach Oxford als nach Kontor. Und ich glaube, die Leute, die diese Briefe erhalten, werden sich darüber etwas verwundern.«

Er schien den spöttischen Ton völlig zu überhören und nickte.

»Das hoffe ich sogar«, gab er lächelnd zurück. »Und ich nehme an, daß diese Leute sich nicht nur wundern, sondern sich auch sagen werden, daß Mrs. Irvine von dem Kaufhaus ›Zu den tausend Dingen‹ eine sehr gescheite und moderne Frau sein muß, da sie den Mut findet, mit den uralten Floskeln und der Verhunzung der Sprache aufzuräumen.«

Muriel zog hochmütig die Achseln in die Höhe und beeilte sich, von etwas anderem zu sprechen.

»Überweisen Sie sofort an die Commercial-Bank für das Konto Strongbridge einen Betrag von fünfzehnhundert Pfund, und legen Sie mir noch heute einen Auszug dieses Kontos vor«, sagte sie kurz.

»Es dürfte sich nach dieser Zahlung ein Saldo von rund neunzehntausend Pfund zu unseren Lasten ergeben«, bemerkte Hubbard leichthin, indem er sich den Auftrag notierte.

Die junge Frau sah ihn überrascht und mißtrauisch an.

»Woher wissen Sie das so ohne weiteres?«

»Weil ich mich für dieses Konto besonders interessiert habe«, erwiderte er unbefangen. »Es weist an Zahlungen unsererseits bereits dreizehntausenddreihundert Pfund auf, aber es war mir unmöglich festzustellen, wofür diese geleistet wurden. Auch Miss Babberly konnte mir darüber keine Auskunft geben.«

»Was hat Sie das zu kümmern?« fragte Mrs. Irvine scharf. »Sind Sie in mein Geschäft eingetreten, um hier zu spionieren?«

Hubbard warf mit einem kurzen Ruck den Kopf zurück.

»Ich bin in Ihr Geschäft eingetreten, Mrs. Irvine«, sagte er kühl, »um Ihnen nach besten Kräften zu dienen. Das kann ich aber nur, wenn ich über alles, was das Unternehmen betrifft, informiert bin. Da Ihnen meine Frage nach diesem Konto peinlich zu sein scheint, nehme ich an, daß es mit dem Geschäft nichts zu tun hat, und werde daher darauf nicht mehr zurückkommen.«

Muriel starrte ihren Sekretär fassungslos aus blitzenden Augen an, und wahrscheinlich hätte in diesem Augenblick dessen letzte Stunde im Kaufhaus »Zu den tausend Dingen« geschlagen, wenn ihn nicht ein energisches Klopfen an der Tür zum Korridor davor bewahrt hätte.

Hubbard sah verstohlen nach der Uhr, Mrs. Irvine aber fuhr schreckhaft zusammen und schien etwas bestürzt und ratlos. Es kam fast nie vor, daß ihr Privateingang von Fremden benützt wurde, ein unangemeldeter Besucher aber, der diesen kannte, war ihr nichts weniger als angenehm.

Sie wurde der bangen Erwartung rasch enthoben, denn noch ehe sie hierzu aufforderte, wurde die Tür geöffnet, und auf der Schwelle stand die stämmige Figur eines Polizisten.

»Mrs. Muriel Irvine?« fragte er höflich, und als sie mit todblassem Gesicht stumm bejahte, kam er an den Schreibtisch heran.

»Eine Vorladung von Scotland Yard, Kommissar Conway, Zimmer Nummer 7«, erklärte er und legte ein blaues Kuvert vor sie auf den Tisch. »Ich bitte um Bestätigung.«

Hubbard bekundete an dem uniformierten Besuch und seinem Auftrag nicht das mindeste Interesse, sondern sah gleichgültig durch das hohe Fenster, und der Polizist war schon längst wieder fort, als ihn Muriel erst aus seinem Sinnen aufstören mußte.

»Ich bedarf Ihrer nicht mehr«, sagte sie ungeduldig, und als er sich mit einer leichten Verbeugung ins Kontor zurückzog, sah er, wie ihre dunklen Augen scheu auf dem blauen Umschlag hafteten, den sie unschlüssig in den Händen drehte.

12

Es war etwa eine Stunde später, als Miss Babberly atemlos ins Kontor schlüpfte und ihren breiten Mund dicht an Hubbards Ohr brachte.

»Er ist hier.«

»Wer?« fragte der Sekretär gleichgültig zurück.

Constancia, deren Halsausschnitt seither noch tiefer geworden war und die wie ein ganzes Veilchenbeet duftete, schlug schamhaft die Augen nieder und machte eine Kopfbewegung nach dem Chefzimmer.

»Der Herr mit der Binde über dem Auge. Ich glaube, sie hat ihn gerufen, denn sie telefonierte in der letzten Stunde mehrere Male. Von hier kann man das nicht hören«, fügte sie vertraulich hinzu, »aber ich bin einige Male an der Korridortür vorübergegangen, und die schließt nicht so dicht.«

Mrs. Irvine war es sehr schwergefallen, Corner zu sich zu bitten, aber die polizeiliche Vorladung hatte sie in eine derartige Erregung versetzt, daß sie sich mit jemandem beraten mußte. Einen Augenblick dachte sie an Summerfield, aber das hätte eine rückhaltlose Beichte vorausgesetzt, zu der sie sich nicht entschließen konnte. Es blieb ihr also nur Corner, den sie zwar nicht recht mochte, der aber der einzige war, mit dem sie offen sprechen konnte.

Sie war noch immer sehr blaß, und in ihrem sonst so beherrschten Gesicht lag eine nervöse Unruhe.

»Was meinen Sie dazu?« fragte sie unsicher, indem sie ihm das blaue Blatt reichte.

Der Mann mit der Binde über dem Auge schien überrascht und betreten und nagte an der Unterlippe, während er das Schriftstück durchlas.

»Am 17. Oktober um ein Uhr mittags . . . Das wäre also bereits morgen«, meinte er halblaut. »Kommissar Conway. – Das ist der neue Mann . . .«

Er dachte eine Weile nach, und Muriels Blick hing in gespannter Erwartung an seinem Gesicht.

»Seltsam . . .«, murmelte er endlich und faltete das Blatt umständlich zusammen, um es wieder auf den Schreibtisch zu legen.

»Was wollen Sie damit sagen?« fragte sie hastig.

»Ich wundere mich, daß ich von dieser Vorladung nicht früher erfahren habe. Sie wissen ja, daß ich gewisse Beziehungen habe, aber diesmal haben sie sonderbarerweise versagt.«

»Worum, glauben Sie, dürfte es sich handeln?« forschte sie fieberhaft weiter. »Um Richard – oder um die andere Sache?« Corner zuckte mit den Achseln.

»Das läßt sich natürlich schwer erraten, aber ich nehme an, daß es den Fall Lewis betreffen wird. Wenn mich mein Vertrauensmann nicht im Stich gelassen hätte, so wüßten wir es genau und könnten uns einen Plan zurechtlegen. – Sie müssen jedenfalls in allen Aussagen sehr vorsichtig sein. Mrs. Irvine«, schärfte er ihr ein. »Es sind leider gewisse Indizien da, die sich nicht mehr aus der Welt schaffen lassen, und ein unbedachtes Wort kann Sie in die schlimmste Lage bringen.«

Die junge Frau hatte die Hände an die Schläfen gelegt.

»Es ist zuviel«, stöhnte sie leise, »bei Gott, es ist zuviel. Ich werde nicht weiter Komödie spielen, sondern ich werde sagen, wie alles war, denn ich muß sprechen . . .«

»Das werden Sie nicht tun«, fiel Corner bestimmt ein, und sein verlebtes Gesicht schien noch fahler als sonst. »Sie würden dadurch nicht nur nichts erreichen, sondern alles verderben. – Wissen Sie, was eine Untersuchungshaft ist? Dieser würden Sie selbst im allergünstigsten Falle nicht entgehen, und damit wäre alles aus. Die neue Existenz, die Sie sich mit so großen Opfern geschaffen haben, wäre vernichtet, das Geld verloren, und der Prozeß bliebe dann wahrscheinlich eine Ewigkeit in der Schwebe. Und für mich würde es unmöglich sein, weiterhin so für die Klärung der gewissen Sache zu arbeiten wie bisher.«

Er hatte sehr eindringlich und mit der Miene eines Biedermannes gesprochen und legte nun plötzlich seine Hand auf Muriels Arm.

»Ich kann verstehen, daß es für Sie zuviel ist«, fuhr er fort und beugte sein Gesicht nahe zu dem ihren, »aber warum geben Sie mir nicht das Recht, diese aufreibenden Dinge für Sie zu erledigen? Wenn Sie meine Frau werden wollen, wäre es mir ein leichtes, alle Unannehmlichkeiten von Ihnen fernzuhalten, und ich würde alles tun, um Sie das, was war, vergessen zu machen.« Muriel hatte mit einer brüsken Bewegung ihren Arm von seiner Hand befreit, und in ihren Zügen lag eisige Abwehr. So kritisch ihre Lage auch war und so sehr sie eines aufrichtigen, ergebenen Menschen bedurft hätte, der Antrag Corners empörte sie in dieser Stunde ebensosehr, wie er sie bereits früher einmal empört hatte. Sie mochte diesen Mann nicht, dem sie nicht traute, obwohl sie ihm in gewisser Hinsicht vertrauen mußte.

»Sie haben schon einmal so zu mir gesprochen, Mr. Corner«, sagte sie mit mühsamer Beherrschung, »und ich hatte gehofft, daß das, was ich Ihnen damals erwiderte, Sie abhalten werde, nochmals auf diese Idee zurückzukommen. Ich pflege meine Entschlüsse in so wichtigen Dingen nicht zu ändern, und wenn Sie mir Ihre Dienste bisher nur in dieser Hoffnung geleistet haben sollten, so werden Sie nicht auf Ihre Rechnung kommen. Aber Sie dürfen nicht mich dafür verantwortlich machen, da Sie mir ja ursprünglich versicherten, daß Sie alles nur aus Freundschaft für Richard täten. Ich kannte die Freunde meines Gatten nicht«, fügte sie etwas anzüglich hinzu, »aber es freute mich, daß einer von ihnen einer solchen Selbstlosigkeit fähig war.«

Er merkte, daß seine Stunde noch immer nicht gekommen war, und lenkte sofort ein.

»Sie dürfen mich nicht mißverstehen«, entschuldigte er sich. »Ich habe mit meinen ehrlichen Bemühungen wirklich nie Nebenabsichten verfolgt, aber« – er seufzte leicht und lächelte etwas wehmütig – »Sie verlangen zuviel von mir, wenn ich auch nicht mit einer Silbe von dem sprechen soll, was ich für Sie empfinde. Glauben Sie mir, daß ich lange dagegen angekämpft habe, aber derartige Gefühle lassen sich weder erzwingen, wie ich aus Ihrem Bescheid ersehen habe, noch unterdrücken. Ich verstehe Sie vollkommen und füge mich, aber Sie sollten auch begreifen, daß das, was ich vorhin gesagt habe, nur zu menschlich und verzeihlich ist.

Sie führen seit mehr als einem Jahr einen geradezu übermenschlichen Kampf gegen die widrigsten Verhältnisse und Verwicklungen, und ich kann Ihnen dabei nur die allerbescheidensten Dienste leisten, weil ich für Sie nicht vor aller Welt eintreten darf. Zuweilen kommt es mir sogar vor, als ob Sie sich meiner schämten, da Sie so auffallend bemüht sind, unseren Verkehr tunlichst geheimzuhalten.«

Die junge Frau streifte ihn mit einem forschenden Blick, und die ehrliche Kränkung, die sie in seiner Miene las, ließ sie ihre Schroffheit von vorhin bedauern.

»Sie dürfen nicht vergessen«, erwiderte sie, »daß ich Rücksichten zu nehmen habe. Und schließlich läßt sich das, was wir zu besprechen haben, sehr gut auf jene unauffällig Weise regeln, wie wir es bisher getan haben. Was aber Ihre Dienste betrifft, so wissen Sie sehr wohl, daß es für mich keine wichtigere Angelegenheit gibt als jene, in der Sie mir Gewißheit verschaffen könnten.«

»Das wird geschehen«, sagte er zuversichtlich, »nur müssen Sie noch eine kleine Weile Geduld haben. Ich habe Ihnen bisher nach und nach einwandfrei berichten können, wie Ihr Gatte die zwei Wochen verbracht hat, die von seiner plötzlichen Entfernung aus dem Hause bis zu dem bedauerlichen Unglücksfall in Hampstead verstrichen sind . . .«

»Glauben Sie wirklich, daß es ein Unglücksfall war?« fragte sie in einem eigenartigen Tonfall und sah ihn aus halbgeschlossenen Lidern forschend an.

Er zuckte leicht mit den Achseln, und sein Auge begegnete flüchtig ihrem gespannten Blick.

»Bleiben wir dabei und nennen wir es so, Mrs. Irvine«, sagte er rücksichtsvoll. »Sie wissen ja, in welcher Verfassung sich der arme Richard in den letzten Monaten befand, seitdem er wußte, daß der finanzielle Zusammenbruch unvermeidlich war . . .«

»Das war er nicht«, fiel die junge Frau empört ein. »Wenn ich geahnt hätte, wie die Dinge standen, hätte noch das Schlimmste abgewendet werden können. Aber Richard war in die Hände einer Gesellschaft geraten, die ihn physisch zugrunde richtete, um ihn bis auf den letzten Penny ausplündern zu können. Erst hat man ihm sein Vermögen abgenommen und ihn aus seinem aussichtsreichen kaufmännischen Beruf gerissen, dann haben diese Vampire von dem Geschäft gezehrt, das ich eingerichtet hatte, und schließlich erbeuteten sie auch noch die beträchtliche Erbschaft, die mir kurz vor der Katastrophe zugefallen war.«

»Ich weiß«, sagte Corner voll Teilnahme. »Glauben Sie mir, ich habe ihn oft gewarnt, aber es war alles vergeblich.«

In Muriel wurden Erinnerungen lebendig, denen sie nicht gerne nachhing.

»Er war haltlos von allem Anfang an«, murmelte sie vor sich hin, und um ihren Mund grub sich ein herber Zug.

Der Einäugige nickte schwermütig.

»Da kann es Sie doch wirklich nicht verwundern, daß es schließlich so gekommen ist. Sie wissen ja nun, daß er in dem kleinen Hotel, in dem er sich zunächst verbarg, tagelang getrunken hat und daß er dann von Spelunke zu Spelunke wanderte, um sich mit noch ärgeren Giften zu betäuben. Wir sind ihm nun bereits fast bis zum Schauplatz des Unglücks gefolgt, und Sie haben sich selbst überzeugt, daß meine Berichte zutreffend waren. Es fehlt uns nur mehr die Etappe der allerletzten Stunden, wenn Sie sich nicht meiner Ansicht anschließen wollen, daß er diese irgendwo im Freien verbracht hat.«

Die junge Frau blickte mit gefalteten Händen eine Weile schweigend vor sich hin, dann aber hob sie plötzlich den Kopf und sah Corner durchdringend an.

»Und wie erklären Sie sich die Sache mit den Spinnen? Wie kam eine davon in die Hand des Verunglückten, warum sandte man mir eine zweite einige Wochen später ins Haus und eine dritte dann . . .« Sie brach unvermittelt ab und biß sich in die Lippen, als ob sie etwas Unüberlegtes hätte sagen wollen. –

»Welch ein Zusammenhang besteht zwischen den Spinnen und dem Tode Lewis', Dawsons und der anderen?« forschte sie plötzlich weiter.

Corner ließ sich mit der Antwort Zeit.

»Ich glaube, daß Sie dieser Sache zu große Bedeutung beimessen«, meinte er endlich. »Es ist ja manches dabei sonderbar, aber vielleicht weit unwichtiger und harmloser, als Sie annehmen. – Sind Sie überhaupt sicher, daß nicht mehr von dieser Ware nach England herübergekommen ist?«

Mrs. Irvine nickte entschieden.

»Ganz sicher. Als wir vor zwei Jahren wegen meines Mannes in Karlsbad weilten, haben wir auch die Bijouteriefabriken in Gablonz aufgesucht, und dabei entdeckte Richard einen kleinen Rest dieses Artikels, der früher nach dem Orient gegangen war, aber nun nicht mehr weiter erzeugt wurde. Mein Mann fand komischerweise Gefallen an diesem Zeug, und der gefällige Fabrikant überließ uns die letzte Schachtel davon nebst einigen anderen Kleinigkeiten.«

Sie fühlte plötzlich seinen überraschten Blick auf sich ruhen, und als sie aufsah, gewahrte sie einen lauernden Ausdruck in seinen Zügen.

»Ich dachte, Sie hätten nur jene Musterkarte von zwölf Stück besessen, die Richard bei sich trug«, bemerkte er leichthin.

»Jawohl«, stieß sie hastig und unsicher hervor, »das waren die letzten Spinnen, die uns übriggeblieben waren. Wir hatten zwar nicht ein Stück verkauft, aber der Karton war irgendwie abhanden gekommen.«

»Nun, da haben Sie ja gleich eine mögliche Erklärung für die Herkunft der Spinnen, die Ihnen soviel Kopfzerbechen verursachen«, meinte er harmlos, aber sie vernahm etwas in seiner Stimme, was sie auf der Hut sein ließ. »Wer weiß, in welche Hände die Schachtel gekommen ist«, fuhr er gelassen fort, »und Sie hätten eigentlich gut daran getan, der Polizei von diesem wichtigen Umstand Mitteilung zu machen.«

Sie wehrte mit einer raschen Handbewegung ab.

»Das hätte gar keinen Zweck gehabt. Ich bin überzeugt, daß der Karton irgendwo unter altem Gerümpel liegt und daß die Spinnen, die zum Vorschein gekommen sind, zu jenen gehören, die mein Mann stets bei sich trug.«

»Wozu?« fragte er interessiert.

»Ich muß Ihnen doch wohl nicht erst sagen, daß Richard ein leidenschaftlicher Spieler war«, erklärte die junge Frau etwas unwillig. »Und wie alle Spieler war er natürlich abergläubisch und scheint seine Spinnen für glückbringend gehalten zu haben.« Plötzlich kam ihr zum Bewußtsein, weshalb sie Corner eigentlich gerufen hatte, und sie bekam es wieder mit der Angst zu tun. »Was soll ich sagen, wenn ich wegen Lewis gefragt werde?«

»Nur so viel, wie unbedingt notwendig ist«, erwiderte er, nachdem er eine Weile gründlich überlegt hatte. »Beantworten Sie nur die Fragen, die man Ihnen stellt, und tun Sie dies in knappster Form. Es ist ja schließlich nicht Ihre Sache, der Polizei ihre Aufgabe zu erleichtern. Aber hüten Sie sich auch, Ihren Besuch bei Lewis an dem kritischen Abend glattweg in Abrede zu stellen, denn die Handschuhe und vor allem der Ring könnten Ihnen verhängnisvoll werden. Es ist sehr fatal, daß Sie diese Beweisstücke zurückgelassen haben.«

Sie warf trotzig den Kopf zurück.

»Habe ich ein Verbrechen begangen, daß ich mich deshalb fürchten müßte?« fragte sie gereizt. »Ich hatte mit Lewis eine geschäftliche Besprechung und habe beim Aufbruch eben meine Handschuhe und den Ring, den ich mit abgestreift hatte, vergessen.«

»Das kann Ihnen die Polizei glauben«, sagte Corner mit einem matten Lächeln, »oder auch nicht. Sie wird Beweise dafür verlangen, daß Ihr Besuch – der letzte, den Lewis, soviel man weiß, empfangen hat«, fügte er mit Nachdruck hinzu –, »tatsächlich so harmlos verlaufen ist, wie Sie es darstellen. Wie wollen Sie diesen Beweis erbringen, Mrs. Irvine?«

Sie ließ mutlos den hübschen Kopf sinken, dann schnellte sie plötzlich auf und ging eine Weile erregt auf und ab.

»Ihre Bedenken sind lächerlich, und anstatt mir Mut zuzusprechen, bringen Sie mich um das letzte bißchen Fassung, das ich mir bewahrt habe«, sagte sie heftig. »Ich kann nicht glauben, daß die Polizei auf eine so alberne Idee verfallen könnte. Welche Gründe hätte ich gehabt, Lewis etwas Übles zuzufügen? Er hat sich mir gegenüber immer sehr zuvorkommend erwiesen, und nur Strongbridge ist der Halsabschneider. Aber auch ihm grolle ich nicht. Er hat schließlich das Wagnis unternommen, einer völlig fremden, alleinstehenden Frau ein Vermögen zur Verfügung zu stellen, und wenn er für dieses Risiko eine fünfzigprozentige Verzinsung verlangte, so ist das zwar Wucher, aber ich muß ihm eigentlich doch dankbar dafür sein.«

Corner fiel plötzlich etwas ein, und er sah sie lauernd an.

»Worüber haben Sie mit Lewis bei Ihrem letzten Besuch verhandelt?«

»Eben über mein Darlehen. Ich ersuchte ihn, Strongbridge in meinem Namen einen Vorschlag zu machen, der sehr annehmbar war.«

»Weshalb wandten Sie sich nicht an Strongbridge selbst?«

»Weil er mir ausdrücklich Lewis als seinen Bevollmächtigten bezeichnet hatte und weil ich mit ihm nicht gerne zu tun hatte«, gab sie etwas befangen und ungeduldig zurück.

»Weshalb nicht?«

Die junge Frau zog es vor, darauf überhaupt nicht zu antworten, und als Corner sich bald darauf verabschiedete, ließ er sie merken, daß er sich durch ihr ganzes Verhalten während ihrer Unterredung sehr gekränkt fühlte.

Seine Laune sollte durch die Begegnung, die er wenige Augenblicke später auf dem Korridor hatte, nicht besser werden.

Er glaubte seinen Augen nicht trauen zu dürfen, als plötzlich Hubbard mit einer Mappe unter dem Arm an ihm vorüberschlenderte, und er war so überrascht, daß er dessen kurzen Gruß gar nicht erwiderte.

Erst als dieser bereits einige Schritte vorüber war, kam er zu sich, und zugleich erwachte auch seine Neugierde.

»Hallo, Hubbard, was treiben Sie denn hier? Machen Sie Einkäufe?«

Der Angeredete schüttelte ernsthaft den Kopf und deutete mit Würde auf seine Mappe.

»Nein – ich arbeite.«

Corner starrte ihn verständnislos an.

»Geben Sie mir nichts zu raten auf«, sagte er, »das ist seit jeher meine schwache Seite gewesen.«

»Na, tun Sie nicht so bescheiden. Ich habe beispielsweise noch selten einen Menschen gefunden, der so rasch und sicher wie Sie zu erraten vermag, welche Karten sein Gegenspieler hat. Aber bei mir liegt die Sache sehr einfach: Ich bin seit einigen Tagen Sekretär von Mrs. Irvine.«

»Machen Sie keine schlechten Witze«, stieß der Einäugige hervor.

»Ich habe nie schlechte Witze gemacht«, stellte Hubbard selbstbewußt fest, »aber seitdem ich Sekretär im Kaufhaus ›Zu den tausend Dingen‹ bin, mache ich überhaupt keine Witze mehr. Bei sieben Pfund wöchentlich vergeht einem die Laune dazu. Guten Tag, Mr. Corner.«

Das Zusammentreffen mit dem eleganten Mann schuf Corner einen der peinlichsten Tage, die er seit langem gehabt hatte. Er erblickte in dem Auftauchen Hubbards in der unmittelbaren Umgebung von Mrs. Irvine eine Gefahr, über die er sich zwar noch nicht so recht im klaren war, die ihm aber jedenfalls bei der Verfolgung seiner besonderen Pläne äußerste Vorsicht gebot.

Hubbard schien nicht zu wissen, was er angerichtet hatte, denn er kehrte gelassen in das Kontor zurück, wo er von Miss Babberly mit fieberhafter Spannung erwartet wurde.

»Haben Sie ihn gesehen?« flüsterte sie. »Wie gefällt er Ihnen?«

»Ausgezeichnet«, erklärte der Sekretär.

»Nun ja«, gab Constancia lächelnd zu, »er ist ja gewiß nicht so übel. Aber ich gönne ihn Mrs. Irvine von Herzen, denn mein Geschmack ist etwas anspruchsvoller.«

13

Als Hubbard an diesem Abend nach Geschäftsschluß das Kaufhaus »Zu den tausend Dingen« verließ, machte er vor dem Portal einige Augenblicke halt und zündete sich umständlich eine Zigarette an. Dann sah er nach der Uhr, die acht Minuten nach sieben zeigte, und schlenderte hierauf die belebte Straße hinab.

Vor einer der Auslagen machte er halt, um den schlichten Mann mit dem freundlichen Gesicht, der schon seit Tagen ein besonderes Interesse an ihm zu nehmen schien, näher herankommen zu lassen. Aber der Mann hielt vorsichtig Distanz, und Hubbard benützte die Gelegenheit, an der nächsten Ecke schnell in eine Taxe zu springen, die dem plötzlich geschäftig heraneilenden Verfolger auf etwa zehn Schritte vor der Nase davonfuhr.

Um acht Uhr zehn Minuten saß der bei Mrs. Irvine mit einem Wochengehalt von sieben Pfund angestellte Sekretär in einem äußerst schnittigen Frack in einer Loge des Central-Theaters, für die er die Kleinigkeit von drei Pfund und vier Schillingen bezahlt hatte.

Neben ihm lag auf einem der Polsterstühle ein Paket, das er mit äußerster Behutsamkeit behandelte.

Wie an jenem Abend, da er Gast des Direktors gewesen war, wurde »Aïda« gegeben, und die Vorstellung hatte bereits begonnen.

Hubbard lehnte sich in seinem Fauteuil zurück und ließ den Blick zunächst durch den Zuschauerraum gleiten.

Er konnte aber keinen Bekannten entdecken, bis plötzlich eine Dame in einer Loge gegenüber seine Aufmerksamkeit erregte. Das Theater war zwar verdunkelt, aber das Rampen- und Oberlicht der Bühne ergab doch eine gewisse Helligkeit, die es seinem scharfen Auge ermöglichte, die auffallende Erscheinung durch das Glas näher zu betrachten.

Es war eine reife, etwas üppige Blondine in einer wundervollen Abendtoilette und behangen mit Juwelen, von denen ein wahres Sprühfeuer ausging.

Er starrte minutenlang auf die blendende Erscheinung und vermochte seiner Verwunderung nicht Herr zu werden, denn es war noch nicht allzu lange her, daß er Lucy Rowe in einem ganz anderen Milieu und in einer weit bescheideneren Aufmachung gesehen hatte.

Den ganzen Akt verwandte er dazu, um unauffällig festzustellen, ob ihn nicht vielleicht doch eine Ähnlichkeit täusche, aber je länger er das zwar etwas volle und verlebte, aber immer noch auffallend hübsche Gesicht betrachtete, desto sicherer wurde er, daß es tatsächlich die »Champagner-Lucy« war, die mit der blasierten Würde einer großen Dame ihm gegenüber saß.

Das Fallen des Vorhangs unterbrach ihn in seiner Beobachtung und ließ ihn plötzlich lebendig werden.

Er setzte sich so, daß er die Rampe übersehen konnte und von dort auch gesehen werden mußte, und als der Beifall losbrach, begann auch er lebhaft zu applaudieren. Er streckte die Arme weit vor und klaschte so laut und begeistert, daß sich in dem Zuschauerraum zahlreiche Augenpaare auf ihn richteten, und auch die Darsteller, die vor dem Vorhang erschienen, nach seiner Loge sahen.

Nur Miss Mariman, die, wie immer, wenn sie den Hervorrufen folgte, einen Schleier halb über das Gesicht geschlagen hatte, schaute starr zu Boden, und man merkte, wie nervös sie diese Augenblicke machten.

Kaum war sie an die Rampe getreten, so verstärkte Hubbard seinen Applaus noch mehr und tat überhaupt alles, um sich bemerkbar zu machen.

Die Sängerin ließ sich tatsächlich auch verleiten, die Lider zu einem flüchtigen Seitenblick nach der Loge zu heben, aber schon in derselben Sekunde wandte sie das Gesicht blitzschnell wieder ab und zog unwillkürlich den Schleier bis zu den Augen.

In diesem Moment griff Hubbard nach der Papierhülle an seiner Seite, erhob sich gelassen, und in der nächsten Sekunde fiel vor Miss Mariman ein Strauß herrlicher Rosen nieder.

Die Künstlerin zuckte zusammen – dann schleuderte sie mit einer brüsken Bewegung des Fußes die Blumen ins Orchester und schlüpfte fluchtartig hinter den Vorhang.

Der Vorfall hatte, so rasch er auch vor sich gegangen war, die Aufmerksamkeit des ganzen Hauses erregt, und alles sah, teils schmunzelnd und teils auch schadenfroh auf den begeisterten Logengast. Sogar die Dame gegenüber verzog den gefärbten üppigen Mund zu einem spöttischen Lächeln und blickte interessiert durch das Glas.

Hubbard hielt mit unerschütterlicher Ruhe alle die Blicke aus und tat so, als ob ihn die Sache überhaupt nichts angehe.

Nach etwa zehn Minuten tat sich die Tür auf, und Turner schüttelte ihm die Hand.

»Ich freue mich ja immer, Sie zu sehen«, sagte er mit einem etwas gezwungenen Lächeln, »aber nächstens machen Sie mich, bitte, etwas diskreter darauf aufmerksam, daß Sie im Hause sind. Und Miss Mariman auch. Die scheint es Ihnen ja ganz gehörig angetan zu haben, da Sie so ins Zeug gehen. So etwas hätte ich Ihnen nie zugetraut. Wir sind ja in England und nicht in Italien.« Er tupfte sich den Schweiß von der Stirn und fächelte sich Kühlung zu. »Sie haben mir damit einen schönen Schreck eingejagt«, fuhr er vorwurfsvoll fort. »Miss Mariman hat wegen der Geschichte einen ähnlichen Anfall bekommen, wie damals wegen der Spinne, und wir werden die Pause etwas länger ausdehnen müssen, damit sie sich erholt. – Ich habe ja beim Theater schon manches erlebt, aber daß eine Künstlerin wegen einer derartigen Huldigung die Nerven verloren hätte, ist mir noch nicht vorgekommen. Sie werden sich damit kein gutes Renommee bei ihr zugelegt haben, mein Lieber.«

»Glauben Sie?« fragte Hubbard. »Das würde mir natürlich sehr leid tun. Ich konnte aber doch nicht annehmen, daß die Dame so schreckhafter Natur ist«, fügte er hinzu. »Vielleicht wäre es gut, wenn Sie mir ermöglichen würden, mich bei ihr zu entschuldigen.«

»Um Gottes willen, nur das nicht«, wehrte der Direktor entsetzt ab. »Ich glaube, dann wären wir überhaupt fertig. Sie hat ohnehin geschrien, daß sie die Bühne nicht mehr betritt, wenn Sie im Hause bleiben, und es hat mich Mühe genug gekostet, ihr diese verrückte Laune auszureden. – Also, lassen Sie das, und geben Sie überhaupt die ganze Geschichte auf. Ich habe Ihnen ja gleich gesagt, daß Sie da kaum Erfolg haben werden. Mit der Frau ist offenbar irgend etwas los. Ich werde sehr froh sein, wenn ich in vier Wochen die Opernstars mit allem, was drum und dran hängt, aus dem Hause habe und wieder mit meinen Revuegirls arbeiten kann. Die haben eine etwas widerstandsfähigere Konstitution, und ich glaube, dann können auch Sie Ihr Glück mit mehr Erfolg versuchen.«

Turner zwinkerte dem andern vielsagend zu, aber dieser schien seine letzte Worte völlig überhört zu haben und blickte sehr nachdenklich drein.

»Wenn Miss Mariman plötzlich aufhören müßte, würde Ihnen das wohl große Verlegenheit bereiten?« fragte er plötzlich unvermittelt.

»Seien Sie so gut und malen Sie den Teufel nicht an die Wand«, fuhr der ängstliche Direktor auf und klopfte erschreckt an die Logenbrüstung. »Die paar Wochen wird sie hoffentlich noch durchhalten.«

»Trotzdem würde ich an Ihrer Stelle mich unbedingt nach einem Ersatz umsehen«, meinte Hubbard mit großem Nachdruck. »Bei so nervösen Frauen kann man nie wissen, was eines schönen Tages passiert.«

»Sie sagen das so eigentümlich«, murmelte der Direktor betreten. »Soll das ein Rat sein?«

Hubbard nickte gelassen.

»Ein sehr guter Rat sogar, wie ich glaube.«

»In Ihnen kennt man sich wirklich nicht aus«, seufzte Turner etwas gereizt. – »Ich gäbe etwas darum, wenn ich wüßte, weshalb Sie Miss Mariman die Blumen zugeworfen haben.«

»Natürlich nur, um ihr meine Bewunderung zum Ausdruck zu bringen«, erklärte der elegante junge Mann unbefangen, aber der Direktor begann eigenartig zu blinzeln.

»Das erzählen Sie jemandem andern. Die Geschichte sah Ihnen so gar nicht ähnlich, und je länger ich mir die Sache überlege . . .«

Aber der Sekretär hatte für diese Zweifel augenblicklich bei weitem nicht so viel Interesse wie für die Loge gegenüber.

Es war dort offenbar jemand eingetreten, denn die juwelengeschmückte Dame hatte blitzschnell den Kopf dem Hintergrund zugewandt, und es schien, als ob sie in außerordentlicher Bestürzung und Verlegenheit sei.

Hubbard nahm rasch das Glas zur Hand, aber es war ihm unmöglich, etwas von der zweiten Person wahrzunehmen. Er konnte nur bemerken, daß die Züge der blonden Frau immer gereizter wurden und daß sie mehrmals trotzig den Kopf zurückwarf. Dann schien es in der Loge eine leise, aber heftige Auseinandersetzung zu geben, und plötzlich raffte die Dame ihre Sachen zusammen und stürzte nach hinten.

In demselben Augenblick war auch Hubbard auf den Beinen und schlüpfte hastig in seinen Mantel.

»Warum haben Sie es denn plötzlich so eilig?« fragte der erstaunte Turner. »Haben Sie etwa für Miss Mariman bereits einen Ersatz gefunden?«

»Vielleicht«, gab der Sekretär zurück, indem er dem Direktor flüchtig die Hand schüttelte und zur Tür hinausschoß.

Trotz seiner Eile kam er aber bereits zu spät und konnte nur noch bemerken, daß sich ein mittelgroßer Herr neben die blonde Dame in einen großen italienischen Wagen neuesten Typs schwang, der in demselben Augenblick auch schon lautlos davonglitt.

Der Herr hatte es so eilig gehabt, die Frau wegzubringen, daß er den Mantel nur über den Arm geworfen hatte, und als er sich in den Wagen zwängte, war aus einer der Taschen ein Papier zur Erde gefallen.

Nun hatte Hubbard den Fuß auf diesem Papier, und er ließ eine geraume Weile verstreichen, bevor er sich bückte, um es aufzuheben. Dann ging er langsam in das Foyer zurück und faltete vor einer der Ankündigungstafeln den Bogen gelassen auseinander.

Die erste Zeile, auf die sein Blick fiel, lautete:

»25. Februar 1937. – Gewerbsmäßiges Falschspiel. – Acht Wochen Gefängnis. – 23. März bis 18. Mai 1937 – Dartmoor. Zelle 44.«

Je weiter er las, desto betretener wurde sein Gesicht, denn er wurde plötzlich an alle die unangenehmen Tage erinnert, die er bereits abgesessen hatte.

14

Gabriels Unterkiefer fiel herab, und der gute Mann mußte sich vor Schreck auf den nächsten Stuhl setzen, als er den Gast erblickte, der elegant und selbstsicher wie immer in die Halle trat.

»Fehlt Ihnen etwas, Gabriel?« fragte der Herr teilnehmend, als er bemerkte, daß der »Erzengel« an allen Gliedern zitterte und nicht imstande schien, sich zu erheben.

Aber Gabriel starrte ihn nur an wie ein Wesen aus einer anderen Welt, und sein Mund öffnete und schloß sich einige Male, bevor er auch nur einen Laut hervorzubringen vermochte.

»Mr. Hubbard . . .«, lallte er endlich, aber sein Blick verriet, daß er an das, was er sah, noch immer nicht zu glauben vermochte.

Der Sekretär des Warenhauses »Zu den tausend Dingen« entledigte sich selbst seiner Garderobe und legte sie vor den Fassungslosen hin. Dann tat er einen Griff in die Westentasche und zog mit zwei Fingern etwas hervor, was die Lebensgeister des »Erzengels« wieder zu wecken schien. Gabriels Augen bekamen plötzlich einen leuchtenden Ausdruck, und er war nun sogar imstande, sich auf den zitternden Beinen aufzurichten.

»Sir . . .!« murmelte er erstaunt und befreit. »Oh, wie ich mich freue. – Ich dachte schon, Sie nie mehr wiederzusehen«, fügte er kaum hörbar und mit schmerzlicher Miene hinzu.

»Weshalb?« fragte Hubbard mit großen Augen.

»Wegen des grünen Zimmers«, flüsterte Gabriel.

Aber der Herr schien ihn nicht zu verstehen.

»Wie meinen Sie das? – Hat es wieder etwas gegeben?«

Der »Erzengel« schüttelte etwas verwundert den Kopf.

»Sie wissen doch, Sir ... Wir hatten ja verabredet, daß Sie den Schlüssel von außen steckenlassen sollten, aber als ich hinaufkam, war das Zimmer von innen versperrt. Und die Balkontür auch. – So, wie damals bei Mr. Lewis. Ich habe an jenem Abend die schrecklichste Stunde meines Lebens durchgemacht, denn ich dachte, ich würde Sie auch so dort finden. Aber es hing nur eine Portierenschnur am Nagel, und Sie waren verschwunden.«

Hubbard machte ein höchst überraschtes Gesicht.

»Sonderbar, lieber Gabriel. – Selbstverständlich hatte ich mich daran gehalten, wie es zwischen uns ausgemacht war. Was geschehen ist, nachdem ich mich entfernt hatte, weiß ich natürlich nicht.«

Ohne einen Blick in die Klubräume zu werfen, stieg Hubbard an den scharfäugigen Dienern auf den Treppenabsätzen vorbei ins zweite Stockwerk und betrat die Spielzimmer des Klubs.

Es waren fast alle Plätze besetzt, und auch der kleine Roulettetisch im letzten Raum, der durch einen einfachen Hebeldruck innerhalb weniger Sekunden versenkt werden konnte, war dicht umlagert.

Der Croupier hatte ein verwittertes Galgengesicht, und einige Schritte von ihm saß als sehr gelangweilter Zuschauer Mr. Edward Phelips und zog gedankenvoll an einer dicken Zigarre. Der Mann am Roulette entwickelte eine Geschicklichkeit, die von langjähriger Übung zeugte, und vor jedem neuen Spiel setzte er sich in seinen Stuhl zurück und beobachtete regungslos die Einsätze.

In diesen Augenblicken pflegte auch Mr. Edward Phelips etwas interessierter zu werden.

Dann erhob sich der Croupier rasch, schnarrte gewohnheitsmäßig sein »Rien ne va plus«. Das Spiel begann.

An dem Tisch saß jenes bunte Gemisch von Besessenen, Glücksrittern und Narren, wie man es überall an solchen Orten findet, und nachdem Hubbard fünf Spiele sehr aufmerksam verfolgt und entdeckt hatte, daß immer jene Farbe gewann, die am schwächsten besetzt war, beschloß er mitzutun.

Er wählte den Moment, da der Croupier sich erhoben hatte und eben die Lippen öffnete, um seine stereotype Phrase loszuwerden. Ehe er aber noch einen Laut hervorzubringen vermochte, schob der neue Gast zehn Pfund auf Schwarz, das eben dreimal gewonnen hatte und dem daher die meisten Spieler diesmal keine Chance gaben.

Der Bankhalter blickte Hubbard betroffen und mißtrauisch an, und seine Verwirrung währte so lange, daß die Spieler bereits ungeduldig zu werden begannen. Endlich ließ er seinen ratlosen Blick unauffällig zu Phelips schweifen, der heftig an seiner Zigarre kaute und nun ein ganz klein wenig den Kopf neigte.

Eine Minute später steckte Hubbard gelassen ein dickes Bündel Banknoten in die Tasche und nahm wieder seinen früheren Platz ein.

»Sie haben ein Schweineglück«, begrüßte ihn Phelips mit einem süßsauren Lächeln. »Weshalb hören Sie da schon auf?«

»Weil ich mit dem, was mir Ihre Bank eben ausgezahlt hat, vollkommen zufrieden bin«, erwiderte der Sekretär bescheiden. »Ich bin nicht geldgierig, und die paar Pfund genügen bei meinen Ansprüchen für einige Zeit. – Übrigens ein wunderbarer Tisch, den Sie da haben«, fügte er harmlos hinzu.

Der Mann mit der gepflegten Glatze nickte flüchtig und beeilte sich, auf ein anderes Thema zu kommen.

»Corner erzählte mir, daß er Sie heute getroffen hat. Haben Sie ihn mit Ihrer Anstellung im Warenhaus ›Zu den tausend Dingen‹ wirklich nicht bloß zum besten gehalten?«

»Was fällt Ihnen ein? Es ist so, wie ich gesagt habe, und Sie können sich ja jederzeit telefonisch davon überzeugen.«

»Sie sind großartig«, kicherte der hagere Mann etwas gezwungen, indem er sich heftig den Schädel polierte. »Auf welche Einfälle Sie kommen. – Natürlich steckt da noch irgend etwas anderes dahinter?« forschte er mit zusammengekniffenen Augen.

Hubbard begegnete dem lauernden Blick mit einem verständnislosen Lächeln.

»Ich wüßte wirklich nicht, was das sein könnte. Es genügt mir vollkommen, daß ich mir dabei sieben Pfund wöchentlich verdiene.«

»Wegen solch einer Kleinigkeit sollten Sie sich wirklich nicht derart deklassieren«, ereiferte sich Phelips. »Sie brauchen nur ›ja‹ zu sagen, und ich verschaffe Ihnen schon morgen eine Stelle, die Ihnen mindestens das Fünffache einbringt. – Wie wäre es beispielsweise hier im Klub? Sie würden eine großartige Figur machen, und solche Leute können wir gebrauchen.«

Er erwartete die Antwort mit sichtlicher Ungeduld, aber Hubbard überlegte sehr lange und lehnte dann energisch mit einer Kopfbewegung ab.

»Danke. Das ist mir zu gefährlich.«

»Warum? – Seien Sie doch nicht kindisch. Erstens haben wir unsere Vorsichtsmaßregeln getroffen, und zweitens können selbst im allerschlimmsten Fall nicht mehr als ein paar Wochen herausschauen. Und das ist doch für unsereinen eine Kleinigkeit.«

»Sie irren sich. Schon der wunderbare Roulettetisch allein dürfte unbedingt drei Jahre einbringen.«

Phelips sah plötzlich höchst gleichgültig ins Leere.

»Davon versteh' ich nichts«, sagte er. »Ich vertrete eigentlich nur provisorisch Lewis. Aus reiner Gefälligkeit, weil man doch solch ein Unternehmen nicht ganz ohne Leitung lassen kann.«

»Und wo ist der Besitzer?«

»Mr. Guy Strongbridge?« meinte der Mann mit dem Pferdekopf leichthin. »Fragen Sie mich, wo diese reichen Leute sich aufhalten. Heute ist er in London, morgen auf dem Kontinent, übermorgen in Ägypten. Ich habe ihn überhaupt noch nie zu Gesicht bekommen. – Aber ich habe in gewisser Hinsicht unbeschränkte Vollmacht, und da wir gute alte Bekannte sind, bin ich entschlossen, etwas für Sie zu tun. Sie wären ein Narr, wenn Sie nicht zugreifen würden. Jedenfalls müssen Sie aus dem Warenhaus von Mrs. Irvine heraus«, schloß er plötzlich etwas ungeduldig und unüberlegt.

Hubbard klemmte mit einem Ruck das Monokel ins Auge.

»Wer sagt das?« fragte er gelassen.

»Corner. – Er hat mir aufgetragen, Ihnen das mitzuteilen, wenn ich Sie sehen sollte, und soviel ich weiß, ist er gerade auf der Suche nach Ihnen, um Sie selbst deshalb zu sprechen. Seien Sie vernünftig und lassen Sie mit sich reden. Sie können, wie ich Ihnen vorschlug, schon morgen hier eintreten, und wir werden gute Freunde bleiben. Aber gerade auf dem Posten, den Sie sich ausgesucht haben, passen Sie uns nicht, und damit werden Sie sich abfinden müssen.«

»Und wenn ich mich damit nicht abfinde?«

Phelips schlug das eine Bein über das andere, und in sein bisher so biederes Gesicht kam ein tückischer Zug.

»Dann werden Sie sich die Unannehmlichkeiten, die daraus entstehen können, selbst zuzuschreiben haben«, sagte er kühl. »Und ich werde sie Ihnen gönnen. Denn schließlich und endlich gibt es auch unter uns so etwas wie ein fair play. Man bricht nicht in ein Gehege ein, in dem bereits ein anderer an der Arbeit ist. Aber Sie scheinen sich etwas zuviel einzubilden, junger Mann, weil Sie Ihre Nase fast schon in alle unsere staatlichen Pensionen auf einige Wochen hineingesteckt haben. Das macht's jedoch nicht, und deshalb sollten Sie nicht zu übermütig werden, denn es könnte Ihnen übel bekommen. – Ihr Trick vorhin am Roulettetisch war eine Gemeinheit, über die wir vielleicht auch noch sprechen werden. So etwas tut man nicht, wenn man etwas auf sich hält. – Was soll ich also Corner ausrichten?«

Der Mann mit der strahlenden Glatze hatte sich in ehrliche Entrüstung geredet, und seine Geduld war offenbar zu Ende.

»Was Sie Corner ausrichten sollen?« wiederholte endlich Hubbard und schien gründlich zu überlegen. – »Sagen Sie ihm, daß er sich beizeiten um einen Platz in einem Blindenheim umsehen soll, weil ich ihn unbedingt um das zweite Auge bringen werde, wenn er mir im Warenhaus ›Zu den tausend Dingen‹ irgendwie in die Quere kommen sollte.«

15

Der Wagen mit der blonden Dame und ihrem Begleiter brauchte fast eine Stunde, um Skidemore-Castle zu ereichen, aber während dieser langen Zeit fiel zwischen den beiden auch nicht ein Wort.

Die Frau hatte sich in ihren kostbaren Pelz gehüllt und schien zu schlafen. Aber Guy Strongbridge kannte sie zu gut, um nicht zu wissen, daß dieses eisige Schweigen nur die Ruhe vor dem Sturm bedeutete und daß es einen furchtbaren Kampf geben werde.

Er hatte sich sonst vor derartigen Szenen immer gehütet, aber heute hatte zuviel auf dem Spiel gestanden.

Und außerdem – er war eigentlich froh, mit Lucy Rowe einmal ein ernstes Wort sprechen zu können. War sie aber widerspenstig und unvernünftig wie immer, so mußte er einen anderen Ausweg finden, denn er hatte neue Pläne, bei denen ihm die blonde Frau, für deren Launen er seit einem Jahr ein Vermögen verausgabt hatte, plötzlich hinderlich war. Und es war nicht gut, Guy Strongbridge in irgendeiner Weise im Wege zu stehen.

Skidemore-Castle war ein düsterer Landsitz im Stil der ersten Hälfte des achtzehnten Jahrhunderts, und sein Erbauer mußte ein Menschenfeind gewesen sein, der sich von der Außenwelt nicht sorgsam genug abschließen konnte.

Es war ein riesiges Sechseck, das mit seinen völlig glatten, fensterlosen Außenmauern einen geradezu unheimlichen Eindruck machte. Den breiten Steinbogen an der Vorderfront füllte ein mächtiges Tor aus, und an den Ecken der abgeschrägten Seitenflügel erhoben sich zwei schwarze, klobige Türme. Hinter diesen

Türmen senkte sich dann das Mauerwerk auf halbe Höhe und lief um einen ausgedehnten Komplex herum, aus dem die mächtigen Kronen uralter Bäume ragten.

Als der Wagen in die stockdunkle Zufahrtsallee einbog, gab er ein kurzes Hupsignal, und im selben Augenblick öffneten sich auch bereits die schweren Torflügel und gaben eine hochgewölbte Einfahrt frei, die von einer winzigen Deckenlampe nur notdürftig erleuchtet war.

Ohne eine Hilfe abzuwarten, stieß die blonde Dame die Tür auf und stürzte auf die breite hölzerne Treppe zu. Sie hatte keinen Blick für ihren Begleiter, und ihr Gesicht war verzerrt von der zügellosen Erregung, die in ihr tobte.

Der Herr blieb einige Augenblicke beim Auto stehen und sah unschlüssig nach der Uhr. Einen Moment dachte er daran, sofort die Rückfahrt anzutreten, dann aber überlegte er sich's doch anders und bestellte den schweigsamen Chauffeur für drei Uhr morgens.

Als der Wagen in den Hof eingefahren war, winkte der Herr den mürrischen Alten heran, der harrend am Tor stand.

»Warum hast du sie herausgelassen?« fuhr er ihn an.

»Sie hat gesagt, daß Sie zu Ihnen müsse«, gab der Mann mit einem verdrießlichen Achselzucken zurück. »Es hätte ja wirklich sein können, daß Sie mit ihr telefoniert hatten.«

»Ich rufe sie nie an, merke dir das«, erwiderte Strongbridge scharf, »und ich möchte dir raten, dich genau an das zu halten, was ich befohlen habe. Sie darf keinen Schritt aus dem Hause machen, selbst wenn du sie mit Gewalt zurückhalten müßtest. Geschieht es noch einmal, so werfe ich dich hinaus, und du weißt, was dich außerhalb dieser Mauern erwartet.«

Der Pförtner, der wegen eines kleinen Totschlags der irdischen Gerechtigkeit noch einige Jahre schuldig war, duckte den struppigen grauen Schädel und machte sich schlürfenden Schrittes davon, während der Herr die Treppe hinaufstieg und im ersten Stockwerk den langen Gang hinabschritt.

Am äußersten Ende sperrte er eine dreifach verschlossene Tür auf und trat ein.

Einige Sekunden verharrte er regungslos.

Die große Deckenlampe, die er einschaltete, vermochte den ungeheuren Raum bei weitem nicht völlig zu erleuchten, und er mußte noch zweimal schalten, bevor er das Zimmer bis in die entlegensten Ecken überblicken konnte.

Es machte einen sehr unordentlichen Eindruck und schien den verschiedensten Zwecken zu dienen. Neben Bücherschränken, einer Waffensammlung und einem alten Sekretär enthielt es mehrere Kästen, ein Feldbett und eine primitive Waschgelegenheit aus Blech, und auf mehreren eisernen Ständern hingen die verschiedenartigsten Kleidungsstücke. Der Fußboden war mit alten Teppichen belegt, die einmal einen großen Wert gehabt haben mochten, nun aber nur mehr farblose, zerschlissene Fetzen bildeten. Sogar eine alte Schneiderpuppe mit einem Holzkopf stand in einem Winkel des riesigen Zimmers, das einem Trödlerladen glich.

Der mittelgroße, etwa vierzigjährige Mann, der in seinem tadellosen Abendanzug eine sehr gute Figur machte, ging langsam einige Male durch den Raum, und seine scharfen Augen glitten forschend über jedes Möbelstück und jeden Gegenstand, als ob er sich vergewissern wollte, ob auch alles unverändert auf seinem Platz stände. Dann trat er zu der starken Holztäfelung, mit der die Wand verkleidet war und untersuchte diese dort, wo sie an den Turm stieß, sehr eingehend.

Lucy hatte sich in ihren üppig, aber mit schlechtem Geschmack eingerichteten Zimmern die Kleider förmlich vom Leibe gerissen, und Jessie, ein dralles Mädchen mit frechen Augen, hatte eine schallende Ohrfeige abbekommen, als sie ihr behilflich sein wollte.

Die blonde Schöne fühlte sich dadurch einigermaßen erleichtert, aber als sie sich in dem kleinen Speisezimmer an den Teetisch setzte, glich sie mit den bebenden Nasenflügeln, den krampfhaft verkniffenen Lippen und den funkelnden Augen einem sprungbereiten Raubtier.

Eben als das Mädchen dabei war, den Tee einzugießen, wurde die Tür aufgerissen, und der Herr trat ein.

Sein gesundes, brutales Gesicht hatte einen Zug, der Lucy eine Sekunde befremdete, aber sie fürchtete sich nicht.

»Wie konntest du dich unterstehen, ohne meine Erlaubnis in die Stadt zu kommen?« unterbrach Strongbridge endlich die unheimliche Stille. »Und dich noch dazu in einem Theater sehen zu lassen . . . Aufgedonnert wie ein Pfau . . .«

»Waaas . . .?« kreischte Lucy auf, die nur auf ein Stichwort gelauert hatte. »Wie sprichst du mit mir . . .? Unterstehen . . .? Aufgedonnert wie ein Pfau . . .! Da, du Galgenvogel . . .«

Ihre Hand war blitzschnell nach der Tasse gefahren und hatte den dampfenden Tee dem Gegenüber ins Gesicht geschwappt.

Strongbridge war auf verschiedenes gefaßt gewesen, aber der Angriff hatte ihn doch überrumpelt. Er war jäh aufgesprungen und trocknete nun mechanisch die Flüssigkeit von seinem Gesicht und seinen Kleidern.

Aber plötzlich packte ihn die Wut, und er machte Miene, sich auf die Frau zu stürzen.

Mit drohenden Blicken maß er sie.

Sie stand jedoch auch schon auf den Füßen und hielt mit katzenartiger Behendigkeit den Tisch zwischen sich und ihn.

»Unterstehe dich, mir nahe zu kommen«, fauchte sie und bohrte ihren Blick lauernd in den seinen. »Ich kratze dir deine Diebesaugen aus. – Du willst mir etwas verbieten, du Jammerlappen? Ich bin schon mit ganz anderen Burschen fertig geworden, als du einer bist.»

»Dafür bist du auch im Zuchthaus geboren«, brüllte er in ohnmächtiger Wut.

»Und du wirst im Zuchthaus enden«, schrie sie heftig zurück. »Das ist viel unangenehmer, mein Lieber. Besonders wenn es durch einen schönen neuen Strick geschieht.«

Strongbridge verfärbte sich und verkniff den Mund.

»Setz dich, und laß uns ruhig miteinander reden«, unterbrach er nach einer Weile das Schweigen. »Dieses Gezänk hat keinen Zweck.«

»Oh, für mich schon«, höhnte sie. »Ich wollte dir bereits längst wieder einmal meine Meinung sagen, denn so geht das nicht weiter. – Wie denkst du dir das eigentlich?« fuhr sie empört fort. »Ich soll meine paar letzten jungen Jahre in diesem stinkenden alten Kasten verbringen und nicht einmal die Nase hinausstecken dürfen?«

»So war es ausgemacht«, erwiderte er schroff.

»Ausgemacht . . .!« äffte sie ihn nach. »Aber jetzt paßt es mir einfach nicht mehr. – Ich will hinaus und wieder einmal Menschen sehen. Nicht nur diese schmierigen Verbrechergesichter, die hier herumlaufen und mit denen man nicht ein Wort reden kann. Früher hast du dich wenigstens öfter sehen lassen, und wenn auch nichts Besonderes an dir ist, so warst du doch wenigstens ein Mann. – Aber seit ein paar Monaten macht sich der Herr sehr rar«, fuhr sie plötzlich anzüglich fort. »Ein anderes Liebchen gefunden, ha? Na, meinetwegen. Ich pfeife auf Ihre Liebe, Mr. Strongbridge. Da kann ich etwas ganz anderes haben, wenn ich will«, warf sie selbstgefällig ein. »Aber so einfach abschütteln, weil du mich satt hast, lasse ich mich nicht. Dafür, daß ich mich ein volles Jahr hier bei lebendigem Leibe vergraben ließ, will ich natürlich etwas haben. – Darüber werden wir erst einmal sprechen müssen, und dann werde ich sehen, was ich tun werde.«

Ihr Gesicht bekam einen immer bösartigeren Ausdruck, aber das berührte ihn nicht. Ihre letzten Worte ließen ihn hoffen, daß die Sache vielleicht doch noch ohne besondere Umständlichkeiten zu regeln sein würde.

»Deshalb bin ich eben hier«, sagte er kühl, und um sie zu beruhigen, ließ er sich wieder nieder. »Was verlangst du?«

Sie war nun doch überrascht, daß er sie beim Wort nahm, und ihre gekränkte weibliche Eitelkeit ließ sie neuerdings in maßlose Wut geraten.

»Also doch ...«, keifte sie. »Da schau an, Mr. Strongbridge braucht Abwechslung.« Sie maß ihn mit einem verächtlichen Blick von oben bis unten und lächelte vielsagend. »Du hast das notwendig! Und es muß etwas Feines sein, was sich mit dir einläßt ...«

»Gewiß«, erwiderte er herausfordernd. »Keine Bardame aus dem ›Grünen Hecht‹.«

»Nein, von der Straße«, schrie sie ihm schrill ins Gesicht. – »Keine Bardame vom ›Grünen Hecht‹ sagt er – so ein Schuft! – Erinnerst du dich, wie du vor dieser Bardame auf den Knien herumgerutscht bist und gewinselt hast wie ein Hund? – Das hast du wohl ganz vergessen, wie? Aber ich erinnere mich noch sehr gut daran.«

Er ließ sie austoben, und als sie endlich mit hochwogender Brust Atem schöpfte, kam er gelassen auf seine Frage zurück.

»Also, wieviel verlangst du? Wenn es vernünftig ist, will ich nicht knausern. Aber ich mache dich darauf aufmerksam, daß ich eine Bedingung daran knüpfen werde.«

Lucy hatte zwar sehr viel Temperament, aber auch sehr viel gesunden Menschenverstand, und sie erriet, daß es nun um ein sehr wichtiges Geschäft ging, bei dem das letztere weit vorteilhafter war als das erstere.

Sie pflanzte sich mit verschränkten Armen und einem höhnischen Lächeln vor Strongbridge auf.

»Dreißigtausend Pfund.«

Sie hatte geglaubt, daß er wütend auffahren werde, aber er warf ihr nur einen flüchtigen Blick zu und machte mit der Hand eine ungeduldige Geste.

»Du bist verrückt. Die Geschäfte gehen schlecht, und ich habe in der letzten Zeit große Verluste gehabt.«

»Halt mich nicht für so dumm«, sagte sie, nun schon ganz geschäftsmäßig. »Ob du Verluste hattest, weiß ich nicht, und das geht mich auch gar nichts an, aber ich weiß, daß du einen Haufen Geld hast. Bei solchen Geschäften wie den deinen geht es nicht um Kleinigkeiten, und wenn du knausern willst, so fange damit nicht bei mir an, sondern bei meiner Nachfolgerin. Gib mir also die Dreißigtausend, und ich mache mich, je eher, je lieber, aus dem Staube. Wenn du dir's aber zu lange überlegst, könnte ich mich anders besinnen und noch mehr verlangen«, fügte sie hinzu, und Strongbridge hörte eine Drohung heraus, die ihn beunruhigte.

»So kommen wir nicht weiter«, meinte er mit einem ungeduldigen Achselzucken. »Verlangen kannst du natürlich, was du willst, aber ich bin nicht der Narr, es dir zu geben. Dafür mache ich dir jetzt einen vernünftigen Vorschlag, den du annehmen wirst, wenn du klug bist: Du bekommst sofort zweitausend Pfund und außerdem zahle ich dir die vollen Reisekosten nach irgendeinem beliebigen Ort im Ausland. Meinetwegen kannst du sogar nach Amerika oder Australien gehen – je weiter, desto besser. Und solange du dort bleibst, erhältst du vierteljährlich fünfhundert Pfund und überdies nach einem Jahr weitere tausend. – So, das ist mein letztes Wort in dieser Sache.«

Sie sah ihn lauernd an.

»Du willst mich also gründlich loswerden?«

»Sagen wir es so«, erwiderte er grob.

»Wegen der anderen – oder weil ich vielleicht zuviel weiß?« fragte sie und verzog hämisch das Gesicht.

Unter seinen halbgeschlossenen Lidern blitzte es auf, und der Entschluß, den er in diesem Augenblick faßte, machte eigentlich alle weiteren Verhandlungen überflüssig.

»Bist du also einverstanden?« fragte er kurz zurück.

»Nein. Das Ausland kann mir gestohlen sein. Ich bleibe hier – das heißt in London«, verbesserte sie sich rasch, »damit ich doch wenigstens in deiner Nähe bin. Und wenn mich die Sehnsucht packt oder wenn ich einige tausend Pfund brauche, werde ich dich aufsuchen.«

»Da wirst du wenig Glück haben«, knurrte er.

»O doch«, meinte sie höhnisch und bohrte ihre Blicke in die seinen. – »Wenn ich dir Grüße von der Spinne bringen werde . . .«

Er fuhr mit einer blitzschnellen Bewegung auf, und seine Arme reckten sich mit gespreizten Fingern, um die Frau an der Kehle zu fassen.

Aber Lucy schien diese Wirkung ihrer letzten Worte erwartet zu haben. Ehe er noch zupacken konnte, traf ihn ein harter Schlag unterm Kinn, der seinen Kopf knackend in den Nacken schleuderte. Und als er sich aufraffte, sah er von den kräftigen weißen Armen der Frau einen der schweren Stühle kampfbereit erhoben.

Er wandte sich schnell ab und schlug die Tür dröhnend hinter sich ins Schloß.

Und in derselben Sekunde flog innen die schwere silberne Teekanne genau in Kopfhöhe krachend an das Holz.

16

Jim, Hubbards kleiner Affe, war ein so wohlerzogener Junge, daß er weder eines Käfigs noch einer Kette bedurfte, sondern sich seit Jahr und Tag in der kleinen vornehmen Etagenwohnung in Bayswater ungehindert herumtreiben durfte. Er mißbrauchte diese Freiheit nie, aber er nützte sie gehörig aus, denn er hatte am Tage viele müßige Stunden, die doch irgendwie unterhaltend verbracht werden sollten. André war zwar ein ganz leidlicher Gesellschafter, von dem man manches lernen konnte, wenn man ihm auf die Finger guckte, aber auch der ging hie und da fort, und den geliebten Herrn selbst bekam Jim zu seinem Leidwesen oft wochenlang nicht zu Gesicht.

So blieben dem kleinen lebhaften Affen zu seiner Kurzweil nur die Zimmer, in denen es für ihn allerdings Beschäftigung in Hülle und Fülle gab. Er konnte vor einem Spiegel hocken und sich Grimassen schneiden, oder er konnte hundertmal das elektrische Licht an- und wieder abdrehen, und er konnte sogar das kleine Gewehr mit dem Pfropfen so handhaben, daß es einen schrecklichen Knall gab, worüber er dann selbst immer furchtbar erschrak.

Wenn Jim aber schon gar nicht mehr wußte, was er beginnen sollte, so schlüpfte er in sein warmes Bettchen im Garderobenzimmer, zog die Decke bis zur Nase und machte ein kleines Schläfchen, das ihn dann stets auf neue Gedanken brachte.

Gab es aber in der Wohnung selbst wirklich kein Vergnügen mehr und war es draußen hübsch sonnig und warm, so öffnete der kleine Affe spielend eines der Fenster und beguckte sich vom Sims aus mit interessierten Augen das lebhafte Getriebe auf der Straße. Noch lieber war es ihm allerdings, wenn ihn sein Herr, was zuweilen vorkam, in die weiche warme Handtasche steckte und mit sich ins Freie nahm. Jim fühlte sich dann immer äußerst behaglich, reckte sein Köpfchen ununterbrochen nach allen Seiten und war höchst vergnügt, wenn er einen kurzen Ausflug auf eine Mauer oder gar auf einen Baum unternehmen durfte. Aber so sehr es ihm dort auch behagen mochte, ein leiser Pfiff seines Herrn genügte, ihn schnell wieder in dessen Tasche verschwinden zu lassen.

Außer seinem Herrn und André, dem Diener, waren Jim alle Menschen unsympathisch, und er machte daraus kein Hehl. Und wenn ein Fremder die Wohnung betrat, mußte man auf den kleinen Burschen sehr aufpassen, damit er nicht ungemütlich wurde.

Als Hubbard nach seiner interessanten Aussprache mit Phelips kurz nach Mitternacht den »Klub der Siebenundsiebzig« verließ, war er in ausgezeichneter Laune. Er mußte allerdings auch mit einigen kleinen Überraschungen rechnen, die ihm vor allem der einfallsreiche Corner bereiten würde, aber es machte ihm Spaß, solche Dinge zu erleben.

Als er vor seinem Haus aus dem Taxi gestiegen war und eben im Begriff war, das Tor aufzuschließen, glaubte er über sich ein lebhaftes Kratzen und leises Fauchen zu vernehmen.

Er trat unwillkürlich einige Schritte zurück und sah die Fassade hinauf, und da schien es ihm, als ob unmittelbar vor seinem Fenster ein kleiner Schatten eilig hin und her huschte.

Sofort dachte Ralph an Jim. Aber er kannte dessen Gewohnheiten und Liebhabereien und sagte sich, daß diese aufgeregte nächtliche Promenade bei dem unfreundlichen Wetter einen besonderen Grund haben müsse.

Ganz automatisch faßte er nach der handlichen Pistole, die in der Tasche seines Mantels steckte, dann stieß er einen kurzen, leisen Pfiff aus.

Eine Sekunde später antwortete ihm ein freudiges Piepsen und Plappern, man vernahm, wie scharfe Krallen blitzschnell über die Mauer glitten, und dann schoß ein kleines Etwas mit einem Satz auf seine Schulter.

Jim war außer sich vor Freude und Aufregung. Er schlang seine dünnen Ärmchen um den Hals des Herrn, er weinte und lallte wie ein kleines Kind und knurrte und bellte dazwischen wie ein gereiztes Hündchen.

Hubbard erriet, daß in der Wohnung etwas Außerordentliches vorgegangen sein mußte, was ihm der intelligente kleine Jim nun in seiner Art mitteilen wollte, und er dachte sofort an irgendeinen Streich Corners. Wenn das zutraf, dann arbeitete der Mann sehr schnell, und er war begierig, seine Methode kennenzulernen.

Er stieg mit Jim auf der Schulter im Dunkeln die Treppe zur ersten Etage hinauf, aber unmittelbar vor der Wohnungstür begann der Affe wieder unruhig zu werden.

Ralph blieb einige Augenblicke lauschend stehen, dann nahm er seitwärts der Tür Deckung, streckte den Arm vor und schob den Schlüssel ins Schloß.

Er fühlte, wie der Riegel zurücksprang, und in demselben Augenblick stieß er den Türflügel mit einem kräftigen Fußtritt auf und sprang zur Seite.

Es erfolgte ein furchtbarer Krach, der donnernd durch das ganze Haus hallte und die Mauern erbeben ließ.

Hubbard wartete noch einige Sekunden, dann knipste er seine Taschenlampe an und besah sich die Bescherung.

Unmittelbar hinter der Tür lagen drei massive Eisenschienen, die bei ihrem Sturz einige Mauerbrocken mitgenommen und den Türflügel durchschlagen hatten. Wäre er ahnungslos eingetreten, so hätte sich Corner seinetwegen bestimmt keine weiteren Sorgen zu machen brauchen. Dabei hatte das Anbringen der höllischen kleinen Vorrichtung gar nicht viel Mühe und Zeit in Anspruch genommen. Man hatte einfach an die Seitenmauern des Vorzimmers links und rechts von der Tür je eine kleine Leiste genagelt, darüber eine starke Latte gelegt und darauf die schweren Eisenstücke. Beim Öffnen der Tür wurde die Latte von den Leisten geschoben, und die wuchtigen Eisen stürzten senkrecht herunter. Sie mußten den Eintretenden nicht gerade auf den Kopf treffen, um ihn gründlich zu erledigen.

Das gewaltige Getöse hatte das gesamte Haus alarmiert, und Hubbard sah sich genötigt, die bestürzten Bewohner durch eine harmlose Erklärung zu beruhigen. Dann schloß er die zersplitterte Tür ab und machte sich, ständig von dem aufgeregten Jim umtanzt, an die Durchsuchung der Wohnung.

Soviel er bemerkte, schien alles in Ordnung zu sein, und seine Sorge galt nun vor allem André. Der ältere Mann, der bereits drei Jahre in seinen Diensten stand und überaus ordentlich und verläßlich war, pflegte von seinen abendlichen Ausgängen pünktlich um 10 Uhr zurückzukehren, und Ralph war daher über sein Schicksal ernstlich beunruhigt.

Er fand das Dienerzimmer von außen versperrt, und als er öffnete und das Licht andrehte, sah er Andrés regungslose Gestalt völlig angekleidet auf dem Bett liegen.

Hubbard war mit einem Satz bei ihm, und es beruhigte ihn einigermaßen, als er an dem Mann keine äußere Verletzung fand. Dann fühlte er dem Bewußtlosen den Puls, und schließlich hob er dessen Lider, um sich die Pupillen anzusehen. Jim sprang neugierig auf das Bett, beschnupperte ängstlich seinen Freund und kratzte sich ratlos das Köpfchen.

Als Ralph mit seiner Untersuchung zu Ende war, nahm er das Äffchen unter den Arm, ging in die Küche und machte sich daran, Kaffee zu kochen, der wahrscheinlich mehr stark als schmackhaft war, um André von den üblen Nachwirkungen des Schlafmittels zu befreien. Es war keine leichte Arbeit, dem Betäubten den Trank einzuflößen, aber Hubbard ging dabei ebenso geschickt wie rücksichtslos vor und ruhte nicht eher, als bis der Mann die ganze gehörige Portion des wirksamen Gegenmittels in sich hatte.

Nachdem Hubbard einige Stunden geruht und sich dann durch ein Bad erfrischt hatte, fand er André wenigstens so weit, daß dieser imstande war, mit verstörten Augen einige Angaben zu machen. Der gute Mann, der auf seinen tadellosen Lebenswandel sehr viel hielt, war völlig niedergeschmettert und vermochte sich nicht zu erklären, was mit ihm geschehen war.

»Glauben Sie mir, Sir«, versicherte er in seiner würdevollen Art, die er trotz seines jämmerlichen Zustandes zu wahren wußte, »ich habe nicht getrunken. In unserer Familie ist es Gepflogenheit, nur am Samstag etwas Alkohol zu genießen, und ich nehme dann immer ein kleines Glas Porter. Nicht mehr. Aber gestern beschloß ich meine Abendmahlzeit bloß mit einem Glas Tee mit Milch. – Es war der ›politische Tag‹«, fügte er erklärend hinzu.

Ralph verstand ihn vollkommen. Wie sein äußeres, hatte André auch sein geistiges Leben genauestens eingeteilt. Er hatte seinen Sport-, seinen Theater-, seinen Familien-, seinen Gesellschafts- und seinen politischen Tag. Innerhalb der betreffenden vierundzwanzig Stunden pflegte er sich ausschließlich nur mit Fragen des jeweiligen Gebiets zu beschäftigen, und es war dann einfach unmöglich, etwas anderes aus ihm herauszubekommen. Hubbard kannte diese Eigenart seines Dieners und hütete sich, mit ihr irgendwie in Konflikt zu geraten.

»Sie haben also politisiert?« fragte er verständnisvoll und geduldig.

»Ich habe mich bemüht, die politischen Ansichten einiger Herren, die mit mir in der ›Heiteren Schnepfe‹ saßen, einigermaßen zu klären«, bemerkte André bescheiden. »Unsereiner, der in der glücklichen Lage ist, die Verhältnisse von einer gewissen höheren Warte aus zu überblicken, hat ja die Verpflichtung hierzu. Es gibt leider zuviel Verblendung und ungerechtes Urteil. Ich mußte mich besonders gestern ganz außerordentlich darüber aufregen. Es setzten sich nämlich an meinen Tisch zwei Herren, die sich offen zur Kommunistischen Partei bekannten, und Sie werden verstehen, daß ich den Ansichten, die sie entwickelten, auf das entschiedenste entgegentreten mußte. Seit fünfundzwanzig Jahren bin ich meiner konservativen Gesinnung immer treu geblieben und habe sie auch bei jeder Gelegenheit, so gut ich es vermochte, verteidigt.«

Ralph sah den Augenblick gekommen, den Redestrom seines Dieners in zweckdienliche Bahnen zu lenken.

»Nun, haben Sie die beiden Kommunisten bekehrt?«

André dachte lange nach und hob dann ungewiß die Schultern.

»Das vermag ich leider nicht zu sagen, Sir. Ich erinnere mich nur, daß plötzlich eine große Müdigkeit über mich kam, und ich muß leider feststellen, daß ich nicht weiß, was weiter geschehen ist.«

Aber Ralph bedurfte keiner weiteren Mitteilung, sondern sah bereits völlig klar. Die beiden Burschen hatten sich an André herangemacht, und sein »politischer Tag« war ihnen dabei sehr wesentlich zustatten gekommen. Während er sich an seinen Phrasen berauschte, hatten sie ihm das Schlafmittel in den Tee getan, und als es zu wirken begann, waren sie mit ihm einfach als hilfsbereite Freunde abgezogen. Mit seinen Schlüsseln konnten sie dann das Haus und die Wohnung öffnen und hier in aller Ruhe ihre Vorbereitungen treffen.

Hubbard erinnerte sich an seinen Freund Corner und sah nach der Uhr. Es war etwas nach sechs, und der Brummer lag wohl eben im ersten Schlummer, wenn er nicht etwa von unerquicklichen Gedanken gequält wurde, die ihm den Schlaf verscheuchten.

Nachdem Ralph schmunzelnd eine Weile im Telefonbuch gesucht hatte, rief er ihn an, und er freute sich, durch den Apparat das schrille Alarmläuten am anderen Ende der Leitung zu hören. Wenn er selbst um seine Nachtruhe gekommen war, sollte Corner wenigstens auch zu spüren bekommen, wie das tat.

Endlich meldete sich eine verschlafene, sehr übellaunige Stimme, aber Hubbard merkte sofort, daß es nicht Corner war.

»Ist Mr. Corner zu Hause?« fragte er. »Ja? – Er schläft? – Das tut nichts. Teilen Sie ihm mit, daß ihn Mr. Phelips sofort sprechen muß. – Mr. Phelips, jawohl . . .«

Ralph harrte mit sehr vergnügter Miene am Apparat, bis er endlich Corners hastige, erregte Frage vernahm:

»Was ist los?«

»Nichts Besonderes. Ich wollte Sie nur wissen lassen, daß ich zwar wenig, aber ausgezeichnet geruht habe. Das wird Sie doch sicherlich interessieren. Und mein Diener ist bereits wieder auf dem Damm.«

Der andere schien aus dieser Mitteilung nicht sofort klug zu werden, denn es blieb eine Weile still.

»Wer ist dort?« fragte er endlich mißtrauisch.

»Hubbard . . . Ralph Hubbard, Sekretär im Warenhaus ›Zu den tausend Dingen‹ . . .«

»Hol Sie der Teufel«, klang es wütend zurück. »Was erlauben Sie sich für Späße?«

»Keine so üblen wie Sie«, erwiderte Ralph höflich und sanft, »denn sonst hätte ich bei Ihnen eine Vorrichtung angebracht, damit Ihnen die Zimmerdecke auf den Schädel gefallen wäre, als Sie nach dem Hörer griffen.«

»Ist das alles, was Sie mir sagen wollten?« fragte Corner höhnisch.

»Eigentlich nicht«, sprach Hubbard langsam und bedächtig ins Telefon. »Ich wollte Ihnen nämlich auch noch mitteilen, daß ich es bereits zustande gebracht habe, von der Chalk Farm Station bis zum St. James Square in achtzehn Minuten zu fahren. – Da wird es mit Ihrem Alibi von höchstens vierundzwanzig Minuten verdammt schlecht aussehen, mein lieber Corner . . .«

Ohne auch nur den Eindruck seiner letzten Worte abzuwarten, legte er den Hörer hin und rieb sich höchst zufrieden die Hände. Für die eine gestörte Nacht hatte er nun dem Einäugigen deren wohl mehrere verschafft.

17

Noch vor wenigen Stunden hatte Muriel Irvine sich vorgenommen, Hubbard das Gehalt für einen Monat anzuweisen und ihm mitteilen zu lassen, daß ihr seine weitere Anwesenheit im Geschäft nicht erwünscht sei. Es stand für sie zwar völlig außer Zweifel, daß der Mann nicht das war, wofür er gelten wollte, aber sie vermochte sich nicht zu erklären, welche Absichten und Zwecke ihn in ihre Nähe geführt hatten. Gehörte er zu dem Kreis um Strongbridge, der an ihr ein so besonderes Interesse nahm, oder verkörperte er eine neue Gefahr, die sich erst offenbaren würde?

Ihre Lage war durch eine unselige Verkettung von Umständen so verzweifelt geworden, daß sie sich oft am Ende ihrer Kräfte fühlte, und wenn hier ein neuer Gegner aufgetreten war, der ihre Hilflosigkeit ausnützen wollte, so war sie einem derartigen Kampf auf die Dauer nicht mehr gewachsen. – Dabei hatten ihr die Blumen, die gestern zu Füßen von Miss Mariman geflogen waren, gesagt, daß dieser Mann nicht nur einen außerordentlichen Spürsinn, sondern auch eine seltene Unverfrorenheit besaß, und daß er rücksichtslos auf sein Ziel losging.

In der ersten Bestürzung über die Entdeckung ihres so sorgsam gehüteten Geheimnisses war es Muriel unmöglich erschienen, Hubbard sein seltsames Spiel weiter treiben zu lassen. Aber dann war die kühle Überlegung gekommen, und sie hatte sich gesagt, daß dies keineswegs eine zweckdienliche Lösung der Sache bedeuten würde. Der Mann würde deshalb von der Verfolgung seines Zieles gewiß nicht ablassen, für sie aber würde es dann bedeutend schwerer sein, seine Absichten und Pläne zu erraten, als wenn sie in unmittelbarer Verbindung mit ihm blieb. Was hinderte sie aber, seinem Komödienspiel ein gleiches entgegenzusetzen und ihn mit derselben Unverfrorenheit zu verblüffen, die er an den Tag legte?

Die Möglichkeiten, die sich hieraus ergaben, beschäftigten die junge Frau sehr eingehend, und sie sah etwas blaß und schmal aus, als sie an diesem Morgen zeitiger als sonst im Kontor erschien.

Die Vorladung nach Scotland Yard lautete auf ein Uhr, und Muriel empfand vor dieser Stunde ein solches Bangen, daß sie irgendwie tätig sein mußte, um den Befürchtungen, die auf sie einstürmten, zu entgehen.

Sie suchte an diesem Vormittag sogar mehrmals die Verkaufsräume auf, was sehr selten vorzukommen pflegte, und selbst das Personal war überrascht, wie wunderbar sie aussah. Sie trug ein einfaches schwarzes Kleid, das zu ihrem brünetten Teint und ihrem dunklen Haar prächtig paßte und ihrer ganzen Erscheinung eine außerordentliche Vornehmheit verlieh.

Nur Miss Babberly gefiel es nicht.

Constancia sah selbstgefällig an ihrer dunkelgrünen Kreation mit der schottischen Schleife herab und erwartete wenigstens einen verständnisvollen Blick des Sekretärs, aber dieser war wieder einmal so beschäftigt, daß er für solche Dinge kein Auge hatte.

Als er nach einer Weile mit seiner Arbeit fertig war, nahm er seine Mappe und klopfte an die Tür des Chefzimmers.

Mrs. Irvine sah etwas befremdet auf, als er eintrat, aber sie schien unbefangen und gelassen wie immer, und Hubbard begann diese Frau zu bewundern.

»Sie wünschten gestern einen Auszug des Kontos Strongbridge«, sagte er, indem er ihr das Blatt überreichte. »Der Saldo ist ungefähr der gleiche, den ich Ihnen genannt habe.«

Sie nahm den Bogen wortlos entgegen, und die Zahlen schienen sie so zu interessieren, daß sie die Anwesenheit des Sekretärs ganz vergaß. Endlich faltete sie das Papier sorgfältig zusammen und barg es in ihrer Handtasche.

»Bitte, nehmen Sie einige Zeilen auf«, sagte sie leichthin. »Aber ich wünsche nicht, daß der Brief auf unserem Geschäftspapier geschrieben wird, und die Kopie wollen Sie nicht ablegen lassen, sondern mir aushändigen.«

Sie lehnte sich in ihren Stuhl zurück, und ihre Augen ruhten plötzlich mit einer gewissen Herausforderung auf Hubbard.

»Ich möchte Sie ersuchen«, begann sie zu diktieren, indem sie jedes Wort überlegte, »mir Gelegenheit zu geben . . .«

»Welche Anrede?« fragte er geschäftsmäßig.

»Eine Anrede ist nicht notwendig«, bemerkte sie kurz. »Also ... mir Gelegenheit zu geben, Ihnen einen Vorschlag zur Regelung Ihres Kontos machen zu können. Der schriftliche Weg scheint mir zu diesem Zwecke nicht geeignet. Ich erwarte also Ihren Bescheid.«

»Die gewöhnliche Schlußfloskel?« fragte Hubbard wieder, als er merkte, daß sie zu Ende war.

»Nein«, sagte die junge Frau etwas spöttisch, »gar keine. – Das dürfte Sie gewiß befriedigen, da Sie solch ein Feind des schwulstigen Geschäftsstils sind. – Und einer Adresse bedarf es ebenfalls nicht«, fügte sie rasch hinzu. »Wenn der Brief fertig ist, wollen Sie ihn mir bringen.«

Sie nickte verabschiedend, und er war bereits an der Tür, als sie ihn noch einmal aufhielt.

»Sie werden in der heutigen Post die Antwort von Hawker & Sons auf unser letztes Schreiben finden. Ich denke natürlich nicht daran, mich mit einem so lächerlichen Ausgleich zufriedenzugeben, aber ein weiterer Briefwechsel würde kaum etwas nützen. Übergeben Sie die Sache also Mr. Summerfield, Fulham, 7 Hulingham Road. Er ist mein Anwalt«, fügte sie erklärend hinzu, als sie merkte, daß er sie fragend ansah.

Gegen 12 Uhr verließ Mrs. Irvine das Kontor. Sie war sich vollkommen klar, daß sie einer kritischen Stunde entgegenging, die alles, was sie sich unter so großen Opfern aufgebaut hatte, mit einem Schlage vernichten und sie vielleicht in eine furchtbarere Lage denn je bringen konnte. Aber sie sah nun keinen anderen Ausweg mehr, als Corners Rat zu befolgen. Sie legte den weiten Weg längs des Victoria-Embankments zu Fuß zurück. Je mehr sie sich dem mächtigen Bau von Scotland Yard näherte, desto langsamer und unsicherer wurden ihre Schritte, und als sie feststellte, daß ihr fast noch eine halbe Stunde Zeit blieb, atmete sie erleichtert auf.

Plötzlich gewahrte sie Corner, der sie offenbar erwartet hatte, und so unliebsam ihr sonst eine Begegnung mit ihm gewesen wäre, heute bedeutete dieses Zusammentreffen für sie eine Erleichterung.

»Beunruhigen Sie sich nicht, Mrs. Irvine«, sagte er, »es kann Ihnen gar nichts geschehen, wenn Sie nicht selbst Dinge berühren, die die Polizei stutzig machen könnten. Es ist höchstens eine Vernehmung und kein Verhör. Also lassen Sie sich ja nicht in die Enge treiben, und wenn Sie über die Tragweite einer Frage im Zweifel sein sollten, so sagen Sie einfach, Sie müßten sich erst mit Ihrem Anwalt beraten.«

»Vielleicht hätte ich das überhaupt tun sollen«, bemerkte sie unsicher.

»Wahrscheinlich hätten Sie dadurch die Sache nur schlimmer gemacht. Die Anwälte sind durchwegs große Wichtigtuer, und man sieht sie in Scotland Yard nicht gerne. Man wird mit Ihnen gewiß viel rücksichtsvoller verfahren«, fuhr er fort, indem er einen bewundernden Blick über ihre Erscheinung gleiten ließ, »wenn Sie allein kommen, als wenn Sie sich in Begleitung irgendeines Paragraphenmenschen eingefunden hätten. Wenn einer gleich mit einem Verteidiger aufmarschiert, so sagt dies, daß er sich nicht ganz sicher fühlt.«

»Sie wissen sehr wohl, daß dies bei mir auch der Fall ist«, erwiderte die junge Frau. »Mag es sich nun handeln, worum es will, ich fürchte, daß ein unbedachtes Wort die ganze Geschichte aufrollen kann.«

Corner schüttelte etwas unwillig den Kopf.

»Deshalb müssen Sie sich eben zusammennehmen«, sagte er scharf. »Das kann doch für Sie nicht so schwer sein. Da Sie seinerzeit Dawson so standgehalten haben, ist es ja schließlich auch nichts Neues für Sie.«

»Ich glaube, daß dies die letzte Gelegenheit war, aus dem Labyrinth herauszukommen«, meinte sie plötzlich halblaut, »und ich habe sie verpaßt. Wenn ich damals gesprochen hätte . . .«

»So würden Sie sich heute sehr unbehaglich fühlen«, fiel er gereizt ein.

»Aber Dawson wäre vielleicht noch am Leben«, entfuhr es ihr, und sie bemerkte, wie er mit einem Ruck den Kopf wandte und sie aus seinem einen Auge mißtrauisch ansah. Aber dann zuckte er mit den Achseln.

»Auf welche komischen Ideen Sie manchmal kommen. Ich verstehe wirklich nicht, wie das zusammenhängen sollte.« Er stieß mit seinem Spazierstock bei jedem Schritt nervös auf den Boden, und sein stechender Blick hing wieder an ihrem blassen Gesicht.

»Ich will zu Ihrem Besten hoffen«, fuhr er vorsichtig fort, »daß Sie von dieser Sache nicht zu sprechen beabsichtigen. Daß Sie danach gefragt werden, halte ich für ausgeschlossen. – Seit wann ist Mr. Hubbard in Ihrem Geschäft?« fragte er dann plötzlich unvermittelt, und sie sah ihn befremdet und sichtlich unwillig an.

»Was soll diese Frage?«

»Sie haben da eine eigenartige Wahl getroffen«, bemerkte er ausweichend. »Wenn Sie mich gefragt hätten, hätte ich Ihnen entschieden abgeraten, diesem Mann eine solche Vertrauensstellung einzuräumen.«

Die junge Frau war plötzlich sehr interessiert und suchte in Corners Mienen zu lesen.

»Was wissen Sie von ihm?« fragte sie hastig.

»Einiges, was ihn nicht sehr empfiehlt. Er hat bereits manches Üble auf dem Kerbholz. Wenn Sie wollen, kann ich Ihnen eine genaue Zusammenstellung seiner bisherigen Strafen besorgen. Sie ist ziemlich umfangreich.«

Sie war sehr bestürzt, und zwischen ihren Brauen zeigte sich eine tiefe Falte.

»Was will er von mir?« forschte sie gespannt.

»Das weiß ich leider noch nicht. Aber wenn Sie mir helfen wollen, werde ich es bald heraushaben«, erwiderte er.

»Lassen Sie das«, lehnte sie hastig und schroff ab. »Ich werde schon meine Maßnahmen zu treffen wissen.«

Sie warf einen nervösen Blick auf ihre Armbanduhr und sah, daß es kurz vor eins war. Sie nickte ihrem Begleiter verabschiedend zu, aber dieser blieb noch einige Schritte an ihrer Seite.

»Es wäre möglich, daß Sie meines Rates bedürfen«, sagte er leise und eindringlich, »und es würde mich überhaupt interessieren zu erfahren, was eigentlich los war. Dürfte ich Sie bitten, mich sofort anzurufen? Ich werde bis 3 Uhr in meiner Wohnung warten.«

Sie neigte zustimmend den Kopf und betrat wenige Augenblicke später den Haupteingang von Scotland Yard.

18

In diesem Moment tauchte, geschäftig wie immer, Sergeant Meals auf, und kaum hatte er die schöne Frau erblickt, als er auch schon an ihrer Seite war.

»Zimmer Nummer 7? Bitte, Madam«, sagte er höflich und hastig und lud sie ein, ihm zu folgen, wobei sein Gesicht und seine blauen Augen noch freundlicher lächelten als sonst.

Endlich bogen sie in den kurzen Seitengang ein, und Meals klopfte bescheiden an.

Als sich keine Antwort vernehmen ließ, wiederholte der Sergeant das Klopfen etwas lauter, und als sich auch jetzt noch immer nichts rührte, drückte er kopfschüttelnd auf die Klinke, aber die Tür war verschlossen.

Meals sah die junge Frau etwas ratlos an, aber in diesem Augenblick stand, wie aus dem Boden gewachsen, die untersetzte Gestalt des Sergeanten Gibbs neben ihm.

»Lassen Sie nur«, sagte er, indem er die Pfeife aus dem Mund nahm, »Mrs. Irvine wird sofort vorgelassen. Ich habe etwas anderes für Sie.«

Er faßte den Kollegen am Arm und zog ihn kurzerhand mit sich, obwohl Meals eine recht unfreundliche Miene machte. Als sie einige Schritte gegangen waren, wandte sich Gibbs plötzlich um und sagte zur größten Überraschung des anderen sehr höflich:

»Sie können eintreten, Madam.«

Im Zimmer Nummer 7 war alles so wie immer, wenn irgend jemand zu Captain Conway vorgelassen wurde. Die Fensterläden waren trotz des Tageslichtes dicht verschlossen, und als Muriel die Tür hinter sich zugemacht hatte, stand sie plötzlich in dem blendenden Lichtkegel, der aus dem Hintergrund hervorstach.

Sie schloß unwillkürlich die Augen, und ihre Erregung stieg so, daß sie am ganzen Körper zu zittern begann.

»Nehmen Sie, bitte, Platz, Mrs. Irvine«, sagte eine andere Männerstimme. »Sie finden zu Ihrer Rechten einen Stuhl.«

Sie tastete sich schwankend zu dem bequemen Fauteuil, der heute neben einem kleinen Tischchen an Stelle des einfachen Sessels stand, und ließ sich kraftlos nieder. Alle die bangen Befürchtungen, die sie vor dieser Stunde gehegt hatte, waren nichts gegen das furchtbare Gefühl, von dem sie in diesem Augenblick befallen wurde. Es kam ihr vor, als ob das schreckliche Licht durch ihren Kopf dringe und als ob alle ihre geheimsten Gedanken bloßgelegt würden.

Aber der Kommissar ließ ihr Zeit, sich zu fassen, denn es dauerte ziemlich lange, bevor seine erste Frage an ihr Ohr drang. Und dann war die Stimme sehr leise.

»Sie sind Witwe, Mrs. Irvine?«

Sie nickte und befeuchtete die trockenen Lippen mit der Zunge.

Der Unsichtbare schien das zu bemerken.

»Wollen Sie sich ein bißchen erfrischen? Es ist etwas schwül und dumpf hier. Auf dem Tisch steht alles bereit.«

Sie fühlte sich so schwach, daß sie automatisch gehorchte und sich mit zitternden Händen aus der kleinen Flasche eines der Gläser halbvoll schenkte. Als sie getrunken hatte, merkte sie, daß es ein ausgezeichneter, gekühlter Fruchtsaft war, und diese Aufmerksamkeit überraschte sie.

»Sie müssen entschuldigen«, begann die Stimme plötzlich wieder, »wenn ich auf Dinge zu sprechen komme, die Sie vielleicht schmerzlich berühren werden, aber es ist dies leider unvermeidlich. – Waren Sie damals, als Sie vor der verstümmelten Leiche des auf der Untergrundbahnstrecke in Hampstead Verunglückten standen, wirklich völlig überzeugt, daß es sich um Ihren Gatten handelte? Hatten Sie dafür außer den Effekten, die man Ihnen vorlegte, noch irgendwelche andere zuverlässige Anhaltspunkte?«

Der Unsichtbare brach ebenso unvermittelt ab, wie er begonnen hatte. Sie begriff sofort, wie gefährlich die Frage war, aber sie mühte sich vergeblich, ihre Gedanken zu sammeln, um den drohenden Angriff schon mit dem ersten Zuge abzuwehren.

»Ich war natürlich überzeugt davon«, sagte sie nach einer kleinen Pause mit leiser, gepreßter Stimme. »Mein Mann war etwa drei Wochen vorher verschwunden und trotz wiederholter Aufforderungen in den Zeitungen und der Inanspruchnahme der Polizei nicht zu finden. – Eines Tages erhielt ich dann plötzlich die Mitteilung, daß er tot aufgefunden worden sei.«

»Von wem erhielten Sie diese Nachricht?« klang es plötzlich scharf aus dem Dunkel, und die junge Frau zuckte zusammen. Sie wußte, daß sie eine große Unvorsichtigkeit begangen hatte und überlegte blitzschnell, wie sie diese verfängliche Frage umgehen könne.

Aber der Kommissar enthob sie dieser Verlegenheit. Allerdings auf eine Art, die sie noch unruhiger und verstörter werden ließ.

»Also der Mann mit der Binde über dem linken Auge – oder es kann auch einer seiner Freunde gewesen sein – verständigte Sie eines Tages, daß Ihr Gatte verunglückt sei. Und Sie gingen hin und fanden tatsächlich nichts, was dieser Annahme widersprochen hätte. So war es doch wohl, Mrs. Irvine?«

Sie erwiderte nichts, sondern sah starr auf ihre Hände, die sie fest ineinander verschlungen hatte.

»Sie befanden sich damals in sehr mißlichen finanziellen Verhältnissen«, stellte der Unsichtbare fest. »Wie war es da möglich, daß Sie bereits drei Monate später das Warenhaus ›Zu den tausend Dingen‹ für einen Betrag von zweiunddreißigtausend Pfund erwerben und den Kaufpreis bar bezahlen konnten?«

»Ich hatte eine Erbschaft gemacht«, gab sie trotzig zurück.

»Das war einige Monate früher«, bemerkte der geheimnisvolle Kommissar höflich, aber bestimmt. »Und diese Erbschaft ist ebenso wie das Geld, das Sie in die Ehe mitgebracht haben und wie der Verdienst, den Sie mit Ihrem ersten Geschäft erzielten, am Spieltisch geblieben. – Aber ich nehme an, daß Ihnen der Mann mit der Binde ein Darlehen vermittelt hat. Ist es so?«

Muriel begann sich vor dem rätselhaften Mann, der das Gespinst ihrer Geheimnisse in Fetzen riß, zu fürchten, und sie bangte vor dem, was noch kommen würde.

»Wie verhielt es sich mit der Lebensversicherungspolice Ihres Mannes? Wann war diese abgeschlossen worden, und wie kam es, daß sie auf einen so verhältnismäßig hohen Betrag lautete?«

Zum erstenmal war Mrs. Irvine in der Lage, eine rückhaltlose Antwort geben zu können.

»Es war dies eine Bedingung, die mein Vater bei meiner Verheiratung gestellt hatte«, erklärte sie.

»Ihr Vater war General Sir Hartwell Grimley«, fiel der Kommissar ein. »Er starb im Jahre 1938.«

Die junge Frau senkte den Kopf, und ein leises Zucken um ihren hübschen Mund verriet die schmerzlichen Gedanken, die sie bei dieser Erinnerung überkamen.

»Also Ihr Vater wünschte, daß Ihr Gatte, der ziemlich vermögend, aber etwas leichtsinnig war, diese Versicherung zu Ihren Gunsten eingehe, damit Sie für alle Fälle sichergestellt seien«, fuhr der Unsichtbare fort. »Das genügt mir. – Haben Sie vielleicht diese Police für das Darlehen als Pfand gegeben?«

»Nein«, erklärte sie bestimmt, »ich habe andere Sicherheiten geboten.«

»Ich nehme an, daß diese sehr gut sein mußten, denn Mr. Strongbridge ist ein sehr genauer und vorsichtiger Mann«, sagte Captain Conway.

»Haben Sie je mit Strongbridge selbst gesprochen?« forschte der anscheinend Allwissende hartnäckig weiter.

»Zweimal«, gab sie völlig verwirrt zu.

»Wo?«

»Im ›Klub der Siebenundsiebzig‹.«

»Also wohl in demselben grünen Salon, in dem Sie an dem gewissen Abend auch die Unterredung mit Lewis hatten? – Waren Ihre Verhandlungen mit Strongbridge rein geschäftlicher Natur, oder« – der Kommissar schien einen Augenblick nach den rechten Worten zu suchen – »kamen hierbei auch private Dinge zur Sprache?«

Muriel zuckte wieder zusammen, und trotz des scharfen Lichtes war die dunkle Röte zu bemerken, die jäh ihr Gesicht übergoß.

»Ich nehme an, daß Ihnen Strongbridge bei diesen Zusammenkünften gewisse Anträge gestellt hat. Und ich nehme weiter an, daß Sie hierdurch derart in Angst und Schrecken versetzt wurden, daß Sie um jeden Preis der Verpflichtungen gegen ihn ledig werden wollten. Diesem Zweck galt wohl auch Ihr letzter Besuch bei Lewis. Und ich schließe aus gewissen Vorkommnissen, daß dieser Ihnen seine Unterstützung zugesagt hat. – Stimmt das, Mrs. Irvine?«

Die seltsame Stimme klang so ruhig und bestimmt, daß Muriel keinen Widerspruch aufzubringen vermochte. Es schien nichts in ihrem Leben zu geben, was diesem unheimlichen Mann, dem sie gegenübersaß, verborgen gewesen wäre, und der kühlen, selbstbewußten Frau war es, als ob man ihr alle Hüllen von Leib und Seele gerissen hätte.

»Wir kommen nun zu der weißen Spinne, Mrs. Irvine«, sagte Captain Conway gelassen. »Die erste legte man Ihnen mit dem Nachlaß Ihres Gatten vor. – Wann erfuhren Sie von den übrigen? Vor oder nach Ihrer ersten Zusammenkunft mit Strongbridge?«

»Nachher«, erwiderte sie leise.

»Also, nachdem Sie Strongbridge zu verstehen gegeben hatten, daß er nichts zu hoffen habe, kamen plötzlich die Spinnen zum Vorschein. Und es war wohl wieder der gefällige Corner, der Sie davon verständigte? – Was dachten Sie sich dabei?«

»Ich dachte mir«, erklärte sie leise und stockend, »daß mein Mann vielleicht doch noch am Leben sein könnte. – Und daß er vielleicht in die schrecklichen Dinge verwickelt sein könne«, fügte sie nach einer kleinen Pause kaum hörbar hinzu. »Deshalb habe ich auch Mr. Corner ersucht, nochmals genau nachzuforschen.«

»Ah . . .« Der Ausruf bekundete, daß Captain Conway endlich ein wenig überrascht war. »Und was hat Ihnen Corner berichtet?«

»Er hat herausgefunden, wo mein Mann die letzten Wochen verbracht hat, und ich habe mich überzeugen können, daß alles stimmte. Nur über die letzte Nacht konnten wir bisher keine zuverlässige Feststellung machen. Aber auch dann . . .«

Sie vollendete den Satz nicht, sondern sah mit unruhig flakkernden Augen ins Leere.

»Auch dann wären Sie die Zweifel, die nun einmal in Ihnen aufgestiegen waren, nicht losgeworden, wollten Sie sagen«, ergänzte der Kommissar. – »Warum haben Sie das alles nicht schon Inspektor Dawson mitgeteilt, als er bei Ihnen war, Mrs. Irvine?«

Die Stimme aus dem Dunkel hatte einen teilnahmsvollen, herzlichen Klang, aber Muriel brach unter den letzten Worten völlig zusammen. Durch ihren Körper ging ein fieberhaftes Schütteln, und plötzlich rang sich von ihren Lippen ein tiefer Wehlaut, und sie barg aufschluchzend das verstörte Gesicht in den Händen.

»Weil ich mich fürchtete«, stöhnte sie – »und weil ich mich schämte.«

Eine Zeitlang war in dem düsteren Raum nur das leise krampfhafte Weinen der jungen Frau zu hören, die nach endlosen Monaten für ihr maßloses Leid und ihre erdrückenden Sorgen endlich erlösende Tränen fand. Und selbst der geheimnisvolle und gefürchtete Kommissar Conway schien vor diesem Schmerz Achtung zu haben, denn er verhielt sich so still, daß Muriel Irvine glauben konnte, sie sei allein mit sich und ihrer Verzweiflung.

19

Etwa eine Viertelstunde später trat Mrs. Irvine wieder durch das Portal von Scotland Yard.

Erst jetzt, da sie wieder der Lärm des Lebens umtoste, begann allmählich der Bann von ihr zu weichen, und während sie langsam gegen Whitehall schritt, versuchte sie sich zu erinnern, wie eigentlich alles gekommen war.

Sie hatte eine rückhaltlose Beichte abgelegt und doch fast gar nichts gesprochen, denn Captain Conway hatte dies für sie besorgt. Noch immer klang ihr die männliche Stimme im Ohr, die solche Gewalt über sie bekommen hatte, und unwillkürlich versuchte sie, sich ein Gesicht vorzustellen, das zu dieser Stimme gepaßt hätte. Es war entschieden nicht das grollende und drohende Organ eines alten Polizeibeamten, das sie bezwungen hatte, sondern der Unsichtbare hatte weit wirkungsvollere Register gezogen. Es kam ihr nun vor, als ob das alles gar keine polizeiliche Vernehmung, sondern eine allerdings etwas peinliche und schmerzvolle Aussprache gewesen wäre – und während sie träumend ihren Weg fortsetzte, ertappte sie sich plötzlich bei der lebhaften Frage, ob sie wohl noch einmal in das Zimmer Nummer 7 gerufen würde.

Sie fühlte sich mit einem Male so müde, daß sie beschloß, in dem nächsten Restaurant den Lunch einzunehmen. Sie wollte einmal eine ruhige Stunde verbringen und der seelischen Erleichterung froh werden, die über sie gekommen war.

Sie nahm in einem stillen Winkel Platz und vergaß wirklich alles.

Nur die Stimme aus dem Dunkel konnte sie nicht loswerden – aber Muriel Irvine schien darüber nicht ungehalten zu sein, sondern schüttelte nur mit einem leisen Lächeln den Kopf.

Auch Corner hatte sie völlig vergessen, sollte aber daran erinnert werden. Als sie gegen vier Uhr ins Kontor kam, konnte sie der Einäugige endlich zu erreichen, und seine rauhe Stimme verriet, in welcher Erregung er sich befand.

»Was soll das heißen?« stieß er ungeduldig hervor. »Weshalb melden Sie sich denn nicht? Ich sitze seit halb zwei Uhr am Apparat.«

»Ich will hoffen, daß Sie dadurch nicht etwas Nützlicheres versäumt haben, denn ich kann Ihnen leider gar nichts berichten«, erwiderte sie gelassen.

»Wieso nicht?« fragte er rasch und mißtrauisch zurück. »Es muß doch über etwas gesprochen worden sein, und Sie können sich denken, daß mich alles interessiert.«

»Das kann ich mir allerdings denken«, gab sie etwas anzüglich zurück, »aber das kann mich nicht veranlassen, Dinge zu wiederholen, die völlig belanglos sind.«

Ohne eine Antwort abzuwarten, legte sie einfach den Hörer auf und lächelte vor sich hin. Der Unsichtbare, der ihr beim Abschied in einem so freundschaftlichen Ton geraten hatte, über die Unterredung im Zimmer Nummer 7 Stillschweigen zu bewahren, konnte mit ihr zufrieden sein.

Corner war weniger erbaut über den Verlauf dieses Telefongesprächs. Die kurz angebundene Art, in der sie eben mit ihm gesprochen hatte, stimmte ihn höchst bedenklich. Was war in Scotland Yard vorgegangen, daß sie ihn plötzlich so von oben herab abfertigte? Und daß sie es vermied, auch nur ein Wort darüber fallenzulassen.

Aber es war seine Art, sich in solchen Fällen möglichst rasch Gewißheit zu verschaffen.

Mrs. Irvine gab Hubbard eben eine Liste von Bestellungen auf, als es an der Kontortür klopfte und der Einäugige eintrat. Er schien im ersten Augenblick durch die Anwesenheit des Sekretärs peinlichst berührt zu sein, aber dann sah er einfach über ihn hinweg und begrüßte die junge Frau mit gemessener Höflichkeit.

Hubbard nahm seine Papiere auf, um sich zurückzuziehen, als Muriel ihn plötzlich zurückhielt.

»Bleiben Sie«, sagte sie mit einem eigentümlichen Lächeln, »ich möchte die Herren miteinander bekannt machen.«

Corner war von diesem Einfall sichtlich wenig begeistert, aber Hubbard sah sehr vergnügt drein.

»Das ist nicht notwendig, Mrs. Irvine«, bemerkte er, »denn ich habe bereits seit langem das Vergnügen, Mr. Corner zu kennen. Wir haben erst heute um 6 Uhr morgens wieder ein sehr freundschaftliches Telefongespräch geführt.«

Sie ließ ihre Blicke forschend zwischen dem mißmutigen Corner und ihrem gutgelaunten Sekretär hin und her gehen und beschloß, reinen Tisch zu machen.

»Ich bin sehr froh, daß sich diese Gelegenheit ergeben hat«, sagte sie nun wieder in ihrer kühlen, hochfahrenden Art, »weil sie mir viele Umständlichkeiten erspart.« Sie sah den Sekretär plötzlich durchdringend an. »Mr. Corner hat mir nämlich heute mitgeteilt, daß Sie bereits einige Freiheitsstrafen verbüßt hätten.«

»Das kann ich leider nicht in Abrede stellen«, erwiderte Hubbard mit einem leichten Achselzucken, »da ich ebendiesem Umstand die ehrenvolle Bekanntschaft mit Mr. Corner verdanke. Ich glaube, es war im Februar vorigen Jahres, als wir uns in Dartmoor kennenlernten. Er saß damals wegen eines kleinen Heiratsschwindels, ich wegen einer Meinungsverschiedenheit mit der Polizei.«

»Sie haben auch noch andere Dinge auf dem Kerbholz«, brauste der Einäugige wütend auf.

»Soviel ich weiß, auch Sie«, gab der andere höflich zurück.

Mrs. Irvine zog die Brauen hoch und beendete mit einer energischen Geste das interessante Zwiegespräch.

»Ich danke, Mr. Hubbard. Wir werden darüber noch sprechen.«

Als der Sekretär gegangen war, vergaß Corner zum ersten Male die tadellose Höflichkeit, die er ihr gegenüber bisher immer bewahrt hatte.

»Was, zum Teufel, ist in Sie gefahren?« zischte er. »Was sollte die Komödie bedeuten, die Sie eben aufgeführt haben? Und wie konnten Sie mich vorhin am Telefon so niederträchtig abfertigen? Betrachten Sie mich bereits als so überflüssig?«

»Ich betrachte Sie als so überflüssig«, sagte Muriel ruhig, »daß ich Sie die Treppe hinunterwerfen lassen werde, wenn Sie noch einmal einen derartigen Ton anschlagen. – Ich glaube, Mr. Hubbard wird sich ein besonderes Vergnügen daraus machen, mir diesen Dienst zu erweisen, wenn ich ihn darum ersuche.«

Corner lenkte mit gekränkter Miene ein.

»Entschuldigen Sie, Mrs. Irvine – aber Sie haben mich wirklich schlecht behandelt. Das habe ich doch gewiß nicht verdient. Sie müssen doch zugeben, daß ich mich seit Monaten bemühe, Ihnen in uneigennützigster Weise dienlich zu sein, und plötzlich scheinen Sie mich ohne weiteres beiseite schieben zu wollen.«

Er fühlte den Blick der jungen Frau mit einem Ausdruck auf sich ruhen, der ihm nicht gefiel und der ihn noch unsicherer machte.

»Nicht so ohne weiteres«, sagte sie. »Ich denke eben darüber nach, wie ich mich für Ihre Dienste erkenntlich zeigen könnte, und es wäre mir sehr lieb, wenn Sie mir eine Summe nennen würden.«

Der Einäugige fuhr auf, und sein gelbes Gesicht verzerrte sich zu einer bösartigen Fratze.

»Also, Sie bieten mir Geld?« fragte er höhnisch. »Das ist kein guter Einfall; denn ich glaube kaum, daß Sie die Summe bezahlen könnten, die ich fordern müßte.«

»Sie scheinen Ihre uneigennützigen Dienste denn doch etwas zu überschätzen.«

»O nein«, gab er mit einem tückischen Lächeln zurück. »Sie werden sich schon noch überzeugen, welch hohen Preis diese Dienste wert waren.«

Mrs. Irvine schien die verbissene Drohung zu überhören und hob nur leicht die Schultern.

»Dann will ich natürlich nicht vorgreifen, sondern es Ihnen überlassen, sich diesen Preis zu sichern«, gab sie kühl zurück und neigte verabschiedend den Kopf. »Guten Tag, Mr. Corner.«

Corner vermochte sich vor Enttäuschung und Wut kaum mehr zu beherrschen, und der Blick, mit dem er wortlos ging, sagte der jungen Frau, was sie zu gewärtigen habe.

Aber sie hatte plötzlich jedes Gefühl der Furcht verloren und nur den einen Wunsch, alle Schlacken der Vergangenheit von sich abzustreifen. »Wenn Sie eines Rates oder eines Beistandes bedürfen«, hörte sie unausgesetzt die gewisse Stimme mit seltsamer Wärme sagen, »so wissen Sie, wohin Sie sich zu wenden haben.«

Nun wollte sie gleich auch die Sache mit Hubbard erledigen. Sie hatte zwar nicht den geringsten Anlaß, mit seinem Verhalten und seiner Arbeit unzufrieden zu sein, aber es paßte ihr nicht, daß er eine Maske trug, die ein falsches Spiel bedeutete, und noch weniger wollte ihr seine Vergangenheit gefallen.

»Es tut mir leid«, sagte sie, als er korrekt und unbefangen wie immer vor ihr stand, »aber nach dem, was ich über Sie erfahren habe und was Sie nicht in Abrede stellen können, kann ich Sie natürlich nicht behalten. Solche Dinge sind keine Empfehlung für einen Angestellten und schaden auch dem Ruf des Hauses. Das werden Sie wohl einsehen. Natürlich bleiben die Gründe unter uns, und Sie können sagen, daß Sie selbst Ihre sofortige Entlassung gewünscht haben.«

Er war sehr ernst, nahm aber ihre Mitteilung mit Fassung auf.

»Sie sind sehr gütig, Mrs. Irvine. Allerdings hatte ich gehofft, daß Ihre Güte noch weitergehen würde. Sie dürfen überzeugt sein, daß ich mir im Geschäft nicht das geringste hätte zuschulden kommen lassen.«

Muriel sah interessiert in das gebräunte männliche Gesicht ihres Sekretärs, und es imponierte ihr fast, daß er in dieser peinlichen Situation eine so tadellose Haltung zu bewahren wußte.

»Ja«, erwiderte sie mit einem Anflug guter Laune, »aber das tut es nicht allein. Dafür scheinen Sie dann draußen alles mögliche anzustellen, und ich möchte nicht warten, bis man Sie eines Tages aus dem Kontor abführt.«

Um Hubbards Mund spielte sekundenlang ein feines Lächeln. »Das wäre gewiß sehr unangenehm«, gab er kleinlaut zu. »Aber ich würde Ihnen auch in dieser Hinsicht Besserung geloben. Sie dürfen mir glauben, daß Sie weder durch meine Vergangenheit noch durch meine weitere Führung irgendwelche Unannehmlichkeiten haben werden. Und das Geschwätz von Leuten vom Schlage Corners kann Ihnen doch wirklich gleichgültig sein. Es gefällt mir hier ausgezeichnet, und ich fühle mich so wohl, daß es mir sehr schmerzlich wäre, schon so bald wieder gehen zu müssen. Schließlich tun Sie auch ein gutes Werk, Mrs. Irvine, wenn Sie einem Menschen, der auf dem engen Pfad der bürgerlichen Moral allzu leicht ausgleitet, einen Halt bieten.«

Er hatte sich mit seiner sympathischen Stimme immer mehr in Wärme geredet – aber die junge Frau hörte schon längst nicht mehr, was er eigentlich sagte . . .

Sie hatte plötzlich den Kopf zurückgeworfen und Hubbard aus großen, verwunderten Augen lange angeblickt. Nun aber saß sie mit gesenkten Lidern und schien an wer weiß was zu denken.

»Muß ich also wirklich gehen, Mrs. Irvine?« fragte er bescheiden.

»Nein«, entschied sie plötzlich kurz, »Sie können bleiben. Ich will Ihren Versprechungen Glauben schenken.«

»Ich danke Ihnen«, sagte er herzlich. »Ich hoffe, daß Sie Ihre Güte nicht zu bereuen haben werden.«

»Das hoffe ich auch«, meinte sie, indem sie sich in einer Schublade zu schaffen machte, um das eigentümliche Lächeln nicht sehen zu lassen, das auf ihrem Gesicht lag.

Bevor Mrs. Irvine das Kontor verließ, ging sie noch einmal durch alle Geschäftsräume, und Miss Babberly wunderte sich, für welch nebensächliche Dinge sich die sonst so stolze Herrin plötzlich interessierte. Es kam ja selten vor, daß Mrs. Irvine eine Teilnahme entwickelte, die über das Notwendige hinausging, und das vor allem zu einer Stunde, die für eine persönliche Unterhaltung so wenig geeignet schien.

»Um welche Zeit machen Sie Ihre Mittagspause?« fragte Muriel so ganz nebenbei.

»Von halb eins bis zwei«, gab Constancia etwas spitz zurück, da sie irgendeine Zurechtweisung erwartete.

»Das ganze Kontor?«

»Jawohl. Es ist die günstigste Zeit. Nur das Ladenpersonal geht in zwei Gruppen«, erklärte Constancia.

»Und wo pflegen Sie zu speisen?« fragte die junge Frau sehr neugierig weiter.

»In meiner Pension«, sagte sie hastig. »Das heißt . . .«, sie sah eine Gelegenheit, sich in Szene zu setzen, und wollte diese nicht ungenützt vorübergehen lassen –, »zuweilen pflege ich auch mit

Mr. Hubbard zu lunchen. Hier ganz in der Nähe. Es ist ein sehr vornehmes kleines Restaurant«, erklärte sie. »Eben heute wollten wir wieder hingehen, aber Mr. Hubbard hatte leider eine andere dringende Verabredung.«

Mrs. Irvine hörte äußerst aufmerksam zu, und bei den letzten Worten zog sie etwas die Brauen hoch und lächelte so freundlich, daß auch Constancia liebenswürdig ihre blendenden Zähne zeigte.

20

Es war auch kein sonderlich freundlicher Empfang, der Hubbard zuteil wurde, als er mit der geschäftlichen Angelegenheit von Hawker & Sons und einigen anderen ähnlichen Kleinigkeiten zu Summerfield kam.

Die hagere Gestalt des Anwalts pflanzte sich vor ihm auf.

»Gehen Sie woanders hin, junger Mann«, sagte er sehr bestimmt. »Solche Sachen mache ich nicht.«

Hubbard wollte Einwände erheben, aber Summerfield ließ ihn nicht zu Wort kommen.

»Erzählen Sie mir nichts. Wenn einer in Ihrem Aufzug und noch dazu mit einem Scherben im Auge zu mir kommt, weiß ich schon im voraus, worum es sich handelt. Sie haben sich wohl aus Vergeßlichkeit einige Male verlobt oder verheiratet, ha? Oder Sie haben einige Schecks ausgestellt, die nicht ganz in Ordnung waren?«

»Nein«, erwiderte der Sekretär etwas betroffen, »ich habe von Mrs. Irvine den Auftrag erhalten, Sie aufzusuchen.«

Der Anwalt richtete sich mit einem jähen Ruck zu seiner vollen Höhe auf und machte mit dem rechten Arm eine weitausholende Geste nach seinem Büro.

»Seien Sie mir willkommen, mein Herr, und treten Sie ein. Es ist mir eine besondere Ehre, einen Vertreter von Mrs. Muriel Irvine in meinen bescheidenen Räumen empfangen zu dürfen.«

Das Privatkontor von Mr. Summerfield sah aus, als bestehe es ausschließlich aus Papierstößen. Die Wände bildeten dicht geschichtete Papierstöße, der Fußboden bestand aus Papierstößen, der Schreibtisch war umkleidet und bedeckt von Papierstößen und sogar auf den Fensterbrettern lagen bis zur halben Höhe Papierstöße.

»Bitte nehmen Sie Platz«, sagte der alte Herr mit ausgesuchter Höflichkeit und deutete auf einen Papierstoß zur Rechten seines Schreibtisches. »Womit kann ich Mrs. Irvine dienen? Handelt es sich um einen Versicherungsprozeß?«

Hubbard legte ihm die einzelnen Fälle kurz dar, und der Anwalt hörte mit wichtiger Miene zu.

»Kleinigkeiten, mein lieber Herr«, sagte er leichthin und machte eine knappe Geste, als ob diese bereits erledigt seien. »Und ganz klar. Um da zu gewinnen, bedarf es keines juristischen Scharfsinns. – Aber der Prozeß, das ist etwas anderes«, fügte er gewichtig hinzu, indem er die Augen rollte und geräuschvoll mit den Fingern schnippte. »Da heißt es Findigkeit, Logik und Dialektik entwickeln. Das ist mein Fall.« Er rieb sich mit einem selbstbewußten Schmunzeln die Hände, so daß die Röllchen wie Kastagnetten klapperten.

»Kennen Sie Mrs. Irvine schon lange?« fragte der Sekretär.

»Lange?« Summerfield dachte einige Augenblicke gewissenhaft nach. »Wie man es nimmt«, meinte er dann philosophisch. »Auch dieser Begriff ist, wie alles, relativ. Ich habe die Ehre, Mrs. Muriel Irvine zu kennen, seitdem sie hier in Fulham das Kaufhaus ›Bazar Parisien‹ eröffnete. Das dürfte wohl ungefähr drei Jahre her sein. Es liegt in dieser Straße, nur etwas weiter oben. Ich pflegte dort meinen bescheidenen Bedarf einzukaufen, und Mrs. Irvine ließ es sich nicht nehmen, mich immer persönlich zu bedienen. Eine entzückende Dame und eine überaus tüchtige Geschäftsfrau«, konstatierte er mit Sachkenntnis.

»Kannten Sie auch ihren Gatten?«

»Mr. Irvine pflegte nur selten das Geschäft aufzusuchen«, erwiderte er ausweichend, und seine Miene verriet, daß die Persönlichkeit des Gatten ihn weit weniger redselig stimmte als die der Frau.

»Ich habe davon gehört«, sagte Hubbard. »Er soll leidend gewesen sein.«

»Ja. Wenn es sich darum handelte zu arbeiten«, knurrte der Anwalt. »Sind Sie Menschenkenner? Verstehen Sie etwas von Physiognomien? Das ist eine Wissenschaft, mein Herr. Ich habe es darin bereits zu einer gewissen Vollkommenheit gebracht. Wenn ich mir den Schädel eines Menschen ansehe, weiß ich meistens, woran ich bin.« Er fuhr mit der Hand mitten in einen der hohen Papierstöße und zerrte mit sicherem Griff ein Aktenbündel hervor. »Causa Irvine«, sagte er, indem er die Mappe auf den Schreibtisch warf, von dem sofort eine dicke Staubwolke aufwirbelte. Dann begann er hastig in dem umfangreichen Bündel zu blättern und hielt seinem Besucher plötzlich eine Fotografie dicht vor die Augen.

»Mr. Irvine. – Sehen Sie sich das Gesicht an, und Sie werden alles wissen und verstehen.«

Hubbard griff lebhaft zu und schien an dem Bild außerordentliches Interesse zu haben.

Es stellte einen schlanken, etwa dreißigjährigen Mann mit hübschen, aber etwas verlebten und verträumten Zügen dar, und das Gesicht wirkte trotz seiner Regelmäßigkeit nicht gerade sympathisch.

»Haben Sie das Bild seinerzeit in den Zeitungen veröffentlicht?«

»Jawohl. Außerdem habe ich auch Scotland Yard eine der Fotografien für die polizeilichen Nachforschungen zur Verfügung gestellt.«

»Wissen Sie das bestimmt?« fragte der Sekretär lebhaft und hob überrascht den Kopf.

»Wie sollte ich es nicht wissen? Ich war ja persönlich dort, um das Bild abzugeben. Zimmer Nummer 29, erster Stock rechts.«

»Ich darf Sie wohl nicht weiter stören, denn Ihre Zeit ist kostbar«, sagte Hubbard verbindlich, indem er das Bild gedankenlos in seine Tasche gleiten ließ, und Mr. Summerfield ließ es sich nicht nehmen, den Vertreter von Mrs. Irvine bis zum Ausgang zu geleiten.

21

Weder Corner noch Phelips fühlten sich an diesem Abend sonderlich wohl, und wenn sie auch nicht davon sprachen, so war doch in ihren bedrückten Mienen zu lesen, daß sie sehr unangenehmen Gedanken nachhingen.

Sie saßen rauchend in dem kleinen Direktionszimmer des Spielklubs, und während Corner an seiner Zigarre biß, bearbeitete der andere unausgesetzt seinen kahlen Schädel, der bereits so glänzte, als ob er eben mit einer frischen Lackschicht überzogen worden war.

»Ein halb elf Uhr«, sagte Phelips ungeduldig. »Wir haben noch eine volle halbe Stunde Zeit.«

Der Einäugige schien die Bemerkung überhört zu haben, aber plötzlich stieß er seine Zigarre heftig in den Aschenbecher und richtete sein Auge fest auf den Mann mit dem Pferdeschädel.

»Wenn wir klug wären, würden wir diese halbe Stunde ausnützen«, meinte er bedeutsam. »Schließlich wären wir doch zwei gegen einen. Aber das Malheur ist, daß Sie ein erbärmlicher Feigling sind, der nur darauf aus ist, sich mit Kastanien zu mästen, die andere für ihn aus dem Feuer holen. Damit wird es aber für Sie bald ein Ende haben, mein Lieber, denn ich tue nicht mehr lange mit. Und wenn Strongbridge heute kommt, werde ich kein Blatt vor den Mund nehmen, sondern ihm das ganz offen erklären. Es gehen Dinge vor, die mir nicht gefallen wollen, und ich habe keine Lust, eines Tages mit meinem einzigen Kopf in einer Schlinge hängenzubleiben.«

»Ich weiß nicht, wie Sie dazu kommen, mich einen Feigling zu schimpfen«, erwiderte Phelips gereizt, »wo Sie doch selbst wie ein furchtsames altes Weib reden. – Was für Dinge gehen vor, und warum ist Ihnen das Herz auf einmal in die Hosen gefallen?«

»Es gefällt mir nicht«, sagte der Einäugige halblaut, »daß wir auf einmal vom Yard nichts mehr hören. Seitdem dieser geheimnisvolle Spürhund aus Dover aufgetaucht ist, scheinen Strongbridges Verbindungen vollständig zu versagen. Und gerade jetzt würden wir sie notwendiger denn je brauchen, denn es werden dort vermutlich Dinge ausgekocht, die uns verdammt viel angehen dürften. Mrs. Irvine ist heute vernommen worden, aber ich vermochte nicht herauszubringen, was man eigentlich von ihr wollte. Ich weiß nur, daß sie plötzlich widerspenstig zu werden beginnt und daß wir mit ihr kaum mehr etwas ausrichten werden. Sie hat mich heute förmlich an die Luft gesetzt«, stieß er verbissen hervor.

Phelips sah ihn überrascht an, schien aber über die Mitteilung mehr Schadenfreude als Bestürzung zu empfinden.

»Was Sie nicht sagen! Da kann ich allerdings verstehen, daß Sie so übler Laune sind.«

»Schneiden Sie nicht solch eine hämische Fratze«, fuhr ihn Corner wütend an. »Sie und Strongbridge geht die Sache genauso an wie mich. Wenn sich die Frau von uns nicht mehr gängeln läßt, sind wir fertig und haben das Nachsehen. – Und wir haben wegen der fünfundzwanzigtausend Pfund doch so manches riskiert.«

»Lassen Sie doch Strongbridge sich darüber den Kopf zerbrechen«, antwortete Phelips. »Er hat ja die ganze Geschichte eingefädelt. Und wie ich ihn kenne, wird er schon wissen, was zu tun ist.«

»Wenn Sie ihn nur nicht überschätzen. Er hat zwar die Sache mit Dawson und Lewis gewiß ganz geschickt gemacht . . .«

»Das mit Lewis können Sie nicht beweisen«, fiel Phelips ein.

»Nein.« Der Einäugige ließ ein leises spöttisches Lachen hören. »Das mit Dawson auch nicht. – Sie sind ein Schwachkopf, mein Lieber, oder wollen mir Komödie vorspielen. Das können Sie sich ersparen. Es war die Hand Strongbridges, die Lewis so schön aufgeknüpft hat, dafür setze ich mein letztes Auge.«

»Sagen Sie mir nur den Grund. Lewis war doch sein Vertrauensmann.«

»Das ist für Strongbridge kein Hindernis«, gab der andere mit einem eisigen Lächeln zurück. »Das sollten Sie sich merken, Phelips. Aber auf das ›Warum‹ kann ich Ihnen auch keine Antwort geben. Darüber müssen Sie unseren verehrten Chef schon selbst befragen.«

»Als wenn ich verrückt wäre«, knurrte Phelips mürrisch. »Ich kümmere mich um solche Sachen nicht und möchte Ihnen den guten Rat geben, es ebenso zu machen. Je weniger man von diesen Dingen weiß, desto besser.«

Das leise Rattern einer gedämpften Klingel ließ ihn jäh abbrechen und überrascht nach der Uhr sehen.

»Es fehlen eigentlich noch zehn Minuten ...«, sagte er etwas verwundert. »Gehen Sie voran.«

Corner erhob sich wortlos und verließ den Raum, und eine Weile später folgte ihm der Mann mit der Glatze.

Der grüne Salon lag am äußersten Ende des Klubgebäudes und hatte seinen Namen von der grünen Ledertapete, dem mächtigen grünen Kamin und der wirklich geschmackvollen Einrichtung, die durchwegs auf dieselbe Farbe abgestimmt war. Dazu standen in allen Ecken und Nischen Blattpflanzen, und auch der kleine Balkon der Tür gegenüber war mit Grün geschmückt. Der Salon war seinerzeit bei Eröffnung der Spielsäle eingerichtet worden und stand nur Strongbridge, der als der Besitzer galt, zur Verfügung.

Als der Mann mit dem Pferdekopf eintrat, herrschte in dem Raum tiefes Schweigen, denn Strongbridge hatte Corner nur mit einem kurzen Kopfnicken begrüßt und dann durch eine Geste aufgefordert, Platz zu nehmen. Er selbst saß in der äußersten Ecke inmitten einer malerischen Gruppierung von Zimmerpalmen, denn er hatte es nicht gerne, daß man ihm allzu nahe kam.

Obwohl in dem Einäugigen heute ein gereizter Widerspruchsgeist rumorte, hatte er doch dieser Marotte wie immer Rechnung getragen und sich am anderen Ende des Zimmers beim Kamin niedergelassen. Er musterte Strongbridge mit einem raschen, scharfen Blick und mußte wiederum zugeben, daß dieser Mann in der

Kunst, Maske zu machen, ein Meister war. Er trug heute eine dunkle Perücke mit angegrauten Schläfen und einen melierten Schnurrbart, und alles war so täuschend und natürlich, daß Corner meinte, einem völlig Fremden gegenüberzusitzen. Dabei hatte er den Mann schon in den verschiedensten Verkleidungen gesehen, aber jede war so vollendet gewesen, daß es unmöglich war, auch nur einen charakteristischen Zug der wirklichen Persönlichkeit herauszufinden, die sich dahinter verbarg.

»Ich möchte doch endlich einmal wissen, wie Sie eigentlich aussehen«, sagte er herausfordernd.

Strongbridge rührte sich nicht und schlug nicht einmal die Augen auf, sondern wippte nur mit dem Fuß, der mit einem tadellosen Lackschuh bekleidet war.

»Sie haben sonderbare Wünsche«, meinte er gelassen. »Haben Sie vielleicht auch das Bedürfnis, einmal zu kosten, wie Blausäure schmeckt?«

»Soll das eine Drohung sein?« fragte der Einäugige gereizt.

»Wie Sie es nehmen wollen. Das wird davon abhängen, ob Sie Ihre kindische Neugierde veranlaßt, Dummheiten zu machen. Ich an Ihrer Stelle würde es lieber bleibenlassen.«

Es lag etwas in dieser kalten Stimme, das selbst Corner ein Gefühl des Unbehagens empfinden ließ, und er zog es daher vor, sich in Schweigen zu hüllen.

»Sie werden sich bereit halten müssen, Corner, in den nächsten Tagen das Warenhaus ›Zu den tausend Dingen‹ für einige Zeit zu übernehmen«, sagte Strongbridge bestimmt. »Ich weiß, daß Sie nichts davon verstehen, aber das ist auch nicht notwendig. Das Personal ist so eingearbeitet, daß das Geschäft allein weiterläuft. Sie sollen nur Mrs. Irvine vertreten, damit eben ein Chef da ist. Die näheren Weisungen werden Sie noch von mir erhalten.«

»Was soll mit der Frau geschehen?« fragte Corner überrascht und mißtrauisch.

»Das geht Sie nichts an. – Vielleicht unternimmt sie eine Vergnügungsreise.«

Die Mitteilung schien den Einäugigen ganz aus der Fassung zu bringen.

»Gut, dann mache ich auch nicht mit«, erklärte er erregt, »und . . .«

»Wie Sie wollen«, schnitt ihm Strongbridge gleichgültig das Wort ab. »Sie scheinen wohl eine andere Beschäftigung vorzuziehen. Ich mache Sie aber darauf aufmerksam, daß diese etwas langwierig und monoton werden wird, da sie nach meiner Schätzung fünf Jahre dauern dürfte. Ich gebe Ihnen drei Minuten Zeit, sich die Sache nochmals zu überlegen.«

Er zog gelassen seine Taschenuhr hervor und blickte auf das Zifferblatt, während Corner sich wie zum Sprung zusammenduckte.

»Diese fünf Jahre würden Sie den Hals kosten«, zischte er drohend.

»Sicher«, nickte Strongbrigde, »wenn ich mich nicht vorsehe. Aber das lassen Sie nur meine Sorge sein.«

Phelips hatte bleich und ängstlich die gereizte Auseinandersetzung verfolgt und hielt es nun für an der Zeit einzugreifen.

»Geben Sie Ruhe, Corner«, herrschte er diesen ärgerlich an. »Vor einer halben Stunde haben Sie mir vorgejammert, wie übel die Dinge für uns stehen, und nun, da wir darüber sprechen sollen, kommen Sie mit Ihren Stänkereien.«

Corner biß die Lippen zusammen und verschluckte die scharfe Erwiderung, die ihm auf der Zunge lag. Er wollte zunächst einmal mehr von dem neuen Plan hören, von dem ihn allerdings nur das eine interessierte, was Strongbridge mit Mrs. Irvine vorhatte. Er hatte die Frau von Anbeginn an als seinen Anteil an der Beute betrachtet und war nicht gesonnen, auf diesen Preis zu verzichten. Alle seine wilden, zügellosen Leidenschaften begehrten nach diesem schönen Weib, und er war bereit, bei allem mitzutun, wenn es darum ging, Muriel Irvine zugrunde zu richten, aber sie selbst mußte in seinen Händen bleiben. Die Andeutung Strongbridges hatte plötzlich seinen Argwohn erregt, aber das alles konnte ja noch eine unverfängliche Aufklärung finden, und so schwer es ihm wurde, so wollte er dies doch abwarten.

»Für Sie habe ich etwas anderes«, wandte sich Strongbridge an Phelips. »Sie können mir an einem der nächsten Abende eine Zusammenkunft mit Hubbard vermitteln. Hier im grünen Salon. Übrigens kann Corner auch dabeisein. Und wenn ich das Zeichen gebe, verschwinden Sie.«

»Ein gefährlicher Bursche«, bemerkte Phelips und rieb sich mißmutig die Glatze. »Er hat sich vor einigen Tagen unseren Roulettetisch kaum ein paar Minuten angesehen und sofort einen gehörigen Schlag getan.«

Strongbridge nickte gleichmütig.

»Ebendeshalb will ich mit ihm sprechen. Und noch wegen einiger anderer Dinge.«

»Soll er im Geschäft bleiben?« fragte Corner lebhaft.

»Das wird ganz von Ihnen abhängen«, erwiderte Strongbridge und lächelte eigenartig. »Sie werden ja der Chef sein und können tun, was Sie wollen. Aber –«, er hob etwas die Stimme, und den Einäugigen traf sekundenlang ein hämischer Blick, »machen Sie vorläufig keine weiteren Dummheiten. Sie wissen ja, was ich meine. Die Sache in Hubbards Wohnung hat nur unnützen Lärm gemacht. Wenn so etwas notwendig ist, überlassen Sie es mir. Ich glaube, ich verstehe mich etwas besser darauf.«

»Wir werden ja sehen«, gab Corner bissig zurück. »Vor allem rücken Sie aber nun endlich damit heraus, wie das mit den ›Tausend Dingen‹ eigentlich vor sich gehen soll. Sie können doch nicht von mir verlangen, daß ich in solch eine Sache hineinsteige, ohne zu wissen, was ich dabei riskiere.«

Der Herr von Skidemore-Castle schlug langsam die Augen auf und ließ sie einige Sekunden mit einem eigentümlichen Ausdruck auf dem ungeduldigen Corner haften.

»Das verlange ich auch nicht. Aber ich habe angenommen, daß Sie genügend Intelligenz besäßen, um zu erraten, worum es sich handelt. – Entschuldigen Sie. Jedenfalls werden Sie aber nach Ihren heutigen Erfahrungen begreifen«, fuhr er mit einem schadenfrohen Lächeln fort, »daß wir uns um Mrs. Irvine etwas kümmern müssen. Es ist nicht gut, sie gerade jetzt fremden Einflüssen zu überlassen. Ich werde sie daher an einen Ort bringen, wo das nicht zu befürchten ist.«

»Wohin?« forschte Corner gespannt.

»An einen sicheren Ort«, entgegnete Strongbridge ausweichend. »Es sollen nicht zu viele darum wissen, weil mir das zu gefährlich scheint. Wenn wir die Sache auch noch so geschickt einleiten, müssen wir doch darauf gefaßt sein, daß davon gesprochen wird und daß sich verschiedene Leute dafür interessieren. Gerade an Sie wird man sich vor allem heranmachen, und ich möchte verhüten, daß Sie eine Unvorsichtigkeit begehen. – Denken Sie sich also, daß die Frau wirklich eine Reise angetreten hat, und sagen Sie das allen, die Sie danach fragen werden. Es wird dann auch überzeugender klingen. Mit den nötigen Belegen werde ich Sie schon versorgen.«

»Ich möchte aber doch Näheres erfahren«, drängte Corner herausfordernd. »Ich habe ein besonderes Interesse daran.«

»Jawohl«, kicherte Phelips. »Der arme Junge ist nämlich in Mrs. Irvine bis über die Ohren verliebt, und wenn Sie sie ihm entführen, wird er sentimental werden wie ein Fisch ohne Wasser.«

Strongbridge richtete sich mit einem Ruck aus seiner lässigen Haltung auf. Die Bemerkung hatte ihm etwas verraten, woran er nie gedacht hatte und was absolut nicht in seine Pläne paßte.

»Steht es wirklich so?« fragte er leichthin, indem er Corner unter halbgeschlossenen Lidern hervor anblinzelte.

»Das geht niemanden etwas an«, gab der Einäugige scharf zurück.

»Diese Antwort genügt mir«, sagte Strongbridge mit einem eigentümlichen Lächeln und seufzte dann.

»Ja, ja, die Liebe ... Aber dagegen kann man nichts machen. Trotzdem werden Sie vernünftig sein müssen, Corner, wenn die Sache nicht schiefgehen soll. So ein Verliebter kann alles mögliche Unheil anrichten, und ich bin daher froh, daß ich weiß, wie es um Sie steht. – Es bleibt nun unbedingt bei dem, was ich gesagt habe. Sie werden Ihre Mrs. Irvine schon wieder zurückbekommen, wenn« – er zögerte einen Augenblick und verzog das Gesicht zu einer zynischen Grimasse –, »nun, wenn es soweit sein wird.«

Corner bebte vor Wut über die verächtliche Art, mit der ihn Strongbridge behandelte. So rasend ihn der Gedanke auch machte, daß ihm Muriel Irvine verlorengehen könne, behielt er doch so viel Selbstbeherrschung, nicht blindlings ins Verderben zu rennen. Er wußte, daß der Mann, der ruhig und lauernd am andern Ende des Zimmers saß, für alle Fälle gerüstet war und vor nichts zurückschreckte. Bevor er selbst auch nur dazu kam, einen Schritt zu tun oder die Hand zu heben, würde der andere schon gehandelt haben. Und die Wände des grünen Salons waren verschwiegen.

»Sie werden wahrscheinlich schon in zwei bis drei Tagen von mir hören, Corner«, unterbrach Strongbridge nach einer Weile das unheimliche Schweigen, das eingetreten war. »Vorerst möchte ich mich allerdings mit Hubbard auseinandersetzen, und es ist Ihre Sache, wie Sie es anstellen wollen, ihn hierher zu lotsen. Von mir erwähnen Sie vorläufig nichts, denn das soll eine kleine Überraschung für ihn werden.«

»Sehr gut«, sagte Phelips befriedigt, indem er sich mit einem schadenfrohen Zwinkern die Hände rieb.

»Passen Sie nur auf, daß er nicht Lunte riecht«, warnte Strongbridge. »Es muß alles in Ruhe vor sich gehen, und« – er sah die beiden mit einem harten Blick an – »wir müssen auf alles gefaßt sein. Wenn Sie ihn so weit haben, daß er kommt, lassen Sie es mich einige Stunden vorher wissen. Jetzt können Sie gehen. Sie, Corner, zuerst.«

Es war ein kurzer, herrischer Befehl, aber der Einäugige kam ihm ohne Widerrede nach. Nur das tückische Aufleuchten in seinem Auge verriet, wie es in ihm gärte.

»Corner gefällt mir nicht mehr«, sagte Strongbridge nach einer Weile, und Phelips verspürte trotz des harmlosen Tones ein leichtes Frösteln.

»Lassen Sie ihn doch«, begütigte er. »Er ist eben in die Frau ganz verschossen, und seitdem sie ihn heute so schlecht behandelt hat, ist mit ihm nicht zu reden.«

»Dummkopf«, meinte Strongbridge verächtlich. Auch er war schließlich auf einen hartnäckigen Widerstand gefaßt, glaubte aber, über Mittel zu verfügen, um ihn brechen zu können. Wenn er die schöne Frau erst in Skidemore-Castle hatte und dort auf sie einwirken konnte, mußte er schließlich an das Ziel seiner Wünsche gelangen.

Der Gedanke beschäftigte den leidenschaftlichen Mann so sehr, daß er Phelips ganz vergaß, bis dieser sich selbst in Erinnerung brachte.

»Werden Sie läuten, wenn Hubbard da ist?« fragte er.

»Nein, das wäre zu auffallend. Passen Sie auf das gelbe Licht im Kronleuchter auf. Wenn es aufflammt, verlassen Sie den Mann unter irgendeinem Vorwand. Sorgen Sie auch dafür, daß dann bis zum nächsten Morgen niemand den grünen Salon betritt. Man kann nicht wissen ... Und jetzt brauche ich Sie nicht mehr. Sie können die Tür von draußen verschließen und den Schlüssel an sich nehmen, ich werde mir schon selbst öffnen.«

Phelips war schon längst gegangen, als Strongbridge noch immer grübelnd in dem tiefen Klubsessel zwischen den Palmen saß. Es mußten ernste Dinge sein, die ihn beschäftigten, denn sein Gesicht hatte einen harten, verbissenen Ausdruck und verzog sich zu einer bösartigen Grimasse, die ihn geradezu unheimlich erscheinen ließ.

Plötzlich stand er auf, reckte sich und ging dann zu dem Lichtschalter an der Tür, den er abdrehte.

Der grüne Salon lag in völliger Dunkelheit und Stille, die nach einer Weile nur durch ein kaum hörbares Schleifen unterbrochen wurde. Nach Sekunden verstummte aber auch dieses Geräusch, und nur vom Flur her drang hie und da ein gedämpfter Laut ...

An den »Klub der Siebenundsiebzig« stieß ein schlichtes Haus mit schmaler Front, das, nach den Firmentafeln am Portal zu urteilen, fast durchwegs Geschäftskontore beherbergte. Das Gebäude hatte einen kleinen Hof, der mit Kisten und Fässern aller Größen vollgestellt war und von dem ein einfaches hölzernes Tor in eine enge Seitengasse führte.

Hier tauchte Strongbridge nach etwa einer Viertelstunde auf und schritt die kleine Gasse hinab, bis er zu einer Art Speicher mit mehreren Toren gelangte, von denen er eines aufschloß. Alles in der Nachbarschaft war einsam und wie ausgestorben, nirgendwo war ein Licht zu sehen, kein vereinzelter Schritt hallte wider. Schattenlos lag die Gasse in hoffnungsloser Finsternis.

Wenige Augenblicke, nachdem er in dem dunklen Raum verschwunden war, fuhr ein geschlossener Chrysler-Zweisitzer lautlos heraus, der Fahrer stoppte, sprang heraus, schloß das Tor, und der Wagen schoß wie ein Schatten davon.

22

Zum drittenmal innerhalb einer halben Stunde mußte der diensthabende Konstabler Captain Conway berichten, daß Sergeant Meals noch immer nicht eingetroffen sei, und der Kommissar begann offenbar bereits ungeduldig zu werden.

»Sagen Sie dem Sergeanten, sowie er kommt, daß er sich sofort bei mir zu melden hat«, herrschte er den Polizisten aus seinem dunklen Winkel an, und der Mann trachtete, nach einem hastigen »Sehr wohl, Sir«, so rasch wie möglich aus dem gefürchteten Zimmer Nummer 7 zu kommen.

Er stellte sich sofort an den Haupteingang und hätte an diesem Abend um nichts in der Welt an der Stelle von Meals sein mögen.

Er wartete noch keine fünf Minuten, als Sergeant Gibbs, »der Zauberlehrling von Dover«, wie ihn die bösen Zungen von Scotland Yard nannten, mit einem flüchtigen Gruß an ihm vorüberschritt. Er ging direkt auf das Zimmer Nummer 7 los, aber als er den Fuß auf die Schwelle setzte und anklopfen wollte, sprang die Tür plötzlich von selbst auf. Er trat ein und schloß sorgfältig hinter sich zu. Kaum hatte er jedoch einige Schritte in dem Lichtkegel getan, als die Tür von neuem aufflog. Gibbs kehrte nochmals um und machte sich eine Weile an dem Schloß zu schaffen.

»Der Riegelhalter ist etwas verbogen«, sagte er sachkundig und befremdet. »Wenn Sie einen Hammer hier haben, Captain, kann ich den Schaden gleich in Ordnung bringen.«

»Rühren Sie nicht daran«, klang es aus dem Dunkel hinter dem Schreibtisch hervor. »Ich weiß davon. – Also legen Sie los. Rücken Sie näher heran, und sprechen Sie möglichst leise. Was ist mit Strongbridge?«

»Nicht aufzufinden, Captain«, erwiderte Gibbs halblaut, indem er verzweifelt mit den Achseln zuckte. »Gemeldet ist er in Brompton, aber der Hausverwalter gibt an, daß er bereits seit einem Jahr auf dem Kontinent weilt. Zumeist in Paris und Nizza. Und daß er nur von Zeit zu Zeit auf einige Tage nach London kommt. Zuletzt soll er vor etwa acht Wochen hiergewesen sein. Mittelgroß, dunkles meliertes Haar, ebensolchen Schnurrbart, gesundes rotes Gesicht – Sie wissen ja, was man mit solchen Personenbeschreibungen anfangen kann.«

»Also keine Ähnlichkeit mit dem Mann, der Sie so hübsch auf den Rücken gelegt hat?«

Der Sergeant bekam einen sehr roten Kopf und kaute wütend an seinem Schnurrbart.

»Sie haben ja recht, Captain, daß Sie mir diese verdammte Sache immer wieder unter die Nase reiben«, knurrte er mißmutig, »denn wenn ich damals meine fünf Sinne beisammen gehabt hätte, wären wir mit der Geschichte wahrscheinlich schon zu Ende. Und wenn Sie mich wegen der Ähnlichkeit zwischen diesem Schurken und Strongbridge befragen, so weiß ich darauf auch keine Antwort.«

»Macht nichts, Gibbs«, tröstete ihn die Stimme des Kommissars. »Wir werden schon weiterkommen. – Was haben Sie über Lucy Rowe erfahren?«

»So wenig wie über Strongbridge«, gestand der Sergeant kleinlaut. »Seitdem sie eines Abends den ›Grünen Hecht‹ plötzlich verlassen hat, ist sie wie vom Erdboden verschwunden. Niemand hat sie wiedergesehen, und sie hat auch nichts von sich hören lassen. In der letzten Zeit vor ihrem Verschwinden soll in der Bar ein Mann aufgetaucht sein, der sehr hinter ihr her war und ihr das Blaue vom Himmel versprach. Vielleicht ist sie mit ihm irgendwohin ins Ausland gegangen, aber ihre Bekannten meinen, daß sie in diesem Falle wenigstens ein Lebenszeichen von sich gegeben hätte. Natürlich wurde allerlei geredet, aber vor einigen Tagen ist plötzlich die ›tätowierte Mag‹ in dem Lokal erschienen und hat ganz aufgeregt berichtet, daß sie Lucy Rowe in einer Loge des Central-Theaters gesehen habe. Sie soll ausgesehen haben wie das Auslagefenster eines Juwelierladens. Aber man glaubt, daß das eine Aufschneiderei von Mag war, um sich wichtig zu machen.«

»Nein, stimmt«, sagte der Kommissar gelassen. – »Nun wäre also noch der italienische Wagen. Haben Sie die Nummer nachgesehen?«

Gibbs nickte. »Die Nummer, die Sie mir angegeben haben, ist natürlich nicht darunter. Die gibt es überhaupt nicht. Dafür aber laufen in London vierunddreißig solcher neuer italienischer Wagen. Bevor ich da durchkomme, wird es eine Weile dauern. Bisher weiß ich nur, daß an dem Abend, um den es sich handelt, und um die gewisse Stunde sieben davon zufällig gesehen wurden. Einer von ihnen hat bei der Holloway-Station fast eine Frau überfahren. Der Wagen bremste zwar im letzten Augenblick, und es ist nichts geschehen, aber der diensthabende Schutzmann hat doch Meldung erstattet. Nur die Nummer konnte er nicht angeben, da sie angeblich umgeklappt war. Er hat jedoch den Wagen sehr genau beschrieben.«

»Holloway – das ist bereits die äußerste Peripherie?«

»Jawohl, Captain. Es geht dort weiter zur Strecke der Nordbahn.«

Kommissar Conway erwiderte nichts, und Gibbs starrte mißvergnügt vor sich hin. Er hatte von der Londoner Mission nachgerade genug, denn sie brachte ihm Aufträge, bei denen seine Findigkeit völlig versagte. Und seinem Chef schien es nicht viel besser zu gehen.

Der Unsichtbare selbst war allerdings weit zufriedener und zuversichtlicher. Er beschäftigte sich in seinem dunklen Winkel mit den spärlichen Nachrichten, die ihm sein Gehilfe eben gebracht hatte, denn sie sagten ihm weit mehr, als der Sergeant ahnen konnte. Es hätte alle seine Kombinationen umgestoßen, wenn jener mit einem positiven Bericht über Strongbridge gekommen wäre und wenn er ihm eine weniger romantische Geschichte von Lucy Rowe aufgetischt hätte. Der Kommissar gab etwas auf seinen Instinkt und war überzeugt, daß er ihn auch diesmal nicht irreführte. Zwar der Zusammenhang fehlte ihm noch, aber den würde er schon auch noch finden, wie er in den letzten Tagen durch seine Beobachtungen und durch glückliche Zufälle Faden um Faden des Netzes aufgespürt hatte, in dem die gefährliche weiße Spinne saß.

Noch war er zwar seiner Sache nicht sicher genug, um den entscheidenden Schlag führen zu können, aber er besaß außer Kaltblütigkeit und Tatkraft auch die unschätzbare Tugend unerschütterlicher Geduld. Sie wurde ihm allerdings von Scotland Yard recht schwergemacht. Mit jedem Tag, den der Eindringling aus

Dover unsichtbar, geheimnisvoll und scheinbar untätig im Zimmer Nummer 7 verbrachte, wurde der neidvolle Hohn immer lauter, und er hatte sich sogar bereits bis an den Chef herangewagt. Aber Sir James kannte seinen Mann und hatte eine höchst unangenehme Art, böse Zungen verstummen zu machen.

Conway lächelte, als er an die schadenfrohe Ungeduld seiner Kollegen dachte. Es war möglich, daß die Ereignisse nun einander Schlag auf Schlag folgten, aber es konnten auch noch Wochen vergehen, bis es soweit war. Das hing ganz davon ab, wie die weiße Spinne darauf reagierte, daß er sie immer mehr in die Enge trieb.

Eben war wieder die Tür lautlos und ganz von selbst aufgegangen und hatte sich in ihren Angeln bis an die Zimmerwand geschwungen.

Gibbs erhob sich hastig, aber ein kurzer gedämpfter Laut vom Schreibtisch her ließ ihn befremdet innehalten.

Es verstrichen einige Sekunden, dann wurden im Gang hastige Schritte hörbar, und in der offenen Tür erschien Meals mit rotem Gesicht und strahlenden Augen, die lebhaft in das grelle Licht blinzelten. Er blieb etwas betroffen stehen, als er das Zimmer offen fand.

»Kommen Sie herein, und drücken Sie die verdammte Tür ordentlich hinter sich zu. – Wo stecken Sie denn den ganzen Abend, zum Teufel? Wenn man Sie braucht, sind Sie nicht da, und dann jammern Sie einem vor, daß Sie Ihre Nachrichten nicht anbringen können.«

Das war ein schlimmer Anfang, und der Sergeant, der schon durch den diensthabenden Konstabler auf einen üblen Empfang vorbereitet worden war, bot ein jämmerliches Bild hilfloser Verlegenheit. Er ließ seine verängstigten Kinderaugen von Gibbs zu dem weißen Fleck hinter dem Schreibtisch schweifen und rieb seine Hände an dem abgetragenen Jackett, das genau wie die Hose etwas zu eng und zu kurz war.

»Ich habe recherchiert, Sir«, stotterte er entschuldigend. »Im Falle Irvine, und dann habe ich von Inspektor Green eine neue Sache bekommen.«

»Die Sache von Inspektor Green geht mich nichts an«, bekam er gereizt zur Antwort, »und Ihre Nachforschungen im Falle Irvine können mir gestohlen bleiben. Wenn man Ihnen glauben darf, sind Sie Tag und Nacht unterwegs, aber es kommt dabei nichts heraus.«

»O doch«, gab Meals etwas gekränkt und mit wichtiger Miene

zurück. »Nur dauert es manchmal etwas länger. Aber heute weiß ich verschiedenes, was Sie vielleicht interessieren wird, Captain.«

»Schön, wir werden sehen. – Gibbs, Sie können gehen. Rufen Sie mich um die gewöhnliche Stunde unter der zweiten Nummer an.«

»Also, jetzt können Sie mich mit Ihren interessanten Dingen überraschen«, forderte der unsichtbare Kommissar Meals auf.

»Mrs. Irvine tritt jeden Abend im Central-Theater auf«, platzte der Sergeant wichtig heraus und heftete seine Augen wie hypnotisiert auf die weiße Hemdbrust, die aus dem Dunkel leuchtete. »Sie ist Sängerin. Und sie hat eine zweite Wohnung in der Berkeley Street. Hat sie Ihnen das bei ihrer heutigen Vernehmung gesagt?«

»Nein. Ich habe sie auch nicht danach gefragt«, kam es nach einer Weile gelassen zurück. »Und sie hätte mir wahrscheinlich auch keine Antwort darauf gegeben, denn Mrs. Irvine ist eine Frau, aus der schwer etwas herauszubekommen ist.«

Meals nickte lebhaft.

»Das habe ich mir gedacht. Sie ist sehr schlau, wie ich bei meinen Beobachtungen erfahren habe. Es hat mich viel Mühe gekostet, bevor ich herausbekommen habe, wo sie die Zeit zwischen fünf Uhr und Mitternacht zubringt.«

»Und was, glauben Sie, haben wir nun erreicht, da wir das wissen?« klang es nüchtern hinter dem Schreibtisch hervor.

Der Sergeant blickte etwas bestürzt und ratlos in das blendende Licht und wußte keine Antwort zu geben.

Der Kommissar schien auch keine zu erwarten, denn er sprach bereits weiter, und Meals atmete erleichtert auf, denn es klang weit freundlicher als bisher.

»Hören Sie einmal, Sie sind doch ein Mann, der seine Erfahrungen hat und der sich wahrscheinlich die Sache schon manchmal durch den Kopf gehen ließ: Welche Vermutungen haben Sie über die weiße Spinne und wie, glauben Sie, hängen die einzelnen Fälle von der Auffindung der Leiche Irvines bis zu dem Mord an Lewis und Dawson zusammen? – Es würde mich interessieren, Ihre Meinung darüber kennenzulernen, denn wenn Sie auch so tun, als ob Sie nicht bis drei zählen könnten, glaube ich doch, daß Sie ein heller Kopf sind. – Setzen Sie sich also, und kramen Sie aus. Vielleicht bringen Sie mich auf eine Idee, die mir etwas weiterhilft. Und es soll dann Ihr Schaden nicht sein. Sie haben ja Ehrgeiz, wie ich weiß, und wollen weiterkommen. Nun? Genieren Sie sich nicht. Ich werde Ihnen aufmerksam zuhören und Sie nicht unterbrechen.«

Meals erglühte über das ganze Gesicht, und man merkte ihm die Genugtuung an, die ihm dieser große Augenblick bereitete. Er hatte diese Gelegenheit lange ersehnt und sich öfter als einmal darauf vorbereitet, aber nun, da sie gekommen war, fühlte er sich so verwirrt und verlegen, daß er nicht wußte, wie er beginnen sollte.

»Sie werden mich wahrscheinlich auslachen, Captain«, begann er endlich schüchtern, »aber ich habe allerdings meine eigenen Ansichten über die Geschichte. – Ich denke mir nämlich, es könnte möglich sein« – er wurde noch leiser, und seine Augen richteten sich unsicher auf den weißen Fleck im Dunkeln – »daß Mr. Irvine überhaupt noch lebt . . .« Er brach ab und schien zu erwarten, daß irgendein Laut der Überraschung oder des Widerspruchs erfolgen werde, aber es blieb vollkommen still, und der Sergeant wurde dadurch noch verwirrter. »Natürlich habe ich keine Beweise dafür«, meinte er hastig, »aber manchmal kommen einem eben solche Einfälle, und man beschäftigt sich mit ihnen. Ich könnte mir dann auch manches erklären.«

»Nun, wie?« fragte die Stimme des Kommissars ungeduldig. »Lassen Sie doch nicht alles aus sich herauspumpen. Ihre Annahme ist nicht so ohne, und ich bin begierig, was Sie mir noch weiter zu sagen haben.«

Dieser Zuspruch ließ Meals wieder etwas sicherer und lebhafter werden.

»Also, es könnte so angefangen haben, daß Irvine dem Mann, der in Hampstead aufgefunden wurde, seine Kleider und sonstigen Habseligkeiten und vor allem auch die Spinne nur zu dem Zweck zugesteckt hat, damit er selbst aus dem Leben verschwinden konnte, ohne sich wirklich umbringen zu müssen. Er hatte allen Grund dazu, denn er war in jeder Beziehung vollständig fertig. Wie der Mann dann unter die Räder der Untergrundbahn gekommen ist, müßte erst aufgeklärt werden. Vielleicht war dies das erste Verbrechen von Richard Irvine. – Dann hat er, um sich wieder aufzuhelfen, zuerst den Raub in der London Joint Stock Bank und dann den Mord an Rubin verübt und auch hier die Spinnen hinterlassen. Vielleicht aus Aberglauben oder aus einem anderen verrückten Grund, wie man das ja bei solchen Leuten öfter erlebt. Ebenso steckte er die Spinne Lewis in die Hand, den er umbrachte, weil er einer von jenen war, die ihn am Spieltisch vollständig ausgeplündert hatten, und schließlich Dawson, der wahrscheinlich im Begriff war, ihn zu fassen. – Ich habe nämlich dem Inspektor meine Ansicht auch einmal auseinandersetzen dürfen«, gestand der Sergeant, »und er hat sie nicht so unmöglich gefunden.«

»Ich auch nicht«, sagte Captain Conway bedächtig. »Sie sind wirklich ein kluger Kopf, Meals, und ich bin Ihnen für den Fingerzeig, den Sie mir gegeben haben, sehr dankbar. Aber nun möchte ich von Ihnen noch eines wissen: Haben Sie schon einmal den Namen Strongbridge gehört?«

Der Sergeant hob lebhaft den Kopf und dachte eine Weile angestrengt nach.

»Strongbridge . . .? Ich erinnere mich nicht, aber es ist möglich. – Glauben Sie, daß er mit der Sache etwas zu tun hat?«

Der Kommissar bedurfte zu seiner Antwort ebenso langer Zeit wie sein Untergebener zu seiner Überlegung.

»Das kann ich Ihnen heute wirklich noch nicht sagen, mein Lieber«, meinte er dann freundlich. »Was ich weiß, ist nur, daß dieser ehrenwerte Gentleman an einem Morgen der nächsten drei Monate aufgeknüpft werden wird und daß ich mir unbedingt das Vergnügen machen werde, dabeizusein.«

Meals verstand zwar den sonderbaren Gedankengang seines Vorgesetzten nicht, aber er lächelte höflich, weil er sich sagte, daß das auf keinen Fall schaden könne.

»Soll ich nach dem Mann Nachforschungen anstellen?« fragte er dienstbeflissen.

»Vorläufig nicht«, lehnte der Unsichtbare ab. »Der Bursche läuft uns kaum davon, und ich werde Ihnen schon sagen, wenn es an der Zeit ist. Sie können mir dabei sicher bessere Dienste leisten als Gibbs, der ja den Londoner Boden nicht so genau kennt.«

Der Sergeant hätte sichtlich gerne noch etwas mehr erfahren, aber Captain Conway war nicht der Mann, dem man mit Fragen kommen durfte. Schließlich genügte es ihm, daß der Name Strongbridge gefallen war und daß er wußte, welch freundschaftliche Gefühle der Kommissar für diese geheimnisvolle Persönlichkeit hegte.

Noch lange, nachdem Meals das Zimmer verlassen hatte, schimmerte die tadellose Hemdbrust des Captains aus dem Dunkel hinter dem Schreibtisch hervor, und ihr Träger verhielt sich so regungslos, daß der weiße Fleck sich auch nicht um Haaresbreite verrückte.

Nur einmal verschwand er für wenige Sekunden, um aber sofort wieder an seinem Platz aufzutauchen.

Es ging bereits auf Mitternacht zu, und in dem Gang vor dem

Zimmer Nummer 7, der zu einer Nebenpforte von Scotland Yard führte, herrschte lautlose Stille. Nur zuweilen waren von fernher eilige Schritte zu vernehmen, die sich jedoch immer bald wieder in der Ferne verloren.

Plötzlich sprang die Tür des Zimmers neuerlich aus dem Schloß, und während sie sich rasch und geräuschlos in den Angeln drehte, schwirrte vom Gang her pfeilschnell ein blinkender Gegenstand gegen den weißen Fleck im Hintergrund, und gleich darauf erfolgte ein dumpfer Aufschlag.

Inmitten der blendendweißen Hemdbrust steckte ein dunkler Schatten ...

»Der könnte auch schon Ruhe geben«, knurrte der diensthabende Konstabler unwirsch, als plötzlich die Klingel von Zimmer Nummer 7 wieder einmal zu schrillen begann, aber er setzte sich doch eiligst in Trab, um den ungemütlichen Kommissar nicht warten zu lassen.

»Sehen Sie nach, ob Meals noch im Hause ist«, scholl es ihm an der offenen Tür kurz entgegen. »Ich möchte ihn noch einmal sprechen.«

Meals war noch im Hause und saß in seinem Dienstzimmer inmitten eines Berges von Büchern, die er herbeigeschleppt hatte, um seine Nachforschungen nach Strongbridge zu beginnen. Er sprang hastig auf und stürzte geschäftig ins Erdgeschoß. Die Tür von Nummer 7 stand noch immer offen, aber der Sergeant wunderte sich nun nicht mehr, sondern war nur neugierig, was wohl der Kommissar von ihm noch so Wichtiges haben wollte. Vielleicht hatte er sich die Sache mit Strongbridge anders überlegt und kam nun ausführlicher darauf zu sprechen.

»Es ist mir lieb, daß ich Sie noch erreicht habe«, empfing ihn Captain Conway sehr freundlich. »Ich wollte Sie nämlich etwas fragen.«

Der Sergeant harrte etwa zehn Schritte vom Schreibtisch entfernt mit Spannung dieser Frage, aber der Unsichtbare ließ sich damit wie immer Zeit.

Plötzlich fuhr Meals mit einem entsetzten Sprung zurück.

Der schwere Gegenstand, der in spitzem Winkel durch die Luft gekommen war, hatte sich bereits fingerbreit vor seinem Fuß in den Boden gebohrt, als er zu fluchtartiger Bewegung ansetzte.

Nun zitterte der Griff des breiten Messers in dem hellen Lichtkegel, und von dem blanken Stahl ging ein silbriges Flimmern aus.

»Können Sie mir vielleicht sagen, Meals, was das ist?« fragte die Stimme des Kommissars gemächlich, als ob es sich um eine ganz bedeutungslose Sache handelte.

Der Sergeant warf erst einen etwas verwunderten und ängstlichen Blick nach der leuchtenden Hemdbrust, hierauf sah er ratlos nach dem Messer, und dann bückte er sich langsam, um die Klinge aus dem Fußboden zu ziehen. Er mußte aber weit mehr Kraft aufwenden, als er geglaubt hatte, denn das Messer war gut einen Zoll tief in die Bretter gedrungen.

»Ein Wurfmesser«, sagte er etwas überrascht, nachdem er die Waffe von allen Seiten betrachtet hatte.

»Ein famoses Ding, wenn man damit umzugehen weiß. – Ich hätte wohl fast Ihren Fuß an den Boden genagelt. Nach meiner Schätzung dürfte ungefähr ein Fingerbreit gefehlt haben. – Das wäre ein Spaß gewesen, was?«

Meals schien das nicht zu finden, denn er lächelte zwar pflichtschuldigst, aber seine Miene verriet, daß ihm dabei nicht so recht wohl war.

»Hat das Messer etwas zu bedeuten?« forschte er mit schüchterner Neugier.

»Gewiß, mein Lieber. Ich glaube, es ist eine kleine Aufmerksamkeit unseres Strongbridge, für den Strick, den ich ihm zugedacht habe. – Aber so wahr ich Captain Conway bin, es wird dabei bleiben. – Und nun sehen Sie zu, Meals, daß Sie endlich nach Hause kommen. Sie haben sich heute etwas Ruhe redlich verdient, und ich glaube, Sie werden sie auch brauchen.«

23

Miss Constancia Babberly war mit dem Verlauf, den die Dinge nahmen, höchst unzufrieden und beschloß daher, zu einem etwas energischeren Angriff überzugehen.

Hubbard zählte offenbar zu jenen seltenen Männern, die ihre Schüchternheit nicht so leicht zu überwinden vermögen und bei denen die kleinen Künste der Koketterie noch lange nicht genügen, um sie aus ihrer Reserve zu locken.

Constancia hatte diese kleinen Künste bereits alle versucht, aber obwohl dabei ihr Halsausschnitt immer tiefer und ihre Kleider immer kürzer geworden waren, hatte sie dies bisher ihrem Ziel auch nicht einen Schritt näher gebracht. Der elegante Sekretär war zwar immer sehr höflich, sehr liebenswürdig und sehr galant, aber von den ungezählten leidenschaftlichen Funken, die sie täglich auf ihn überspringen ließ, hatte bisher noch keiner gezündet. Auch daß sie ihr duftendes strohblondes Haar möglichst oft dicht an seine Wange brachte, hatte versagt, und ebenso die hauchdünnen Seidenstrümpfe, die sie ihn bei jeder Gelegenheit bis weit übers Knie sehen ließ.

Sie hatte an diesem Morgen noch sorgfältiger Toilette gemacht als sonst und sich überhaupt so prächtig hergerichtet, daß man sie zwischen die Wachsfiguren eines Modesalons hätte stellen können. Dabei lag in ihren Augen ein schmachtender Schmelz, und die weißen Zähne zwischen den halbgeöffneten roten Lippen leuchteten verführerischer denn je.

Sogar der kühle Hubbard war gegen diesen Zauber nicht gefeit, und Constancias sechsunddreißigjähriges Herz hüpfte in seliger Wonne, als sie seinen Blick auf sich ruhen fühlte.

»Donnerwetter, Miss Babberly, was ist denn heute los?« fragte er bewundernd. »Haben Sie etwas Besonderes vor?«

»Allerdings«, gab sie mit einem geheimnisvollen Lächeln zu. »Ich gedenke, mit einem Herrn zu lunchen.«

Der Sekretär machte sich wortlos an seinem Tisch zu schaffen, und Miss Babberly stellte mit großem Vergnügen fest, daß ihn ihre Mitteilung etwas verstimmt zu haben schien.

»Ahnen Sie, wer der Herr ist?« flötete sie süß und verdrehte dabei die Augen.

Nein, er ahnte es nicht. Er schüttelte resignierend den Kopf und machte dabei ein so gleichgültiges Gesicht, daß sie hätte empört sein müssen, wenn sie nicht gewußt hätte, daß dies nur reine Verstellung war.

»Was würden Sie dazu sagen, wenn Sie der Herr wären?«

»Es würde mir eine besondere Ehre sein«, erwiderte er korrekt, und Miss Babberly amüsierte es, daß er das gar so schüchtern und verlegen vorbrachte.

»Sie sind ein großer Junge«, sagte sie mit der nachsichtigen Überlegenheit einer erfahrenen Frau, und ihre Hand hob sich ganz mechanisch von seiner Schulter zu seinem tadellosen Scheitel. »Hätten Sie auf diese nette Idee nicht selbst verfallen können? War es das erstemal nicht entzückend?«

Sie beugte ihren Kopf so tief hinab, daß Hubbard ihre fragenden grünlichen Augen und den knallroten Mund dicht vor sich hatte, und Constancia wartete bebend einige Sekunden, was nun geschehen würde. Aber es geschah nichts, sondern der junge Mann sah nur etwas hilflos und verlegen drein.

Sie schwang sich behende auf seinen Schreibtisch und kreuzte ihre Seidenstrümpfe, so daß er sie aus dieser Nähe unmöglich übersehen konnte.

»Wissen Sie übrigens, daß Mrs. Irvine sich plötzlich dafür interessiert, wo wir lunchen?« bemerkte sie, um durch ein gleichgültiges Thema ihre verführerische Pose zu doppelter Geltung zu bringen. »Sie hat mich gestern danach gefragt. Und ich habe ihr gesagt«, fuhr sie mit sichtlicher Genugtuung fort, »daß wir zuweilen zusammen speisen.«

»Das stimmt aber doch nicht«, fiel Hubbard lebhaft und etwas befremdet ein, und Constancia schien es, als ob er dabei errötete.

»Wessen Schuld ist das?« fragte sie vorwurfsvoll, indem sie sein Gesicht zärtlich in ihre Hände nahm. »Etwa die meine?«

»Entschuldigen Sie die Störung«, sagte aber in diesem Augenblick Mrs. Irvine, die mit einem eigenartigen Lächeln an der Tür ihres Zimmers stand. »Mr. Hubbard, bitte . . .«

Muriel verschwand diskret, bevor Constancia noch ihrer Entrüstung über diese taktlose Störung durch eine entsprechende Miene Ausdruck geben konnte.

»Zu dumm«, vermochte sie dem Sekretär gerade noch mit einem heißen Blick zuzuflüstern, dann verschwand auch dieser im Chefzimmer.

»Ich freue mich, daß Sie sich mit Miss Babberly so gut vertragen«, sagte die junge Frau sehr freundlich, während sie mit ihren wunderbaren Händen die Post umständlich sortierte, und Hubbard fand, daß sie mit dem belustigten Lächeln um den feinen Mund noch hübscher und pikanter aussah als sonst. Aber das Lächeln ärgerte ihn, und er fühlte, daß ihm das Blut in das wettergebräunte Gesicht stieg.

»Ich nicht«, erwiderte er trocken und blickte starr auf sein Notizbuch.

Mrs. Irvine hob anscheinend höchst überrascht den Kopf, und ihr Lächeln wurde noch nachdrücklicher.

»Aber – wie kann man so undankbar sein«, bemerkte sie verweisend. »Miss Babberly läßt es doch an Liebenswürdigkeit gewiß nicht fehlen, wie ich soeben beobachten konnte, und Sie sollten dafür doch etwas mehr Verständnis haben.«

Der Sekretär zog es vor, darauf nicht zu antworten, denn die Art, wie ihn Mrs. Irvine seit dem gestrigen Tag behandelte, machte ihn plötzlich befangen und unsicher. Ihrem früheren kühlen, anmaßenden Wesen hatte er sich gewachsen gefühlt, aber seitdem sie ihm gegenüber mit einem Mal einen so ungewohnten Ton anschlug, war ihm höchst unbehaglich zumute. – Was hatte diesen jähen Wechsel verursacht, und was bezweckte sie damit? Er hätte sehr viel darum gegeben, darüber völlige Gewißheit zu haben, und er konnte diese nur erlangen, wenn er die Fassung bewahrte.

Sie machte ihm dies allerdings sehr schwer, denn nachdem sie förmlich und geschäftsmäßig wie immer einige Anordnungen getroffen hatte, kam sie plötzlich wieder auf ein anderes äußerst heikles Thema zu sprechen, das eigentlich nur ihn anging.

»Ich muß zugeben«, sagte sie, während sie einen ihr vorgelegten Brief aufmerksam durchlas, »daß Sie sehr sauber und korrekt maschineschreiben. Haben Sie das in Oxford gelernt«, fragte sie harmlos, »oder in den anderen Anstalten, in denen Sie später waren?«

»In den anderen«, gab er ohne weiteres zu. »Ich wurde meist in den Kanzleien beschäftigt.«

»Da müssen Sie allerdings eine ziemliche Übung und Geläufigkeit erlangt haben. Wie lange hat diese Ihre Kanzleitätigkeit überhaupt gewährt? Ich meine, alles in allem. Sie müssen mir darauf natürlich nicht antworten, aber es wäre mir doch angenehm, darüber etwas näher unterrichtet zu sein.«

»Ich kann das verstehen, und Sie haben gewiß auch ein Recht, das zu erfahren«, sagte er unbefangen und dachte dann einige Augenblicke nach. »Insgesamt werden es wohl über zwei Jahre gewesen sein.«

Muriel schwieg ziemlich lange, und Hubbard dachte bereits, daß ihre Neugierde befriedigt sei, als sie plötzlich von neuem zu fragen begann.

»Und in der Zwischenzeit waren Sie wohl bei jenen Firmen beschäftigt, die Ihnen so glänzende Zeugnisse ausgestellt haben? Welche waren es doch gleich?«

Der Sekretär begann diese, ohne einen Augenblick zu stocken, aufzuzählen, und um möglichst vollständig zu sein, fügte er auch sofort genau die Zeit bei, die er dort beschäftigt gewesen war.

Sie hörte ihm sehr aufmerksam zu, und es schien, als ob sie darauf vorbereitet sei, ihn bei einer Ungenauigkeit zu fassen. Aber die Firmen und die Termine stimmten haargenau mit den Zeugnissen überein.

Mrs. Irvine war davon sichtlich überrascht, und die Sache schien ihr aus irgendeinem Grund zu denken zu geben. Ihr Blick heftete sich immer wieder verstohlen auf Hubbard, aber in dessen gelassener Miene war auch nicht das mindeste zu lesen.

»Würde es Ihnen sehr unangenehm sein, für mich eine telefonische Verbindung mit Scotland Yard herzustellen?« fragte sie plötzlich etwas boshaft. »Ich meine, wegen Ihrer früheren Beziehungen zu diesem Amt.«

»Mit Scotland Yard hatte ich bisher eigentlich noch nichts zu tun«, gab er gleichmütig zurück. »Meine Fälle brachten mich immer nur mit den Polizeistationen und Old Baily in Berührung. – Darf ich um Ihr Telefonbuch bitten?«

Während er angelegentlich in dem dickleibigen Band blätterte, ließ die junge Frau ihn nicht aus den Augen, und um ihre Lippen lag ein gespanntes Lächeln.

»Es sind hier gegen zwanzig Nummern verzeichnet. Welche Abteilung wünschen Sie zu sprechen?«

»Kommissar Conway«, sagte sie mit Nachdruck.

Er fuhr mit dem Finger suchend über die lange Kolonne der Nummern, schien aber das Gesuchte nicht zu finden.

»Ich werde eine der Nummern anrufen und mich erkundigen, wie ich die von Ihnen gewünschte Verbindung erlangen kann.«

Sie nickte erwartungsvoll, und gleich darauf begann Hubbard bereits zu sprechen.

»Hier Kaufhaus ›Zu den tausend Dingen‹. – Scotland Yard? – Auskunft? – Bitte, unter welcher Nummer ist Kommissar Conway für Mrs. Irvine zu erreichen? – Ja, bitte, ich warte . . .«

Muriel hatte die Hände über die Knie verschlungen und wandte noch immer kein Auge von Hubbard, der mit der Muschel am Ohr gleichgültig des Bescheids harrte.

Endlich meldete sich eine Stimme im Apparat, aber bevor der Sekretär noch antworten konnte, hatte sie ihm den Hörer bereits mit einem hastigen Griff aus der Hand genommen.

Er machte Miene, sich diskret zurückzuziehen, aber sie bedeutete ihm durch eine kurze Geste, daß er bleiben solle, und lauschte dann gespannt auf die Stimme am anderen Ende der Leitung.

»Hier Muriel Irvine«, sagte sie. »Kommissar Conway? – Ja?«

Die Antwort, die zurückkam, überraschte sie offenbar sehr, und sie war plötzlich so verwirrt, daß sie nur stockend weiterzusprechen vermochte.

»Ja . . . allerdings . . . Nein, es ist nichts Besonderes vorgefallen. – Ich wollte nur mitteilen, daß ich bei meiner gestrigen Vorladung einige Einzelheiten vergessen habe. – O nein, es eilt damit durchaus nicht . . . Bitte . . . es paßt mir jede Stunde . . . Danke.«

Mrs. Irvine war so zerstreut und nachdenklich, daß sie den Hörer statt auf den Apparat auf den Tisch legte, und Hubbard dieses Versehen gutmachen mußte.

Sie sah ihn dabei einen Augenblick wieder sehr eigenartig an, aber ihre Laune von früher war mit einem Male verflogen, und der Sekretär wurde kurz und ungnädig verabschiedet.

»Hat sie irgendeine Bemerkung gemacht?« flüsterte Constancia mit einem vertraulichen Blinzeln, als Hubbard mit ernstem Gesicht ins Kontor zurückkehrte. Als er mit einem Kopfschütteln antwortete, atmete sie erleichtert auf.

»Daß man doch hier auch nicht einen Augenblick ungestört plaudern kann«, seufzte sie. »Aber ich hoffe, daß Sie mir einmal in meiner Pension das Vergnügen machen werden. Es ist ein sehr nettes Haus, und wir haben einen gemütlichen kleinen Salon, den mir meine Wirtin gern zur Verfügung stellen wird. Ich hoffe, es wird Ihnen gefallen«, meinte sie verheißungsvoll, und ihre Blicke versprachen ihm noch weit mehr als der Tonfall ihrer Worte. »Wann wäre es Ihnen recht? Für heute ist es leider schon zu spät, da ich doch einige Vorbereitungen treffen muß, aber wenn Sie morgen frei sind, würde ich mich sehr freuen.«

Sie sah ihn mit ungeduldiger Erwartung an, und Hubbard war in Verlegenheit, wie er seine Absage formulieren sollte. Er hatte einmal mit Miss Babberly gegessen, weil er nicht unhöflich sein wollte, er war sogar bereit, es zum zweiten Male zu tun, da sie sich sichtlich schon darauf vorbereitet hatte, aber er fühlte nicht das geringste Verlangen, mit der etwas stürmischen Dame einen ganzen Abend in ihrer Pension zu verbringen.

»Das wäre allerdings sehr nett«, sagte er. »Sie sind sehr freundlich, Miss Babberly.«

»Oh, Sie können mich doch einfach Constancia nennen«, fiel sie etwas verschämt ein. »Nur nicht Miss Babberly. Das klingt so förmlich und fremd.«

»Jawohl, sehr freundlich«, wiederholte er. »Nur möchte ich Ihnen wirklich keine Umstände machen. Vielleicht ließe es sich einrichten, daß wir einmal ein nettes Programm für einen Abend entwerfen.«

Miss Babberly war auch mit einem solchen Arrangement einverstanden. Sie nahm daher den Vorschlag mit großer Begeisterung auf und begann sofort, Pläne zu schmieden.

»Gewiß. Wir könnten vielleicht zusammen zuerst ein Theater besuchen und dann in irgendeinem Restaurant speisen. Wenn es

Ihnen recht ist, möchte ich eine Oper vorziehen. Ich liebe die Musik«, gestand sie schwärmerisch, »und kenne kein größeres Vergnügen, als mich hemmungslos ihrem Zauber hinzugeben.« Sie hatte diese Phrase einmal in einem Roman gelesen, und sie hatte ihr so gut gefallen, daß sie diese nun bei jeder Gelegenheit anbrachte.

Nun handelte es sich nur noch darum, daß dieser Abend so rasch wie möglich zustande kam, und Hubbards ausweichende Antwort auf ihre hastige Frage nach dem »Wann« wollte ihr gar nicht gefallen.

»Sie werden es gewiß vergessen«, schmollte sie ehrlich enttäuscht. »Haben Sie denn gar so viele andere Verpflichtungen?«

»Für die nächsten Abende leider ja«, gab er bedauernd zurück, »aber in der kommenden Woche bin ich frei, und Sie werden mich gewiß nicht erinnern müssen.«

In diesem Augenblick läutete das Telefon, und Miss Babberly, die den Hörer aufgenommen hatte, gab ihn sofort Hubbard weiter.

»Man wünscht Sie zu sprechen«, sagte sie eifrig.

Der Sekretär war sehr überrascht, als sich Phelips meldete und einen so jovialen Ton anschlug, als ob sie bei ihrer letzten Begegnung als die besten Freunde geschieden wären.

»Was ist denn mit Ihnen los?« fragte er besorgt und mit leisem Vorwurf. »Sie haben sich seit einigen Tagen weder im Klub noch im Spielsaal sehen lassen, und ich will nicht hoffen, daß Sie verstimmt sind.«

»Verstimmt? Weshalb sollte ich verstimmt sein?« meinte Hubbard, der mit einem gespannten Lächeln zugehört hatte. »Im Gegenteil, ich habe Ihren Spielsaal in angenehmster Erinnerung, seitdem ich dort ein so unerhörtes Glück hatte. Sie dürfen auch damit rechnen, daß ich wiederkomme. Wahrscheinlich schon sehr bald, denn ich werde mit dem Geld doch nicht so lange ausreichen, wie ich ursprünglich gedacht hatte.«

Phelips blieb trotz der unliebsamen Anspielung überaus höflich. »Schön. Dann ist es am besten, Sie kommen gleich morgen abend. Mir liegt daran, daß wir uns über die letzten Mißverständnisse aussprechen und sie begraben. Also, machen Sie keine Geschichten, und lassen Sie uns morgen Versöhnung feiern. Ich habe Corner wegen der gewissen Sache bereits gründlich den Kopf gewaschen, und er wird Sie um Entschuldigung bitten. – Nun, was meinen Sie dazu?«

»Daß ich natürlich um nichts in der Welt um diesen erhebenden Moment kommen möchte«, erwiderte Hubbard höflich.

»Sie kommen also bestimmt?« versicherte sich Phelips mit besonderer Dringlichkeit.

»Ganz bestimmt«, gab der Sekretär mit ebenso dringlicher Betonung zurück, und als er den Hörer auflegte, merkte man ihm an, daß das Gespräch ihm weit mehr zu denken gab, als sein ziemlich harmloser Inhalt gerechtfertigt hätte.

»Sie sind Mitglied eines Klubs, in dem gespielt wird?« fragte Miss Babberly neugierig. »Das muß sehr interessant sein.«

»Zuweilen«, gab er zu und begann dann plötzlich mit einem Feuereifer an seine Arbeit zu gehen, der ihr alle weiteren Fragen abschnitt. Sie war auch nicht weiter begierig, Näheres darüber zu erfahren, denn es genügte ihr zu wissen, wo er seine Abende zubrachte. Männer, die am Spieltisch saßen, waren gut aufgehoben, und es war ihr weit lieber, Mr. Hubbard verlor im Klub sein Geld, als vielleicht anderswo sein Herz.

24

Hubbard war froh, als er eine Gelegenheit fand, die Geschäftsräume aufzusuchen, denn wenn Miss Babberly ihm auch auf dem Fuße folgte, so konnte sie sich dort doch nicht so anhänglich gebärden wie im Kontor.

Hubbard kam eben an einer Abteilung vorüber, in der billige Kleinigkeiten zu haben waren, als er plötzlich interessiert stehenblieb.

Neben ihm stand ein einzelner Kunde, der nicht gerade vielversprechend aussah, aber die ältliche, verdrießliche Verkäuferin schon seit geraumer Zeit in Anspruch nahm.

»Ich kann Ihnen wirklich nicht helfen«, sagte diese gerade ungeduldig, indem sie eine neue von den vielen bereits aufgestapelten Schachteln geräuschvoll zuklappte, »so etwas finde ich nicht. Nehmen Sie sich doch eine von den anderen Sachen, die ich Ihnen gezeigt habe. Sie werden gewiß auch gefallen und sind doch wirklich sehr billig.«

Der Kunde war aber hartnäckig und ließ sich nicht so leicht überreden.

»Das alles kann ich nicht gebrauchen«, sagte er in einem schauderhaften Slang, indem er entschieden den Kopf mit dem sonntäglich gestriegelten, blonden Scheitel schüttelte. »Ich muß eine Spinne haben.«

»Was wünscht der Herr?« fragte Hubbard leichthin, indem er sich an die Verkäuferin wandte.

Diese hob hilflos die Schultern.

»Ausgerechnet eine Spinne«, sagte sie mit einem gezwungenen Lächeln. »Aus Glas.«

»Jawohl«, bemerkte der Bursche zustimmend, »aus weißem Glas. Und die Beine müssen aus Silber sein.«

»So etwas haben wir nicht«, beeilte sich die Verkäuferin den Sekretär aufzuklären. »Ich habe bereits sämtliche Kartons durchgesehen.«

»Warum muß es denn gerade eine solche Spinne sein?« wandte sich Hubbard direkt an den Mann, der den Eindruck eines etwas einfältigen Burschen machte.

»Das ist meine Sache«, fertigte ihn dieser kurz und mürrisch ab.

»Natürlich«, gab Hubbard zurück. »Aber wenn Sie es mir sagen würden, könnte ich Ihnen vielleicht das Gewünschte beschaffen.«

Er griff lässig in die Westentasche und ließ plötzlich vor den überraschten Augen des Burschen und des Ladenfräuleins zwischen den Fingern eine weiße Spinne mit silbernen Beinen im Lampenlicht spielen.

»Wahrhaftig, das ist so ein Ding«, stieß der Kunde hastig hervor. – »Was soll das kosten?«

»Nicht einen Penny, wenn Sie mir sagen, wozu Sie sie brauchen. Kommen Sie mit mir.«

Der junge Bursche stampfte breitbeinig hinter ihm drein, aber in seinem verschlagenen Gesicht lag Mißtrauen. Als sie in einem kleinen Raum angelangt waren, der als Magazin diente, machte der Sekretär halt und nahm sich den Mann vor.

»Nun reden Sie frei von der Leber weg. Wozu brauchen Sie das Ding?«

»Ich möchte keine Ungelegenheiten haben«, meinte der Mann verstockt. »Geben Sie mir die Spinne, und ich bezahle. Ich will's mich etwas kosten lassen, damit Jessie endlich Ruhe hat«, fügte er mißmutig hinzu.

»Wer ist Jessie?«

»Meine Braut«, entfuhr es dem robusten Jüngling selbstbewußt.

»Also, Jessie soll ihre Ruhe und Sie sollen einen halben Sovereign haben, wenn Sie mit der Sprache herausrücken«, erklärte Hubbard und legte die Spinne und das Geldstück vor sich auf den Tisch.

Die Augen des Mannes begannen zu funkeln, denn er sah nicht

nur die langgesuchte Spinne in greifbarer Nähe, sondern auch einen mächtigen Batzen Geld, wie er ihn kaum in einer Woche harter Arbeit verdiente.

»Es ist eigentlich eine dumme Geschichte, Sir«, meinte er ängstlich, »und sie wird Ihnen das Geld nicht wert sein.«

»Je dümmer, desto besser«, beruhigte ihn der andere. »Ich höre gerne dumme Geschichten.«

»Der Herr von Jessie hat so eine Spinne verloren, und seitdem hat das Mädel vor ihm keine Ruhe mehr. Er hat schon einige Male alle ihre Sachen durchsucht, und sooft er sie trifft, schaut er sie so an, daß sie Angst hat, er könnte ihr etwas antun. Dabei hat sie das Ding nicht einmal genommen, sondern es beim Aufräumen auf einem Teppich gefunden und vorläufig auf ein Tischchen gelegt. Dann hat sie zuerst das Ding vergessen, als sie sich aber erinnerte, war die Spinne verschwunden. Und weil der Herr solche Geschichten gemacht hat, traute sie sich nicht einmal, etwas davon zu sagen. – Jetzt wird sie die Spinne irgendwo hinwerfen, wo er sie finden muß«, meinte er befriedigt, »und dann wird er wohl Ruhe geben.«

Hubbard schob dem Mann wortlos die Spinne und das Geldstück zu, und der seltsame Kunde beeilte sich, seinen kostbaren Besitz in Sicherheit zu bringen.

»Wer ist der Herr?« wollte der Sekretär noch so ganz nebenbei wissen.

»Da fragen Sie mich zuviel«, meinte der Mann. »Ich habe ihn noch mit keinem Auge gesehen und weiß nicht einmal, wie er heißt. Aber er scheint ein verdammtes Ekel zu sein. Er peinigt das ganze Haus bis aufs Blut, und Jessie darf nicht einmal einen Schritt vors Tor machen. Wenn ich nicht über die Mauer in den Garten könnte, würde ich sie überhaupt nicht zu Gesicht bekommen.«

»Was ist das für ein Haus?« erkundigte sich Hubbard.

»Ein schauderhafter Kasten, in dem ich nicht begraben sein möchte.«

»Wo?«

»Hinter Holloway. Auf dem Weg nach Highgate. Links sind Gärtnereien, wo ich beschäftigt bin, und rechts geht's nach Skidemore-Castle. Aber reden Sie nicht darüber, Sir«, bat er plötzlich wieder ängstlich.

»Dasselbe möchte ich Ihnen raten«, schärfte ihm Hubbard ein. »Wenn Sie vierzehn Tage kein Wort darüber verlieren, daß Sie mir diese dumme Geschichte erzählt haben, können Sie sich einen zweiten halben Sovereign holen.«

Der Mann trollte sich höchst zufrieden davon.

Als der Sekretär ins Kontor zurückkehrte, fand er dort Mrs. Irvine über den Lagerbüchern vor. Sie hatte sich einige Aufzeichnungen gemacht, die sie ihm, ohne den Blick zu heben, hinreichte.

»Es wäre mir lieb, wenn Sie diese Sachen noch heute besorgen würden«, sagte sie kurz. »Es wird einige Zeit in Anspruch nehmen, und Sie brauchen nicht mehr ins Geschäft zurückzukehren.«

Es war wieder der alte geschäftsmäßige Ton, in dem sie mit ihm sprach, und als sie geendet hatte, schien der Sekretär für sie überhaupt nicht mehr vorhanden zu sein.

Hubbard kam der Auftrag sehr gelegen, und da Constancia noch in den Verkaufsräumen weilte, beeilte er sich, so rasch wie möglich das Kaufhaus zu verlassen.

Kaum war er um die nächste Straßenecke gebogen, als Gibbs mit der unvermeidlichen Pfeife im Mund aus einem der Haustore trat und direkt mit dem eilig daherschießenden Meals zusammenstieß.

»Was machen Sie hier?« fragte der freundliche Sergeant den Kollegen sichtlich etwas überrascht und unangenehm berührt.

»Dasselbe wie Sie«, gab der »Zauberlehrling« lakonisch zurück.

»Sind Sie auch hinter dem her?« forschte Meals interessiert und blinzelte nach der Ecke, hinter der Hubbard verschwunden war.

»Natürlich, wie der Teufel«, brummte Gibbs.

»Glauben Sie«, tuschelte der andere vertraulich und schickte sich bereits wieder an weiterzustürmen, »daß wir da auf etwas kommen werden?«

»Auf etwas ganz Kapitales«, versicherte Gibbs geheimnisvoll. »Darauf können Sie Gift nehmen.«

25

Chelsea ist kein sonderlich vornehmer Stadtteil, und wenn sich ein tadellos gekleideter Herr dort blicken läßt, so erregt er einiges Aufsehen.

Nur aus diesem Grund schenkte die junge Dame mit dem rotblonden Haar, die den Carlyle Square langsam hinabschritt, ihrem Verfolger einige Aufmerksamkeit.

Sie hatte an der letzten Station den Autobus verlassen, als ihr der elegante Mann in den Weg getreten war und sie mit seltsamen Augen angesehen hatte.

Die junge Dame kannte sich in solchen Dingen aus und war gar nicht abgeneigt, eine neue Bekanntschaft zu schließen, da sie ihrem letzten Verehrer vor einigen Tagen wegen seiner unerhörten Knausrigkeit den Laufpaß hatte geben müssen. Aber sie war auch ein Mädchen von Grundsätzen, das wußte, was sich gehörte, und deshalb hatte sie für den vornehmen Herrn vorerst nur einen sehr schnippischen Blick, den sie mit einem empörten Rümpfen ihres Stupsnäschens begleitete.

Aber der Herr schien sich in solchen Dingen ebenfalls auszukennen, denn er schritt trotzdem hinter ihr drein, und das Mädchen mit dem rotblonden Haar konstatierte durch gelegentliche Blicke in eines der dürftigen Schaufenster mit Befriedigung, daß sich die Distanz zwischen ihm und ihr immer mehr verringerte.

»Hätten Sie etwas dagegen«, hörte sie ihn einige Augenblicke später an ihrer Seite fragen, »wenn wir, statt hintereinander, nebeneinander gingen?«

»Leider kann ich Sie daran nicht hindern, denn der Gehsteig ist für alle da«, sagte sie diplomatisch, um einerseits sich nichts zu vergeben und andererseits nichts zu verderben, und er hielt sich daran.

Sie antwortete zwar anfangs auf seine höflichen Fragen sehr einsilbig, aber allmählich begann sie aufzutauen, denn er gefiel ihr außerordentlich. Sie war bei einer Anwaltsfirma in der City beschäftigt und hatte einen gewissen Blick für wirkliche Vornehmheit, und wenn der junge Mann an ihrer Seite nicht ein verkappter Lord oder gar ein berühmter Filmschauspieler war, so wollte sie sich hängen lassen.

Nachdem sie zu diesem Urteil gelangt war, überließ sie sich willig seiner Führung, obwohl ihr Weg eigentlich nach einer ganz anderen Richtung ging. Aber sie schritten eben plaudernd ohne Ziel durch die Gassen, und die junge Dame war lediglich begierig zu erfahren, wo und wie diese Promenade enden würde.

»Gestatten Sie, daß ich rauche?« fragte plötzlich der Herr überaus höflich, und da sie von ihren früheren Begleitern an eine solche Rücksicht nicht gewöhnt war, nickte sie äußerst gnädig. Er blieb stehen, zog umständlich sein Etui hervor und entnahm diesem ebenso umständlich eine Zigarette, die er in Brand zu setzen versuchte, was ihm aber gar nicht gelingen wollte.

Sie befanden sich eben vor dem ziemlich schmierigen und spärlich beleuchteten Schaufenster eines Hutsalons, und da die rotblonde Dame nichts anderes zu tun hatte und eine Frau ein solches Schaufenster überhaupt nicht unbeachtet lassen kann, so guckte sie hinein. Es waren zwar keine Pariser Modelle und sonstigen Wunderwerke zu sehen, aber die ausgestellten Hüte waren trotz ihrer Einfachheit geschmackvoll. Das junge Mädchen mußte sogar zu ihrem geheimen Kummer feststellen, daß sie weit hübscher und schicker waren als alle die Hüte, die sie je besessen hatte.

»Gefällt Ihnen einer von diesen Hüten?« fragte der Herr, dem es endlich gelungen war, seine Zigarette anzuzünden. »Es würde mir ein Vergnügen sein, Ihnen eine kleine Erinnerung an unseren netten Spaziergang überreichen zu dürfen.«

Das junge Mädchen blickte mit verständnislosen Augen auf und vermochte nicht einmal zu nicken.

Der Herr ließ sie aber glücklicherweise nicht lange im Zweifel, denn er schob sie sanft zu der Ladentür, und als sie aus dem Hinterzimmer eine heisere Glocke bimmeln hörte, wußte sie, daß heute wirklich ein Glückstag für sie war.

In dem Ladenraum sah es nichts weniger als ordentlich aus. Er schien, nach dem umherstehenden schmutzigen Geschirr und den verschiedenen zertrümmerten Kinderspielsachen zu urteilen, die den Boden bedeckten, allen möglichen Zwecken zu dienen.

Endlich tat sich die Tür des Hinterzimmers auf, und es erschien eine große, umfangreiche, dunkle Frau in einer phantastischen Kombination von Hemd, Schürze und Hauskleid und musterte die Kundschaft kritischen Auges. Sie hatte noch auffallend regelmäßige Züge und mußte, bevor das Rot auf ihren Wangen und ihrer Nase erschienen war, geradezu eine Schönheit gewesen sein.

»Was ist gefällig?« fragte sie kurz angebunden, und ihre tiefe, rauhe Stimme ließ diesen Empfang noch viel unfreundlicher klingen.

»Die junge Dame möchte einige Hüte ansehen«, sagte der Herr höflich, indem er etwas mehr in das Licht trat und den Hut abnahm.

Mrs. Leonore Meals hatte kaum einen Blick auf ihn geworfen und das Monokel in seinem Auge entdeckt, als über ihr breites Gesicht plötzlich ein unendlich verbindliches Lächeln ging und sie sich aber gleichzeitig auch ihres wenig repräsentablen Äußern bewußt wurde.

»Einen Augenblick, bitte«, entschuldigte sie sich eifrig.

Sie warf dem eleganten Herrn aus ihren schwarzen Augen einen koketten Blick zu und schoß blitzschnell zur Glastür hinaus.

Als Mrs. Meals wieder erschien, war ihr schwarzes Haar glattgebürstet und glänzte, als ob es eben mit Wasser oder Fett in Berührung gekommen wäre, und auch ihre sonstige Erscheinung präsentierte sich nun ganz anders als vorher.

Sie war in einen grünen Morgenrock aus Samt gehüllt, der zwar stark mit Fettflecken getupft war und keine Knöpfe hatte, aber Mrs. Meals hatte mit Sicherheitsnadeln dafür gesorgt, daß nichts geschehen konnte.

»Einige Hüte, bitte sehr . . .«, sagte sie und begann mit bewunderungswürdiger Behendigkeit einen Berg von Kartons auf dem Ladentisch aufzustapeln. Sie zog ihre Schätze aus allen möglichen verstaubten Winkeln hervor und ließ es sich sogar nicht verdrießen, auf dem Boden herumzurutschen und unter den Regalen Nachschau zu halten. »Durchwegs Modelle«, stieß sie dabei mit ihrer tiefen Stimme kurzatmig hervor. »Sehr apart, geschmackvoll und billig. Die Dame wird sich überzeugen.«

Die Dame hatte sich mittlerweile bereits mit großen glänzenden Augen über die angepriesenen Modeschöpfungen hergemacht und probierte vor dem halb erblindeten Spiegel mit einer Gründlichkeit, die sie alles um sich herum vergessen ließ.

Wenn sie schon auf so eigenartige Weise zu einem neuen Hut kommen sollte, so sollte es auch etwas Besonderes sein.

»Wie gehen die Geschäfte, Madam?« fragte der Herr, und Mrs. Meals fühlte dabei seine Augen mit einem so warmen Ausdruck auf sich ruhen, daß sie hold errötete und unwillkürlich ihre Hände auf die beiden Sicherheitsnadeln legte, die vielleicht geeignet waren, den Eindruck des grünen Morgenrockes zu beeinträchtigen.

»Oh, danke, Sir«, flötete sie. – »Wie sie eben in einer so dreckigen Gegend gehen können«, entfuhr es ihr plötzlich übellaunig, aber sie hatte sich sofort wieder in der Gewalt und lächelte sehr verschämt.

»Verzeihen Sie, man lernt das so von den Leuten hier herum, und mit den Geschäften ist wirklich nicht viel los. – Aber, Gott sei Dank, hat man das nicht notwendig«, fügte sie selbstbewußt hinzu und reckte ihre stattliche Figur noch höher. »Mein Mann ist nämlich Beamter.«

»Ach«, meinte der Herr interessiert, und sie beeilte sich fortzufahren:

»Jawohl. Detektivinspektor. Bei Scotland Yard.« Sie sprach

plötzlich in einem gesuchten, gutturalen Ton, den sie für ungeheuer vornehm hielt, und sah ihren Kunden dabei forschend an, ob er diese Mitteilung auch vollauf zu würdigen wisse.

Der elegante Herr wußte sie zu würdigen.

»Ein interessanter Beruf«, sagte er, aber Mrs. Meals schien diesmal mit ihm nicht einer Meinung zu sein.

»Interessant vielleicht«, meinte sie etwas wegwerfend, »aber sicher kein Beruf für einen Ehemann. Schließlich will eine Frau in meinen Jahren ja auch etwas davon haben, daß sie verheiratet ist.« Ihr ansehnlicher Busen hob sich mit einem tiefen Seufzer, und ihr Blick richtete sich noch sehnsüchtiger auf den Besucher. »Wissen Sie, wann ich meinen Mann zum letzten Male gesehen habe?« flüsterte sie vertraulich. »Am 12. des verflossenen Monats«, raunte sie vielsagend, als sie wieder zurückkehrte. »Das sind also volle fünf Wochen her. – Ich pflege mir das aufzunotieren, weil es deshalb bereits öfter zu Meinungsverschiedenheiten zwischen uns gekommen ist«, erklärte die resolute Dame energisch. »Halten Sie das für möglich, mein Herr? Die Regierung ist zwar nicht so einsichtsvoll, wie sie sein sollte, das weiß ich«, fuhr sie kritisch fort, »aber ich halte sie nicht für so niederträchtig, von einem Menschen zu verlangen, daß er fünf Wochen überhaupt nicht schläft. Da steckt etwas dahinter. Ich kenne meinen Mann.«

Sie war im besten Zuge, dem eleganten Herrn ihr ganzes eheliches Leid zu offenbaren, aber die rotblonde Dame präsentierte sich eben in einem allerliebsten Hütchen und gab zu verstehen, daß sie sich dafür entschieden habe.

»Entzückend«, sagte Mrs. Meals, indem sie bewundernd die fleischigen Hände in die Hüften stemmte und die Augen verdrehte.

»Gewiß«, stimmte auch der Herr bei, »aber vielleicht wählen Sie jetzt noch einen von einer anderen Farbe, damit Sie auch für ein helleres Kostüm versehen sind.«

Das rotblonde Mädchen wurde feuerrot vor freudiger Überraschung. Sie hatte zwar kein helleres Kostüm, aber das war kein Grund, daß sie nicht einen dazu passenden Hut haben sollte, wenn sie ihn auf so einfache und billige Weise bekommen konnte. Sie machte sich daher eiligst wieder an das Probieren, und Mrs. Meals sah ihr mit einem höchst wohlwollenden Lächeln zu.

»Ja, die glückliche Jugend«, flötete sie. »Wenn ich mich erinnere ...« Ihr feistes Gesicht bekam einen elegischen Ausdruck, und aus ihrem Busen stieg ein hörbarer Seufzer.

»Sie sind gewiß Künstlerin gewesen, Madam«, sagte der Herr, und diese Bemerkung war auf Mrs. Meals von einer geradezu überwältigenden Wirkung. Sie warf jäh den schwarzen Kopf zurück, ihre Augen funkelten, und über ihr Gesicht ging ein ganz verklärtes Lächeln.

»Erraten!« meinte sie strahlend. »Jawohl, mein Herr. ›La bella Giulietta, die lebende Statue‹. – Ganz Frankreich, Italien und England haben mich bewundert, als ich mit dem berühmten Zirkus Sorrini durch die Welt zog. Ich ließ meine klassischen Formen als Bronze- und als Marmorfigur sehen – aber natürlich immer höchst dezent«, schaltete sie ein. »Doch das genügte, daß ein Edelmann in Montdidier sich meinetwegen das Leben nahm und eine Zeitung in Runeau mich in einem wundervollen Gedicht verherrlichte. Und mein Name wäre sicher heute einer der klangvollsten der Welt, wenn unserem Unternehmen nicht eines Tages das Geld ausgegangen wäre. Da ließ ich mich leider von Meals überreden, ihn zu heiraten, und alles war aus«, schloß sie verdrießlich.

»War Mr. Meals damals schon bei der Polizei?« fragte der Herr in höflicher Anteilnahme.

Sie schüttelte den Kopf.

»Nein. Er hatte bei uns mehrere Nummern. Sehr nette und gut bezahlte Nummern als Verwandlungskünstler und mit einigen anderen Tricks, in denen er wirklich ganz Hervorragendes leistete. Aber die Konkurrenz ist auch da sehr groß, und außerdem wollte er schon immer höher hinaus. Schließlich traf es sich auch durch einen glücklichen Zufall, daß er bei der Polizei unterkommen konnte, und er griff sofort zu. Ich aber habe diesen Salon eröffnet, da ich mich vor meiner künstlerischen Laufbahn auf diesem Gebiete betätigt hatte und doch nicht müßig gehen wollte.«

Das Interesse des eleganten Herrn an den Lebensschicksalen von Mrs. und Mr. Meals schien plötzlich erlahmt zu sein, denn er hörte nur mehr mit halbem Ohr zu, und das rotblonde Mädchen kam ihm zu Hilfe, indem es zu dem ersten nun einen zweiten Hut legte, was heißen sollte, daß sie mit der Qual der Wahl zu Ende sei.

Mrs. Meal wurde sofort wieder die tüchtige Geschäftsfrau.

»Zwei Pfund sieben Schilling«, sagte sie etwas undeutlich, aber der Herr schien ausgezeichnete Ohren zu haben, denn er zählte den Betrag schon in der nächsten Minute prompt auf den Tisch. Mrs. Meals beeilte sich, die vornehmste Kundschaft, die ihr Laden je gesehen hatte, in gebührender Weise zu verabschieden.

»Beehren Sie mich recht bald wieder«, flötete sie mit einem äußerst liebenswürdigen Neigen ihres fettig glänzenden Kopfes, indem sie dem eleganten Herrn verstohlen einen jener heißen Blicke zuwarf, mit denen sie seinerzeit als »La bella Giulietta« soviel Unheil angerichtet hatte.

Fünf Minuten später stand an einer Straßenecke in Chelsea ein ratloses und empörtes rotblondes Mädchen und suchte sich in der komischen Welt zurechtzufinden: Sie konnte verstehen, daß ein Mann sehr viel verlangte und nichts dafür gab, wie dies ihr letzter Verehrer getan hatte, aber daß ein Mann zwei Pfund und sieben Schilling auslegte, ohne mit einer Wimper zu zucken, und nichts dafür verlangte, das vermochte sie nicht zu begreifen. Sie hätte die beiden wundervollen Hüte sogar gerne hingegeben, wenn ...

Aber die junge rotblonde Dame war glücklicherweise philosophisch veranlagt und sagte sich schließlich, daß zwei funkelnagelneue moderne Hüte eben zwei Hüte seien, die wenigstens zwei Jahre aushalten, während man das von einer neuen Freundschaft nicht so ohne weiteres wissen konnte.

26

»Bei meiner Seele«, sagte Billy Knox, indem er geräuschvoll die Whiskytropfen von seinem Schnurrbart sog und seinen Pflegebefohlenen wohlgefällig betrachtete, »so etwas sollte man nicht für möglich halten. Vor ein paar Wochen noch waren Sie ein Häuflein Elend, wie mir noch keins im Leben untergekommen ist, und jetzt könnte man glauben, Sie wären ein Gentleman, der sich jede Woche ein frisches Hemd leisten kann und was sonst noch dazu gehört.«

Das Staunen Billys über die Veränderung, die mit Sten Moore vorgegangen war, war so ehrlich und nachdrücklich, daß er es nun ungehörig fand, seinen Schützling zu duzen.

Dieser Wandel der Dinge hatte in jener Nacht begonnen, als der menschenfreundliche Mr. Pringle plötzlich in dem schmutzigen Loch in Islington erschienen war, ihn und den schlaftrunkenen Sten in fieberhafter Eile in ein Auto gesteckt und nach langer Fahrt in einem anderen Quartier abgeladen hatte.

Die neue Unterkunft unterschied sich von der ersten in so vorteilhafter Weise, daß Billy sich geradezu unheimlich fühlte. Es lagen da ganz unnütze Teppiche auf dem Fußboden herum, und ebenso unnütz fand Billy die verschiedenen Decken auf den Tischen, auf denen die Whiskyflasche so unsicher stand. Auch die Betten waren nicht nach seinem Geschmack, denn sie sahen so sauber aus, daß man sich nicht getraute, sich mit den Kleidern und Stiefeln hineinzulegen, wie er das sein Leben lang gewohnt war. Auch hatte ihm Mr. Pringle gesagt: »Diese Wohnung ist kein Schweinestall wie jene in Islington. Sorgen Sie dafür, daß sie in Ordnung bleibt«, und Billy Knox war ein alter Vollmatrose, der gehorchen gelernt hatte. Er ging den ganzen Tag mit einem Kübel Wasser, einem großen harten Besen und einem umfangreichen nassen Lappen umher, und wenn sich irgendwo irgend etwas zeigte, was nach Schmutz oder einem Fleck aussah, so entfaltete er eine emsige Tätigkeit.

Mit Sten Moore war das etwas anderes, denn er schien an solche umständlichen Wohnungen und Betten gewöhnt zu sein, und seitdem ihn Mr. Pringle eines Tages mitgenommen und nach einigen Stunden gestriegelt und ausstaffiert wie einen Dandy zurückgebracht hatte, tat er überhaupt so, als ob es nie anders gewesen wäre. Er war zwar noch immer etwas wirr im Kopf, und Billy fürchtete sich sogar zuweilen vor dem eigenartigen Blick seiner glänzenden Augen, aber es ließ sich nun mit ihm ganz gut auskommen. Wenn er nicht im Bett lag und zur Decke starrte, so marschierte er in seinem Zimmer auf und ab und schien über etwas krampfhaft nachzudenken. Oder er saß stundenlang vor dem Spiegel, betrachtete lächelnd sein Gesicht und probierte die Anzüge und Krawatten, die ihm der gutherzige Mr. Pringle geschenkt hatte.

Die Fürsorge Mr. Pringles für den Kranken war so groß, daß er sich nun fast täglich am späten Abend einstellte, um sich zu erkundigen. Dabei sah er schon längst nicht mehr so aus, wie der Mr. Pringle, der immer in die schmutzige Gasse gekommen war, sondern fast jedesmal anders, aber Bill zerbrach sich über die Maskerade nicht den Kopf. Solche Wohltäter haben zuweilen ihre Schrullen, und wenn die Schillinge, die immer abfielen, echt waren, konnte von ihm aus an dem guten Mr. Pringle alles übrige falsch sein.

Heute war es bereits ungewöhnlich spät, als der Herr Wohltäter erschien, und er verriet diesmal eine gewisse Erregung, die sogar dem sonst nicht gerade scharfsinnigen Billy auffiel.

Moore war noch vollständig angekleidet und lag mit behaglich ausgestreckten Beinen rauchend und träumend in einem Fauteuil. Er sah wirklich tadellos aus, und wenn nicht das totenblasse, zerfurchte Gesicht mit den unheimlichen Augen einen so abstoßenden Eindruck gemacht hätte, wäre der Mann eine sehr vornehme Erscheinung gewesen.

»Nun, was machen wir?« fragte der Besucher leutselig, indem er den Kranken mit einem scharfen Blick musterte.

»Was wir immer machen«, gab Sten launig zurück. »Wir denken nach.«

»Wohl über angenehme Dinge?«

Moore wiegte mit dem Kopf.

»Über angenehme und unangenehme Dinge«, erwiderte er in seiner lallenden Sprechweise. »Leider lassen sich die Erinnerungen nicht so genau auseinanderhalten. Wenn ich nur über die Frau ins klare kommen könnte«, flüsterte er geheimnisvoll. »Ich sehe ja verschiedene Leute vor mir, aber die interessieren mich alle nicht.«

»Auch Corner?« fragte Pringle lauernd, indem er den Namen nachdrücklich betonte. »Einen Herrn mit einer Binde über dem Auge ...«

»Corner ...«, murmelte Sten grübelnd. »Ich habe wohl den Namen schon einmal gehört«, meinte er dann gleichgültig, geriet aber sofort wieder in Eifer, und sein Gesicht bekam einen gefährlichen Ausdruck.

»... Die Frau, wissen Sie, die immer um mich ist«, stieß er stammelnd hervor. »Ich werde noch um den Verstand kommen, wenn ich mich nicht erinnere.«

»Möchten Sie sie wiedersehen?« kam es leise von den Lippen des Besuchers.

Moore hatte schon wieder die Augen geschlossen und lächelte sanft wie ein Kind.

»Wiedersehen? Die Frau? – Ich sehe sie ja so oft, aber sie ist nicht zu halten ...«

Pringle sagte sich, daß die Stunde für seine Pläne gekommen sei, und er beschloß zu handeln ...

Sein kleiner Chrysler-Zweisitzer flog mit Windeseile dahin, und es war noch keine volle Stunde verflossen, als die düsteren Umrisse von Skidemore-Castle vor ihm auftauchten und der Wagen gleich darauf mit leisem Summen in die Einfahrt schoß. Der alte Torwart mit dem Galgengesicht blickte noch verdrießlicher drein als sonst, schien aber den unverhofften nächtlichen Besuch doch als eine gewisse Erleichterung zu empfinden.

»Sie schlägt alles kurz und klein, Sir«, flüsterte er ganz aufgeregt. »Und dabei hat sie so geschrien«, fügte der Mann besorgt hinzu, »daß man sie sicher draußen gehört hat, wenn jemand in der Nähe gewesen ist.«

»Laß sie toben«, fuhr ihn der Herr wütend an. »Und wenn sie beim Fenster zu laut wird, so nimm die große Spritze und halte sie ihr ins Gesicht. Wozu haben wir denn eine Wasserleitung. – Wie verhält sich Jessie?«

Der Mann zuckte mit den Achseln.

»Das Mädel rennt herum, als ob der Teufel hinter ihr her sei.«

Strongbridge nagte eine Weile nervös an den Lippen und schien zu überlegen.

»Paß scharf auf sie auf«, sagte er dann nachdrücklich. »Ich traue ihr nicht. – Und wenn sie entwischen sollte, so nimm den ersten Strick, der dir in die Hände kommt, und hänge dich dran auf«, fügte er drohend hinzu. »Das ist kürzer und angenehmer, als wenn es ein anderer besorgt.«

Der Herr von Skidemore-Castle stieg behutsam in das erste Stockwerk hinauf. Das ganze Haus lag in tiefem Dunkel, und in den Mauern herrschte Totenstille.

Einen Augenblick hatte Strongbridge gefürchtet, daß Lucy, die seit Tagen in ihren Zimmern eine Gefangene war, seine Ankunft vielleicht bemerkt haben könne und neuerlich losbrechen werde, aber es blieb alles still.

Strongbridge schlich den langen Gang gegen den östlichen Turm auf leisen Sohlen hinab und knipste vor der letzten Tür seine Taschenlampe an. Als er die dreifache Sicherung geräuschlos aufgeschlossen hatte und den Türflügel öffnete, trat sein Fuß auf irgend etwas, und es gab ein knackendes Geräusch.

Er sah mechanisch zu Boden, fühlte aber dann, daß sich der Gegenstand unter dem Läufer befand und schlug diesen zurück. Gleich darauf kniete er auf dem Boden und klaubte sorgfältig die Überreste einer weißen Spinne zusammen, die er zertreten hatte.

Als er das Zimmer betrat und das Licht einschaltete, schien er sichtlich einer Sorge ledig zu sein, die ihn sehr bedrückt hatte.

Nachdem Strongbridge eine Weile nachdenklich in den weiten vier Wänden herummarschiert war, blieb er plötzlich in einer der Ecken stehen, schlug einen abgenützten Teppich zurück und legte mit einem geschickten Griff eine kleine Öffnung in dem Parkettboden frei. Er kramte eine Weile darin herum und brachte schließlich ein schweres Messer und eine zusammengerollte, etwa vierzöllige Drahtschnur zum Vorschein, die er über den rechten Arm schob. Dann zog er die Kleiderpuppe mit dem Holzkopf aus ihrem versteckten Winkel, stellte sie frei an das eine Ende des riesigen Raumes und begann dann vor der gut fünfzehn Schritte gegenüberliegenden Wand eine eigenartige Beschäftigung: Er machte eine kurze schnellende Handbewegung aus dem Handgelenk, worauf die schmiegsame Schnur mit einem leisen, singenden Ton durch die Luft schoß. Sein Blick haftete unter halbgeschlossenen Lidern scharf auf dem Ziel, dann zuckte sein Unterarm plötzlich zurück, und das Holzgestell stürzte polternd zu Boden. Wohl an die zwanzigmal versuchte sich der Mann in diesem Wurf, und obwohl er unausgesetzt seinen Standplatz wechselte und die Würfe einander immer rascher folgten, ging doch nicht ein einziger fehl. Die gleitende Schlinge fiel, ohne ihn auch nur haarbreit zu streifen, immer über den Kopf, und der wohlberechnete kurze Ruck zog sie im nächsten Augenblick um den Hals zusammen. Als der Mann endlich diesen Zeitvertreib satt hatte, begann er einen neuen: Er nahm das Messer, ließ den Griff einige Male leicht in der Hand spielen und schleuderte dann die Waffe plötzlich gegen dasselbe Ziel, das früher für seine Schlinge gedient hatte. Der Aufschlag war so kräftig, daß die Puppe jedesmal ins Wanken geriet, und das Messer steckte tief in der linken Brustseite, die bereits eine Unzahl von Schnitten und Rissen aufwies. Auch dieses Kunststück wiederholte Strongbridge mit hartnäckiger Ausdauer und, wie vorher die Schnur, warf er nun die Waffe von den verschiedensten Richtungen her immer mit derselben unfehlbaren Sicherheit.

Der Mann hätte sich mit dieser seiner erstaunlichen Fertigkeit sehen lassen können und schien auch selbst mit sich zufrieden zu sein, denn sooft er das Messer aus dem Holz riß, spielte um seinen Mund ein böses, triumphierendes Lächeln. Zuweilen aber schoben sich seine dichten Brauen grübelnd zusammen, und er schüttelte ratlos den Kopf, weil er sich nicht zu erklären vermochte, wie bei seiner sicheren Hand gerade der eine Wurf nach der schimmernden Hemdbrust im Zimmer Nummer 7 hatte fehlgehen können. Das war ein Rätsel, das Mr. Pringle alias Strongbridge außerordentlich beschäftigte und beunruhigte. Dieser Kommissar Conway war ein Mann, bei dem man in jeder Hinsicht auf die geschicktesten Gegenzüge und Überraschungen gefaßt sein mußte, und Strongbridge verhehlte sich nicht, daß es diesmal einen erbitterten Entscheidungskampf geben würde.

Er stellte die Puppe wieder beiseite und hängte einen alten Mantel darüber. Dann steckte er das Messer in eine Art Scheide und ließ es mit der Drahtschnur in die innere Tasche seines Mantels gleiten.

Nachdem er gedankenvoll seine Pfeife gestopft und in Brand gesetzt hatte, begann er, sich an der schweren dunklen Holztäfelung an der Turmseite des Zimmers zu schaffen zu machen, und legte eine kleine eiserne Tür bloß, die in das starke Mauerwerk eingelassen war. Sie hatte eine dicke Polsterung, die fast die ganze Nische ausfüllte, und nur knapp am Rand, wo ein kunstvoll geschmiedetes Schlüsselloch saß, lag das Eisen bloß. Strongbridge schloß behutsam auf und stieß die schwere Tür zurück.

Es war ein ziemlich geräumiges Gemach, das von einer starken Deckenlampe taghell erleuchtet wurde und einen sehr aparten und freundlichen Eindruck machte. Die alten Möbel, die überall herumstanden, waren gut erhalten, und eine ordnende Hand hätte hier ohne weiteres eine gewisse Behaglichkeit schaffen können.

Einen Teil der Rundung nahm ein gemauerter Kamin ein, daneben befand sich ein kleiner elektrischer Kochherd und in einer verhangenen Nische sogar eine Bade- und Waschgelegenheit mit fließendem Wasser. Der Mann, der diesen geheimen Raum angelegt hatte, war offenbar auf alle Möglichkeiten vorbereitet gewesen, und Strongbridge hatte hier für den Fall äußerster Gefahr eine Zufluchtsstätte, deren Entdeckung kaum wahrscheinlich war. Denn die schmale Steintreppe, die vom Hof aus zu der Plattform des Turmes führte, ließ nicht vermuten, daß sich darunter ein Wohnraum befinde, und die schießschartenähnlichen, schmalen Öffnungen, durch die ihm Licht und Luft zugeführt wurden, waren so geschickt angebracht und so von Efeu überwuchert, daß sie selbst das schärfste Auge nicht wahrzunehmen vermochte.

Strongbridge rückte die Möbel zurecht, sah in die verschiedenen Kästen und Laden und schien alle Vorbereitungen dafür zu treffen, damit hier bald ein Bewohner einziehen könne.

Eine kleine Weile später glitt der Chrysler-Wagen lautlos, wie er gekommen war, wieder aus dem Tor von Skidemore-Castle, und erst als Strongbridge die Zufahrtsallee hinter sich hatte, schaltete er die starken Scheinwerfer ein, die ihm nun für seine rasende Fahrt den Weg wiesen.

27

Muriel Irvine war von einer Nervosität, über deren eigentliche Ursache sie sich keine Rechenschaft abzulegen vermochte.

Das datierte von dem Tag an, da sie in dem unheimlichen Zimmer Nummer 7 von Scotland Yard gesessen hatte und es hilflos dulden mußte, daß ihr eines ihrer wohlgehüteten Geheimnisse nach dem andern entrissen wurde.

Was hatte sie durch die Unterredung gewonnen? Der geheimnisvolle Kommissar, dessen bezwingender Art sie verfallen war, hatte tatsächlich seither nichts weiter von sich hören lassen, und es konnte unendlich lange Zeit verstreichen, bis sie von ihm wirklich zuverlässige Nachrichten über das Schicksal ihres Gatten erhielt. Auf Corner konnte und wollte sie nicht mehr rechnen, und der unheimliche Strongbridge hatte auf ihr letztes Ersuchen um eine Regelung ihrer Angelegenheit bisher überhaupt keine Erwiderung gefunden.

Waren Muriels Hoffnungen auf Scotland Yard schon in dem Augenblick herabgestimmt worden, da sie aus einem ganz bestimmten Grund die Verbindung mit Kommissar Conway verlangt und zu ihrer größten Überraschung auch tatsächlich erhalten hatte, so wurden sie durch den Besuch, den sie um die Mittagsstunde dieses Tages erhielt, völlig zunichte gemacht.

Der nette, rundliche Herr in dem etwas zu engen Anzug war ungemein höflich und legte die Befangenheit eines Menschen an den Tag, der sich seiner peinlichen Aufgabe bewußt ist.

»Entschuldigen Sie, Mrs. Irvine«, begann er stotternd, indem er die freundlichen Augen unstet im Zimmer umhergehen ließ, »Sergeant Meals von Scotland Yard.«

Der Sergeant zupfte krampfhaft an seiner Weste und schien unschlüssig, wie er die Sache einleiten sollte.

»Ich habe eine kurze Amtshandlung durchzuführen«, sagte er sanft, und als er bemerkte, wie sich die Augen der jungen Frau mit einem befremdeten Ausdruck auf ihn hefteten, wurde er noch hilfloser.

»Sie brauchen deshalb nicht zu erschrecken. Nur eine kleine Formalität. Ich werde mit Ihrer gütigen Erlaubnis hier eine flüchtige Durchsuchung vornehmen.«

Muriel verharrte regungslos hinter ihrem Schreibtisch und vermochte nicht zu fassen, was dieser förmliche Überfall zu bedeuten hatte. Wollte ihr der Unsichtbare von Scotland Yard nur ihre Geheimnisse entlocken und sie in Sicherheit wiegen, um sie nun um so sicherer überrumpeln zu können?

Meals wartete geduldig in seiner bescheidenen Art, aber erst der Eintritt Hubbards ließ Muriel ihrer wortlosen Bestürzung endlich Herr werden.

Der Sekretär warf einen gleichgültigen Blick auf den Besucher und wollte sich sofort wieder zurückziehen, aber die junge Frau hielt ihn auf.

»Bleiben Sie«, sagte sie tonlos. »Der Herr ist beauftragt, hier eine Durchsuchung vorzunehmen, und ich möchte, daß Sie dabei sind. Ich weiß nicht, wie man sich in solchen Fällen zu verhalten hat.«

Er nahm die Mitteilung mit einer Gelassenheit auf, als ob es sich um die alltäglichste und harmloseste Sache von der Welt handelte.

»Wo ist die Ermächtigung?« fragte er den Sergeanten.

»Das ist eine Frage, zu der Sie berechtigt sind, Mr. Hubbard«, erwiderte Meals verbindlich. »Man sieht, Sie verstehen etwas von solchen Dingen. Hier – Sie werden sehen, es ist alles in Ordnung.«

»Das will ich um Ihretwillen hoffen, Mr. ...?«

»Meals«, erlaubte sich der Sergeant bescheiden zu ergänzen.

»Mr. Meals«, meinte Hubbard gelassen, indem er den Bogen ohne sonderliche Eile auseinanderfaltete. »Denn wenn es nicht so sein sollte, so lägen Sie in der nächsten Minute am unteren Ende der Treppe.«

»Bitte, keine Unüberlegtheiten«, fiel Mrs. Irvine erregt und ängstlich ein, aber der Sergeant beruhigte sie durch ein sanftes Lächeln.

»Das ist nur so eine Redensart von Mr. Hubbard«, sagte er launig. »Er kann uns Leute von der Polizei nun einmal nicht leiden. Aber diesmal wäre es der dritte Rückfall«, fügte er bedeutsam hinzu, »und daher ein verdammt teurer Spaß.«

»Wessen Unterschrift ist das?« fragte der Sekretär ruhig, indem er auf das Papier tippte.

»Kommissar Bates«, gab Meals bereitwillig zurück.

»Ich bin von Kommissar Conway vernommen worden«, sagte Muriel befremdet, »und wüßte wirklich nicht ...«

»Allerdings«, fiel der Sergeant mit einem leichten Achselzucken ein. »Es ist auch sein Fall. Aber ich konnte ihn leider nicht erreichen, um seine Unterschrift einzuholen. Da aber andererseits eine gewisse Dringlichkeit vorlag, hat eben Kommissar Bates unterschrieben. Sie werden also wohl nichts dagegen einzuwenden haben, Mr. Hubbard, daß ich an die Arbeit gehe. Und wenn Mrs. Irvine verständig ist, wird die ganze Sache keine fünf Minuten dauern. Würden Sie die Liebenswürdigkeit haben«, wandte er sich höflich an die erregte Frau, »mich einen Blick in das Geheimfach in der Fensternische tun zu lassen?«

Muriel starrte mit entsetzten Augen auf den Mann, der mit harmloser Miene ungeduldig von einem Fuß auf den andern trippelte. Wer konnte von diesem Versteck und von dem, was es barg, wissen, und welches Interesse hatte er daran, es zur Kenntnis von Scotland Yard zu bringen?

»Wünschen Sie, daß ich öffne?« fragte Hubbard, den anscheinend überhaupt nichts zu überraschen vermochte. »Wenn Sie mir eine kurze Anleitung geben würden ...«

Die junge Frau zog es vor, selbst aufzuschließen. Sie machte den Eindruck einer Schlafwandlerin, und als sie von dem geöffneten Safe zurücktrat, schwankte sie sekundenlang, so daß der Sekretär ihr besorgt beisprang.

Einen Augenblick lehnte sie mit geschlossenen Lidern in seinem Arm, und ihr schönes, bleiches Gesicht war dem seinen so nahe, daß er den Hauch ihres Mundes fühlte. Plötzlich aber schreckte sie auf, machte sich mit einer brüsken Bewegung frei und wandte sich nach dem Hintergrund des Zimmers, als ob das, was kommen werde, für sie überhaupt nicht von Interesse sei.

Mittlerweile hatte Meals mit einem raschen Griff den kleinen weißen Karton aus dem Fach gezogen, und nun, da sein Blick auf dem schimmernden Haufen weißer Spinnen ruhte, verriet seine Miene eine triumphierende Befriedigung. Bis zu dieser Minute hatte er den ihm zugekommenen anonymen Zeilen, die ihm von den bedenklichen Beweisstücken in dem Geheimfach Mrs. Irvines Mitteilung machten, nicht so recht getraut. Er hatte damit rechnen müssen, daß es sich um eine Mystifikation handelte, und in diesem Falle mußte er von Captain Conway wegen der Umgehung seiner Person eines gewaltigen Rüffels gewärtig sein. Der würde zwar wahrscheinlich auch jetzt kaum ausbleiben, aber wenn er seine interessante Beute ausbreitete, war er völlig gerechtfertigt.

Der Sergeant war in ausgezeichneter Laune, denn wenn alles so ging, wie er hoffte, war es ihm vorbehalten, das Rätsel der weißen Spinne nun in Kürze zu lösen.

*

Mrs. Irvine war vollständig gebrochen und starrte, mit den Händen an den Schläfen, unausgesetzt ins Leere.

»Sie sollten der Sache keine so große Bedeutung beimessen«, versuchte ihr Hubbard zuzureden, als der Sergeant sich endlich empfohlen hatte.

»Ich kann das alles nicht verstehen«, sagte sie halblaut und verstört. »Ich komme mir vor wie eine Figur, die zu irgendwelchen Zwecken hin und her geschoben wird, und ich weiß nicht, wie das enden soll.«

Hubbard sah mit einem eigentümlichen Blick auf die arme, gequälte Frau hinab, und das Mitleid mit ihr ließ ihn seine Stellung vergessen. Er griff in einem jähen Impuls nach ihrer feinen, gepflegten Hand und drückte sie an die Lippen.

Erst als dies geschehen war, schien sich Muriel dieser unerhörten Vertraulichkeit ihres Sekretärs bewußt zu werden, aber sie vermochte keinen anderen Protest als ein heißes Erröten aufzubringen, und ein instinktives Gefühl ließ sie Vertrauen zu ihm haben.

Er schien allerdings den Ernst ihrer Lage nicht ganz zu begreifen, denn um seinen Mund lag ein seltsames Lächeln.

»Wissen Sie, was dieser Fund bedeutet?« fragte sie gepreßt. »Daß ich nunmehr unter einem furchtbaren Verdacht stehe. Weil ich einmal so unklug war, den Besitz dieser Spinnen abzuleugnen und weil damit verschiedene grauenhafte Dinge zusammenhängen.«

In ihren Augen spiegelten sich Verzweiflung und Furcht.

»Glauben Sie«, flüsterte sie nach einer Weile kaum hörbar und hob den Blick scheu zu ihm auf, »daß man mich verhaften wird?«

»Auch das ist möglich, Mrs. Irvine«, meinte er mit seiner kühlen Gelassenheit. »Ich sage Ihnen dies nur deshalb, damit es Sie nicht allzu unvorbereitet trifft, wenn es tatsächlich geschehen sollte. Vorläufig glaube ich kaum, daß man so weit gehen wird. Die Spinnen in Ihrem Besitz mögen ja vielleicht ein wichtiges Beweisstück sein, da der Mann von Scotland Yard mit solch einem vergnügten Gesicht damit abgezogen ist« – Muriel merkte trotz ihrer Erregung, daß er schon wieder höchst eigentümlich lächelte –, »aber nur auf Indizien hin darf man einen englischen Bürger noch lange nicht der Freiheit berauben. Aber selbst wenn es vielleicht dazu kommen sollte«, fuhr er eindringlich fort, »darf Sie das nicht um Ihre Fassung bringen. Man wird Sie gewiß mit aller Rücksicht behandeln und sehr bald einsehen, daß man einen argen Mißgriff getan hat.«

Sie hatte, während er sprach, plötzlich wieder lauschend den Kopf gehoben und schien irgendeine Erinnerung einfangen zu wollen. Aber dann machte sie eine ungeduldige Bewegung und zerrte nervös an ihrem Taschentuch.

»Wer ist Kommissar Conway?« fragte sie plötzlich und sah ihn forschend an.

»Leider kann ich Ihnen darüber keine Auskunft geben, Mrs. Irvine, oder sagen wir lieber, Gott sei Dank«, verbesserte er sich mit einem gewissen Zynismus. »Wie ich mir sagen ließ, muß man die Bekanntschaft mit diesem geheimnisvollen Herrn mindestens mit einigen Jahren bezahlen. Darunter tut er es nicht, und das ist mir denn doch eine etwas zu lange Zeit. Im übrigen soll er ein ganz eigener Kauz sein, der allen möglichen Hokuspokus treibt, auf den selbst die Geriebensten hereinfallen.«

»Was hat es denn so Wichtiges gegeben?« forschte Miss Babberly neugierig und mißtrauisch, als sie Hubbards endlich wieder habhaft wurde. Sie fand, daß Mrs. Irvine den Sekretär plötzlich in höchst ungebührlichem Maße in Anspruch nahm, und in ihrer ahnungsvollen Frauenseele regte sich ein Verdacht, der ihr Gesicht so strohgelb werden ließ wie ihr Haar.

»Ein kleines Geschäft«, erwiderte der Sekretär leichthin. »Ein Mann hat uns einen Rest alter Ware abgenommen, der eigentlich schon längst aus dem Haus gehört hätte.«

Miss Constancia war beruhigt, aber der leise Seufzer und der sehnsuchtsvolle Augenaufschlag sagten Hubbard, wie schmerzlich sie ihn entbehrt hatte.

28

Es war der Abend, für den Hubbard sein Erscheinen im Spielklub zugesagt hatte, und als es bereits auf 12 Uhr ging, ohne daß er sich hatte blicken lassen, begann Phelips sehr ungeduldig zu werden. Er hatte Strongbridge rechtzeitig verständigt, und wenn der Sekretär nun etwa im letzten Augenblick ausblieb, bekam er sicher wieder unangenehme Dinge zu hören.

»Glauben Sie, daß er es sich vielleicht anders überlegt hat?« fragte er Corner mißmutig. »Zuzutrauen ist es dem Burschen. Man hat immer das Gefühl, als ob man der Gefoppte wäre, wenn man mit ihm zu tun hat.«

»Ich habe ein noch weit bedenklicheres Gefühl«, sagte der Einäugige nachdrücklich. »Ich glaube nämlich, der Mann weiß mehr, als für uns gut ist. Nicht nur von Ihrem wackligen Roulettetisch – das wäre schließlich eine Kleinigkeit –, sondern auch noch von ganz anderen Dingen. Er hat mir unlängst etwas von Camden Town angedeutet.«

Es mußte dies eine sehr peinliche Sache sein, denn der Mann mit dem Pferdekopf fragte hastig:

»Was kann er da schon viel wissen? Ich war überhaupt nicht dort, wie ich einwandfrei nachweisen kann, und Sie können auch nicht dort gewesen sein, als die Geschichte passierte, weil Sie sonst nicht um die gewisse Stunde anderwärts hätten gesehen werden können. Und schließlich haben ja weder Sie noch ich Dawson um die Ecke gebracht.«

»Nein, aber ich möchte lieber nicht danach gefragt werden. Und es ist daher höchste Zeit, daß Strongbridge ein Ende macht.«

Phelips räusperte sich umständlich, und seine vorstehenden Augen flackerten unruhig.

»Glauben Sie ...«, begann er leise, brach aber sofort wieder ab. »Ich glaube, daß wir gut tun werden, vorsichtig zu sein. So recht mir diese Auseinandersetzung ist, möchte ich ihretwegen doch keine Scherereien haben. Nach dem Fall Lewis wird sich die Polizei verdammt scharf ins Zeug legen, wenn etwas Ähnliches passieren sollte. Also, bereiten Sie alles vor, damit wir nicht erst viel erzählen müssen.«

Eine Viertelstunde später erschien Hubbard endlich und konnte mit dem Empfang, der ihm zuteil wurde, äußerst zufrieden sein. Phelips fiel mit sehr wortreicher Herzlichkeit über ihn her, und Corner ließ durch seine ausgesuchte Höflichkeit erkennen, daß er die gewissen Differenzen vergessen zu machen wünschte.

»Daß Sie endlich gekommen sind!« rief Phelips. »Wir erwarten Sie wenigstens schon eine Stunde. – Also, jetzt wollen wir ohne viel Umstände Frieden schließen und dieses Ereignis entsprechend feiern. Ich habe im grünen Salon einige Flaschen Sekt und Zigarren bereitstellen lassen.«

»Im grünen Salon?« meinte Hubbard leichthin und zog ein wenig die Brauen hoch. »Eine ausgezeichnete Idee. Wenn ich mich daran erinnert hätte, so würde ich Sie selbst darum gebeten haben, daß wir uns dort zusammensetzen.«

»Warum?« fragte Phelips mißtrauisch.

»Weil ich es in einem Zimmer, in dem man erst kürzlich einen aufgeknüpft hat, riesig gemütlich finde«, gab der Sekretär ernsthaft zurück. »So etwas kann man nicht alle Tage haben, und man kommt dabei auf alle möglichen heiteren Gedanken. Zum Beispiel, ob vielleicht einer von uns dreien auch einmal am Strick enden wird.«

»Sie haben Einfälle wie ein Narr und ein Gemüt wie ein Kettenhund«, knurrte der hagere Phelips kreidebleich, indem er sich langsam nach dem grünen Salon in Bewegung setzte. Am liebsten hätte er die ganze Sache sein lassen, und die seltsamen Blicke, die er von Corner auffing, waren nicht gerade dazu angetan, ihn froher zu stimmen.

Es war daher eine ziemlich griesgrämige Miene, mit der er an dem kleinen gedeckten Tisch in dem grünen Salon den Gastgeber spielte, aber Hubbard schien nur die Üppigkeit der improvisierten Tafel zu bemerken.

»Alles, was gut und teuer ist«, sagte er anerkennend. »Wenn ich einmal für jemanden eine erlesene Henkersmahlzeit zusammenstellen müßte, werde ich mich unbedingt an Sie wenden, Phelips.«

»Hören Sie doch mit Ihren Geschmacklosigkeiten auf«, knurrte dieser wütend.

»Das kommt nur von dem Zimmer«, entschuldigte sich Hubbard, indem er umständlich das Monokel säuberte. »Ich habe Sie ja gleich darauf aufmerksam gemacht. – Bitte, mir nicht einzuschenken, ich trinke nicht«, lehnte er mit einem verbindlichen Lächeln ab.

»Haben Sie Bedenken?« fragte Corner sarkastisch.

»Ach wo«, gab der Sekretär ebenso zurück, »aber Grundsätze. Bei gewissen Gelegenheiten rühre ich kein Glas an.«

»Weshalb sind Sie dann überhaupt gekommen?« polterte Phelips los, der immer nervöser wurde.

»Weil Sie mich so höflich eingeladen haben«, meinte Hubbard gelassen, indem er etwas gelangweilt zur Decke starrte, »und weil ich annahm, daß unsere Unterhaltung vielleicht ganz interessant und gemütlich werden könnte.«

»Nun, Ihrerseits haben Sie bisher sehr wenig dazu beigetragen«, warf Corner bissig ein. Er fühlte die Spannung, die in der Luft lag, und hielt sich für verpflichtet, Phelips zu Hilfe zu kommen. Das gelbe Licht konnte ja nicht mehr allzu lange auf sich warten lassen ...

Es geschah auch wirklich in demselben Augenblick, daß die einzige gelbe Birne unter den ungezählten weißen des Kronleuchters aufflammte, und so unauffällig dies auch geschehen war, hatten es

Corner und Phelips doch zu gleicher Zeit bemerkt und sich durch einen raschen Blick verständigt.

Hubbard hatte sich eben erhoben und ging mit den Händen in den Hosentaschen gemächlichen Schrittes auf und ab.

»Warten Sie es nur ab«, erwiderte er auf Corners letzte Bemerkung gemütlich. »Ich werde schon in Stimmung kommen, und dann sollen Sie Ihre Wunder erleben.«

»Vielleicht ist es am besten, wir lassen Sie eine Weile allein«, schlug Corner hastig vor und gab Phelips einen heimlichen Wink. »Wir haben ohnehin noch eine sehr dringende Angelegenheit zu erledigen, und Sie werden mittlerweile vielleicht etwas umgänglicher werden.«

Er schob Phelips hastig vor sich her zur Tür, aber plötzlich stand Hubbard mit gespreizten Beinen und verschränkten Armen mitten in ihrem Weg und lächelte so unverschämt höflich, daß selbst der Einäugige unwillkürlich haltmachte, obwohl er wußte, daß jetzt jeder Augenblick kostbar war.

»Behalten Sie hübsch Platz«, forderte der Sekretär die beiden mit Nachdruck auf, »denn ich glaube, ich bin jetzt in Stimmung.«

Aber der Einäugige hielt es nicht mehr für notwendig, Rücksichten zu nehmen, seitdem er Strongbridge in der Nähe wußte. Er machte einen energischen Schritt auf Hubbard zu, fuhr aber schon in der nächsten Sekunde blitzschnell zurück, denn er war mit der Stirn fast an den stahlblauen Lauf des kleinen Revolvers gerannt, den Hubbard plötzlich in der Linken hielt.

»Es würde mir leid tun, Mr. Corner, wenn Ihr hübsch frisierter Kopf einen weiteren Schaden erleiden sollte, aber ich drücke unbedingt los, wenn Sie einen Schritt oder eine Bewegung machen. Dasselbe gilt auch für Sie, Mr. Phelips, obwohl Sie, wie ich glaube, der Vernünftigere sein werden.«

Er sprach völlig ruhig, sogar mit einer gewissen Liebenswürdigkeit, aber der Mann mit der Binde zweifelte nicht einen Augenblick, daß es ihm mit seiner Drohung ernst war. Es lag etwas in diesen lebendigen grauen Augen, die ihn immer nur blitzartig streiften und dann gleichgültig an dem großen grünen Kamin haftenblieben, was ihn warnte, und er leistete zitternd vor Furcht und Wut Folge. Phelips saß schon längst und ließ den Unterkiefer hängen, als habe er einen Hieb auf den kahlen Schädel bekommen, aber Corner gab die Sache noch immer nicht verloren und war zum Äußersten entschlossen.

»Ich hoffe«, preßte er drohend zwischen den Zähnen hervor,

während er sich in dem Fauteuil zurücklehnte, »daß Sie sich der Folgen Ihrer Handlungsweise bewußt sind und . . .«

»Völlig«, beruhigte ihn Hubbard. »Sie werden den Mund halten und heilfroh sein, daß Sie dabei so glimpflich weggekommen sind. Das wird aber nicht der Fall sein«, fuhr er mit erhobener Stimme fort und wandte seinen Blick sekundenlang wieder einmal von dem interessanten Kamin auf den Einäugigen, »wenn Sie Ihre rechte Hand nicht sofort auf den Tisch legen. Eins . . . zwei . . . bei drei schieße ich. – So, sehr vernünftig von Ihnen.«

Er stand mit der Waffe in der Linken groß und schlank in der Mitte des Zimmers, gerade gegenüber dem mächtigen Kamin und etwa sechs bis sieben Schritte von den beiden anderen entfernt, als er plötzlich mit einem elastischen Sprung zurückschnellte und den rechten Arm, den er bisher lässig auf dem Rücken gehalten hatte, blitzschnell gegen den Kamin streckte. In der nächsten Sekunde waren fast gleichzeitig ein gedämpfter Knall, ein heller scharfer Schuß, der klatschende Einschlag einer Kugel in die Wand hinter dem Palmenarrangement und ein hartes, metallisches Klingen im Kamin zu hören, das in ein kurzes Poltern überging.

In dem schuppigen Kupfer der Kaminverkleidung aber klaffte ein garstiges Loch.

»Sie hätten mich durch Ihre Unruhe beinahe ums Leben gebracht, Corner«, sagte Hubbard mit sanftem Vorwurf, indem er den schweren Browning in seiner Rechten sorgfältig sicherte und in die Tasche schob. »Mit der Linken einen so unternehmenden Gentleman wie Sie und mit der Rechten einen so niederträchtigen Schurken wie Mr. Strongbridge in Schach halten zu müssen, ist etwas viel auf einmal. Ich spüre die Geschichte noch in allen Gliedern und bin Ihnen sehr dankbar, daß Sie für eine Erfrischung gesorgt haben.«

Er ließ sich nun ohne weiteres an dem Tischchen nieder, hatte aber kaum eines der appetitlichen Brötchen in den Mund geschoben, als sich auf dem Korridor erregtes Stimmengemurmel hören ließ und gleich darauf hastig die Tür aufflog und der »Erzengel« mit einem Gefolge von verstörten Neugierigen hereindrang.

Gabriel konnte gerade noch die Nachdrängenden mit ausgebreiteten Armen an der Schwelle aufhalten, als er die friedliche Gruppe um den kleinen Tisch gewahrte.

»Verzeihung, meine Herren«, stotterte er verwirrt, aber sichtlich erleichtert, »es klang so, als ob hier ein Schuß gefallen sei. – Und die anderen Herrschaften waren so beunruhigt.«

Corner und Phelips lagen wie Leichen in ihren Sesseln, denn sie hatten noch nicht einmal begriffen, was geschehen war. Nur Hubbard war gelassen.

»Gabriel«, sagte er ernst und verweisend, »seit wann ist es Sitte im ›Klub der Siebenundsiebzig‹, daß sich einer um das Vergnügen der anderen kümmert? – Und wenn ich hundert Flaschen Champagner auf diese Weise den Hals breche« – eine der schweren Flaschen krachte an die Kupferwand des Kamins, daß es wie ein Kanonenschuß durch den Raum dröhnte – »so ist das meine Sache, und ich wünsche, dabei nicht gestört zu werden.«

Gabriel begriff das vollkommen, und er drängte die Eindringlinge hinaus.

»So«, meinte Hubbard gemütlich, indem er ein Glas Champagner mit Behagen hinuntergoß, »und nun hätten wir uns wohl einiges zu sagen. Das heißt, ich Ihnen, denn Sie sehen gerade nicht sehr redselig aus. Ich kann das verstehen, denn wenn ich an Ihrer Stelle wäre, würde ich nun auch so dasitzen und mir den Kopf zerbrechen, was es eigentlich gegeben hat. Und warum der Teufelskerl von einem Strongbridge auf das Signal nicht prompt erschienen ist. Aber das müssen Sie sich von ihm selbst erzählen lassen, wenn er dazu Lust hat. Das ist nicht meine Sache. Grüßen Sie ihn von mir, vielleicht macht ihn das gesprächiger. Und sagen Sie ihm« – Hubbard zündete sich eine der schweren Zigarren an, die man bereitgestellt hatte –, »daß er mich in Ruhe lassen soll. Wenn ich nicht ein so umgänglicher Mensch wäre, hätte ich ihm vorhin ebensogut die Nase aus dem Gesicht, wie den Revolver aus der Hand schießen können. Sie werden das unbrauchbare Eisen wahrscheinlich finden, wenn Sie einen Blick hinter den Kamin werfen, denn Mr. Strongbridge hatte es so eilig wegzukommen, daß er die zerbeulte Waffe kaum mitgenommen haben dürfte. Sie müssen nur links an die dritte grüne Rosette von oben drücken und dann den ganzen Kamin nach rechts drehen. Und dort, wo ich das unschöne Loch machen mußte, gab es einen wunderbaren Ausguck, durch den man im Bedarfsfalle auch die Mündung eines Revolvers stecken konnte. – Ich sage Ihnen das alles, obwohl Mr. Strongbridge mir deshalb sehr böse sein wird, aber er hat es nicht anders um mich verdient. Was habe ich ihm denn getan, und was will er eigentlich von mir? Fragen Sie ihn danach, und lassen Sie es mich wissen. Und wenn Sie wirklich seine Freunde sind, so geben Sie ihm den guten Rat, solche Späße wie den heutigen sein zu lassen. Ich bin nicht immer in so menschenfreundlicher Laune.«

Der Sekretär sah nach der Uhr und erhob sich.

»Das wäre wohl alles. Ihnen aber möchte ich nahelegen, sich nicht allzuoft und allzulange in diesem Raum aufzuhalten. Sie wissen ja nun zwar so ziemlich Bescheid, aber Strongbridge könnte auf einen andern Trick verfallen. Wieso Lewis bei versperrter Tür stranguliert werden konnte, ist Ihnen jetzt hoffentlich kein Rätsel mehr. Gute Nacht, meine Herren!«

Hubbard machte den beiden eine sehr korrekte Verbeugung, aber weder Corner noch Phelips erwiderten diese Höflichkeit. Sie saßen starr und stumm in ihren Sesseln. Strongbridge, ihr Herr und Gebieter, hatte eine arge Schlappe erlitten, und das war auch für sie ein äußerst böses Vorzeichen. Sie liebten beide Strongbridge nicht, aber sie wünschten, daß der Teufel Hubbard bei lebendigem Leibe holen möge, doch hatte keiner von ihnen mehr den Mut, dabei zu helfen.

29

Meals war ein Beamter von geradezu fanatischem Arbeitseifer, und es gab keine Tages- oder Nachtstunde, die ihn nicht schon in Scotland Yard gesehen hätte. Der freundliche rosige Mann schien nur für seinen Dienst zu leben, und er war überall gut angeschrieben.

Nun rannte er wieder seit vielen Stunden mit zwei Neuigkeiten herum, die ihm auf der Zunge brannten, und konnte sie nicht loswerden. Die eine Neuigkeit war der Spinnenfund, von dem der Kommissar noch immer nichts wußte, und die zweite Meldung, die er brachte, war womöglich noch wichtiger.

Eben als er wohl zum zwanzigstenmal an diesem Vormittag enttäuscht von dem verschlossenen Zimmer Nummer 7 abzog, kam ihm Sergeant Gibbs in den Weg, und Meals war bereits so ungeduldig, daß er ihm mit verdrießlichem Gesicht entgegentrat.

»Sagen Sie mir einmal, ist denn Ihr Kommissar wirklich nie am Tag zu sprechen?« fragte er verzweifelt. »Wenn man ihn am Abend gerade verfehlt, kommt man bei ihm innerhalb vierundzwanzig Stunden überhaupt nicht mehr vor.«

»Nein«, gab Gibbs kurz zur Antwort, »da schläft er. Einmal muß der Mensch doch schlafen, und wenn er in der Nacht Dienst tut, so kann es eben nur tagsüber sein.«

»Wenn man ihn wenigstens in seiner Wohnung erreichen könnte«, meinte Meals ratlos. »Aber ich bin bereits dreimal dort gewesen, und man hat mir nicht einmal aufgemacht.«

»Natürlich nicht«, sagte Gibbs, »weil er das nicht will. Wenn er zu Hause ist, gibt's für ihn keinen Dienst.«

»Na, Sie müssen das ja am besten wissen, denn Sie wohnen doch im selben Haus.«

»Weiß ich auch«, erwiderte Gibbs, indem er phlegmatisch nickte. »Und darum würde ich mich auch gar nicht getrauen, an seiner Tür zu klopfen, selbst wenn mir bekannt wäre, daß unter seinem Bett eine Bombe liegt. Denn er würde mich die Treppe hinunterwerfen und hinter mir herschreien: ›Stören Sie mich nicht. Die Sache, derentwegen Sie solchen Lärm machen, weiß ich schon längst.‹«

»Sie müssen auch kein leichtes Brot haben«, meinte Meals mit einem vertraulichen Blinzeln. »Wie lange sind Sie ihm denn schon zugeteilt?«

Der »Zauberlehrling« gab ausnahmsweise keine grobe Antwort, sondern schob seine Pfeife geschickt in den anderen Mundwinkel und rechnete umständlich an den knochigen Fingern nach.

»Am ersten waren es dreizehn Monate genau auf den Tag.«

»Eine schöne Zeit«, seufzte Meals. »Und wenn man bedenkt, daß Sie ihn dabei auch noch nie zu Gesicht bekommen haben, so ist das eigentlich geradezu unheimlich.«

Der mürrische Sergeant lächelte plötzlich, was Meals ihm nie zugetraut hätte.

»Lange nicht so unheimlich«, meinte er, indem er die Augen zusammenkniff und mit der Pfeife zwischen den Zähnen kunstvoll ausspuckte, »als wenn es anders wäre. Schließlich sind dreizehn Monate eine lange Zeit, und man hat doch Augen im Kopf.«

Er brach jäh ab, als hätte er schon zuviel gesagt, aber Meals war nicht gesonnen, sich mit dieser Andeutung zufriedenzugeben.

»Das habe ich mir auch gedacht«, fiel er hastig ein, indem er den andern vertraulich unter dem Arm faßte. »Ein oder das andere Mal muß er Ihnen doch schon in den Weg gelaufen sein, und etwas werden Sie dabei wohl gesehen haben.«

Meals' freundliche Augen hingen voll Ungeduld und Spannung an dem Kollegen, der aber plötzlich nicht mehr recht mit der Sprache heraus wollte.

»Nichts, was mich neugierig gemacht hätte«, erwiderte er ausweichend. »Ich habe an Augen und Nase gerade genug gehabt.«

»Was für Augen?« forschte der andere interessiert und trippelte ungeduldig von einem Fuß auf den andern.

Gibbs hob die Schultern.

»Wilde«, gab der kurz zurück. »Und eine breite, fleischige Nase – wie ein Neger.«

Meals' naives Gemüt nahm diese etwas dürftige Beschreibung mit einem gewissen Schauder auf, hielt es aber für besser, nicht weiter zu fragen.

Als er um die Mittagsstunde Scotland Yard verlassen wollte, um sein bescheidenes zweites Frühstück einzunehmen, wurde er noch im letzten Augenblick von einem Polizisten abgefangen, der ihn zu seiner größten Überraschung nach Zimmer Nummer 7 beorderte. Seit der Vorladung von Mrs. Irvine war dies das zweite Mal, daß Kommissar Conway sich während des Tages in seinem Büro einstellte, und Meals zerbrach sich vergeblich den Kopf, wie jener das angefangen haben mochte. Er hatte doch weniger die Haupttür noch den Nebeneingang unbeobachtet gelassen, und der Captain konnte nur gekommen sein, als er sich seinen Mantel geholt hatte. Aber die Hauptsache war, daß er nun endlich dazu kam, seine wichtigen Neuigkeiten loszuwerden und sich weitere Aufträge zu holen. Die Zeit drängte, und der Fall der weißen Spinne war reif für ein entscheidendes Handeln.

»Sie haben mich gesucht, und weil ich das wußte, bin ich gekommen«, klang es hinter dem Schreibtisch gelassen hervor, aber da Meals sich nun wenigstens die Augen und die Nase vorzustellen vermochte, fühlte er sich bei weitem nicht mehr so befangen wie früher.

Er begann sofort mit der Geschichte der Hausdurchsuchung bei Mrs. Irvine, und sein Bericht klang diesmal weniger schüchtern und zaghaft als sonst. Zu seiner freudigen Überraschung kam der Kommissar auch gar nicht auf den Befehl zu sprechen, sondern hörte wortlos zu und begnügte sich schließlich mit der Frage:

»Wie sind Sie auf diese Spur gekommen?«

Der Sergeant schmunzelte vor sich hin und begann in seiner Tasche zu kramen.

»Durch einen anonymen Brief«, flüsterte er und zog ein zusammengefaltetes Papier hervor. Er machte wieder einmal Miene, damit zum Schreibtisch zu treten, überlegte es sich aber sofort und blickte etwas ratlos drein.

»Legen Sie das Ding ordentlich zusammen und werfen Sie es mir zu«, sagte der Kommissar. »Aber möglichst geschickt, denn ich habe keine Lust, in diesem schmutzigen Loch auf allen vieren herumzukriechen und danach zu suchen.«

Meals machte sich eilig daran, dem Papier eine möglichst geeignete Form für eine derartige Beförderung zu geben, und blinzelte dann sekundenlang forschend in das Dunkel.

Von der leuchtenden Hemdbrust war diesmal nichts zu sehen, sondern an ihrer Stelle gab es nur einen undeutlichen Schatten.

Endlich holte der Sergeant mit dem Arm zu einer kurzen schnellenden Bewegung aus, und gleich darauf griff in dem Dunkel eine Hand rasch zu.

»Sehr gut, Meals«, sagte die Stimme hinter dem Schreibtisch, und man hörte das Rascheln des Papiers, worauf es eine Weile still blieb.

»Haben Sie eine Ahnung, wer den Brief geschrieben haben könnte?«

Der Sergeant dachte einen Augenblick nach. »Nein«, gestand er dann offen. »Ich habe mich damit eigentlich auch noch gar nicht beschäftigt. Die Hauptsache war, daß die Anzeige stimmte.«

»Glauben Sie, daß Strongbridge dabei die Hand im Spiel hatte?«

»Möglich«, gab Meals lebhaft zu und lächelte plötzlich sehr geheimnisvoll. »Vielleicht hatte er ein Interesse daran, Mrs. Irvine zu belasten.«

»Nun, und wie denken Sie über diesen Punkt?«

Meals wurde wieder der untergeordnete kleine Sergeant, auf dessen Meinung es gar nicht ankam. Er zuckte verlegen mit den Achseln und zerrte verzweifelt an seinem kurzen Rock.

»Darüber läßt sich schwer etwas sagen, solange nicht die Zusammenhänge restlos aufgeklärt sind«, stotterte er. »Aber das wird nun vielleicht bald geschehen. – Ich habe nämlich Richard Irvine aufgestöbert.«

Der Sergeant hatte seine letzte Neuigkeit mit strahlendem Gesicht wie aus einer Pistole geschossen vorgebracht, aber wenn er etwa erwartet hatte, daß irgendein Laut der Überraschung erklingen werde, so sah er sich zunächst arg enttäuscht. Er mußte eine geraume Weile warten, bis eine Antwort kam, aber was er dann hörte, ließ ihn vor Stolz und Freude erröten.

»Bravo, Meals. Sie arbeiten systematisch, und das gefällt mir. Dafür dürfen Sie auch auf eine Beförderung rechnen, wie sie vor Ihnen noch kaum einem Mann von Scotland Yard zuteil geworden ist. – Wo haben Sie ihn aufgetrieben?«

»Ich habe ihn nur flüchtig gesehen, Sir«, mußte Meals seine Meldung einschränken. »In Hoxton. – Aber er war es bestimmt«, fügte er lebhaft hinzu, »und heute oder morgen habe ich ihn. Und dann werden wir gewiß verschiedenes Interessante erfahren. Vor allem über die weiße Spinne.«

»Haben Sie sich auch wirklich nicht geirrt?« fragte der Unsichtbare zweifelnd. »Kannten Sie ihn von früher her?«

»Nein«, erwiderte Meals, »aber ich erkannte ihn nach seiner Fotografie. Er hat sich fast gar nicht verändert. Nur etwas leidender sieht er aus als früher. Ich hätte ihn auch ohne weiteres aufgegriffen, aber er kam mir durch einen Zufall aus den Augen.«

Von allen diesen Dingen schien den Kommissar wieder einmal nur das Unwesentlichste zu interessieren.

»Woher hatten Sie die Fotografie?« fragte er.

»Aus den Akten«, gab der Sergeant etwas verwundert zurück. »Ich hatte sie seinerzeit an mich genommen, weil ich schon immer meine eigenen Ansichten über den Fall hatte«, erklärte er mit einem bescheidenen Lächeln.

»Richtig«, sagte Captain Conway kurz, und fünf Minuten später konnte Meals mit neu angestacheltem Ehrgeiz und verdoppeltem Eifer wieder an seine Arbeit gehen.

30

»Ich habe heute nacht von Ihnen geträumt«, lispelte Miss Babberly Hubbard verschämt zu.

Aber der Sekretär sah zur größten Enttäuschung Constancias starr geradeaus auf die alberne Preisliste, in die er vertieft war, und lächelte nur.

Es hatte eine Zeit gegeben, da Constancia sich in dieses Lächeln rettungslos verliebt hatte, aber allmählich begann sie es zu hassen, denn es versprach alles und hielt nichts.

»Hoffentlich etwas Angenehmes«, meinte er endlich, indem er in dem Katalog Keksdosen zu einem Schilling fünfzehn das Stück mit Rotstift anstrich.

Miss Babberly ließ einen Seufzer hören, der angetan war, jedes Männerherz in seinen tiefsten Tiefen aufzuwühlen.

»So etwas fragt man eine Frau nicht«, hauchte sie nur schamhaft.

Aber sie hatte mit ihren großen, entscheidenden Momenten nun einmal ausgemachtes Pech, denn in diesem Augenblick wurde seine Aufmerksamkeit durch etwas anderes ganz in Anspruch genommen.

Im Chefzimmer hatte kurz vorher das Telefon geläutet.

Aber heute wurde die Stimme von Mrs. Irvine plötzlich so erregt, daß sie bis in den Nebenraum hallte und einzelne abgerissene Worte deutlich zu hören waren.

»Um Gottes willen ... Sprechen Sie doch ... rasch ...«

Dann kam eine kleine Pause; und gleich darauf gellte ein Aufschrei aus dem Chefzimmer: »Unmöglich ...«

Man vernahm noch, wie der Hörer krachend auf den Apparat fiel, dann flog auch schon Hubbard in das Zimmer, und Constancia trippelte mit großen, neugierigen Augen hinter ihm drein.

Die junge Frau lief wie eine Wahnsinnige in ihrem Kontor auf und nieder und schien nicht zu wissen, was sie beginnen solle. Sie hatte die Hände an die Schläfen gepreßt, und ihre dunklen Augen starrten mit einem irren Glanz ins Leere.

Hubbards Lippen preßten sich hart zusammen, als er die verzweifelte Verfassung der Frau sah, und zum erstenmal zeigte sich an ihm eine gewisse Unruhe.

»Kann ich etwas für Sie tun, Mrs. Irvine?« fragte er warm und drängend, und der Ton seiner Stimme schien Muriel endlich wieder zum Bewußtsein ihrer Umgebung zu bringen. Sie sah sich sekundenlang verstört um, dann griff sie in einem plötzlichen Entschluß nach ihrem Hut, warf den Pelzmantel über den Arm und stürzte wie ein gehetztes Wild durch die Korridortür.

Einen Augenblick machte der Sekretär Miene, ihr zu folgen, dann aber besann er sich anders.

»Sie ist verrückt geworden«, lispelte Miss Babberly verstört.

»Beruhigen Sie das Personal«, raunte ihr Hubbard zu, indem er sie sanft zur Tür hinausdrängte, und Constancia gehorchte eilig.

Der Sekretär stand bereits am Apparat, und obwohl kaum eine Minute verging, bis sich die Nummer meldete, knirschte er vor Ungeduld mit den Zähnen.

»Auf dem Posten?« flüsterte er hastig. »Ihr Glück. – Passen Sie auf Mrs. Irvine auf. Es ist etwas Entscheidendes geschehen. Sie hat eben das Warenhaus verlassen. Nehmen Sie sofort einen Wagen zu ihrer Wohnung, und wenn sie nicht dort ist, zu Miss Mariman und zum Theater. Fahren Sie wie der Teufel, und wenn Sie sie erreicht haben, lassen Sie sie nicht mehr aus den Augen. Wenn Sie Nachrichten haben oder mich brauchen, können Sie mich durch André erreichen.«

Als er gegen 19 Uhr ans Telefon gerufen wurde, war er im ersten Augenblick enttäuscht, weil er eine andere Stimme hörte als jene, die er erwartet hatte, aber dann nahm sein Gesicht plötzlich einen sehr erregten und gespannten Ausdruck an.

»Mr. Turner?« fragte er überrascht. – »Hier Hubbard, ja. – Wie? Was für eine fatale Geschichte?«

Der kleine zappelige Theaterdirektor sprudelte seine Verzweiflung in einem solchen Tempo in das Telefon, daß es schwer war, ihm zu folgen.

»Eine sehr fatale Geschichte, mein Lieber, und warum ich Sie anrufe, statt mich einfach aufzuhängen, weiß ich nicht. Aber ein Theaterdirektor tut nie das, was er tun sollte. Natürlich handelt es sich wieder um Miss Mariman.«

»Was ist denn mit ihr?«

»Das möchte ich eben wissen«, klang es verzweifelt zurück. »Sie ist bis jetzt nicht im Theater erschienen, obwohl sie sich sonst stets pünktlich eine Stunde vor der Vorstellung einfindet. Und jetzt fehlen nur noch vierzig Minuten. – Knapp, daß sie da fertig werden könnte.«

»Haben Sie einen Ersatz?« fragte Hubbard plötzlich.

»Allerdings. Sie haben mir ja doch selbst geraten, mich umzuschauen. Aber bevor ich ihn heranbringe! Die Dame wohnt in Kennington.«

»Lassen Sie den schnellsten Wagen los, den Sie bei der Hand haben«, riet der Sekretär dringlich.

»Sie glauben also wirklich, daß ...?« gab Turner in höchster Erregung zurück.

»Ich glaube, daß Sie keine Sekunde verlieren sollten. Miss Mariman kommt bestimmt nicht mehr. Ich habe meine Gründe dafür, das anzunehmen. Übrigens bin ich in einer halben Stunde bei Ihnen.«

31

Die Vorstellung hatte noch immer nicht begonnen, und im Publikum machte sich eine gewisse Unruhe bemerkbar.

Hubbard fühlte sich verpflichtet, Turner sofort aufzusuchen, und ein Angestellter öffnete ihm den Weg zu dem Bühnenraum und den darüber liegenden Direktionsbüros.

Der Direktor wanderte wie ein gereizter Löwe in seinem Allerheiligsten auf und ab und sah starren Auges auf seine Taschenuhr, deren Zeiger unerbittlich weiterrückten.

Bei Eintritt des Besuches machte er eine theatralische Geste.

»Sie ist wirklich nicht gekommen. Eine Eingebung von Gott, daß ich Sie angerufen habe.« Er schüttelte Hubbard kräftig die Hand. »So konnte ich wenigstens den Ersatz noch rechtzeitig herbeischaffen. Die Dame ist seit einer Viertelstunde im Hause. Aber wenn Sie glauben, daß ich damit gerettet bin, kennen Sie meinen Opernkapellmeister schlecht. Die Vorstellung hat bisher noch immer nicht angefangen, weil er erst eine Verständigungsprobe haben muß. Nur, um sich wichtig zu machen. – Aber nun habe ich die Geschichte satt«, erklärte er kategorisch. »Bitte, kommen Sie mit und sehen Sie sich den Unfug an. Das stinkt einfach zum Himmel.«

Der Direktor führte ihn durch einige dunkle Gänge, bis sie zu einer Tür kamen, hinter der zu den Klängen eines Klaviers Gesang ertönte.

Turner stieß krachend die Tür auf, und Hubbard gewahrte ein seltsames Bild.

Auf einem großen Podium stand ein Klavier, an dem ein Mann mit funkelnden Augen und gesträubtem Haar saß. Neben dem Klavier auf dem Podium lehnte eine Dame und sang, während ihr eine Garderobenfrau von oben und unten Hüllen überstreifte und eine Friseuse die Perücke in Ordnung brachte.

Als die Garderobenfrau ihr eben ein Leibchen über den Kopf zog, sang die Amneris einen Ton zu tief, und in demselben Augenblick kreischte der Mann am Klavier wie besessen auf.

»Ruhe«, brüllte der Direktor mit rotem Kopf, »Wie lange soll sich das Publikum wegen der Affenkomödie, die Sie da aufführen, noch foppen lassen? Wie lange, glauben Sie, wird es sich das noch gefallen lassen? – Alles sofort auf die Bühne. Und wenn die Vorstellung nicht in fünf Minuten beginnt, so können Sie etwas erleben!«

Er wandte sich kurz um und warf die Tür krachend ins Schloß.

»Nun, was sagen Sie dazu?« knurrte er in verzweifeltem Grimm, während sie den Weg zum Zuschauerraum zurückgingen. »Das ist eine nette Bescherung, die mir Miss Mariman da angerichtet hat.« Er erinnerte sich plötzlich und sah seinen Begleiter gespannt an. »Warum ist sie überhaupt ausgeblieben? Ich habe bis jetzt nicht die geringste Nachricht von ihr.«

»Eben daraus können Sie schließen, daß sie unvorhergesehene und äußerst triftige Gründe abgehalten haben müssen«, meinte Hubbard mit einem Achselzucken. »Mehr kann ich Ihnen leider auch nicht sagen.«

Turners Gesicht verriet, daß er daran nicht glaubte und daß ihn die Zurückhaltung Hubbards verstimmte.

»Also ein neues Geheimnis«, meinte er etwas bissig. »Die Frau scheint ja geradezu ein lebendes Rätsel zu sein, und ich glaube, Sie zerbrechen sich darüber sehr den Kopf. Ich will aber nicht indiskret sein. Es würde mir genügen, wenn Sie mir andeuten könnten, wie lange die Geschichte dauern dürfte. Schließlich muß ich mich doch darauf einstellen.«

Hubbard nickte zustimmend und überlegte eine Weile.

»Ich an Ihrer Stelle würde überhaupt nicht mehr mit Miss Mariman rechnen«, sagte er dann bestimmt. »Aber glauben Sie mir, daß ich zur Stunde ebensowenig über die Gründe ihres Ausbleibens weiß wie Sie.«

Der Direktor zuckte ratlos die Schultern.

»Da soll ein anderer daraus klug werden. Aber ich werde mich an Ihren Rat halten. Übrigens hat Miss Mariman ihren Vertrag in gröblichster Weise verletzt und kann nicht verlangen, daß ich geduldig warte, bis sie wieder zu erscheinen geruht. – Bleiben Sie bei mir?« fragte er, da sie mittlerweile bei seiner Loge angelangt waren. Aber die Einladung klang weit weniger freundlich und dringlich als sonst; und der Sekretär lehnte ebenso kühl ab.

32

Nachdem Hubbard vor dem Hauptportal eine Weile nachdenklich auf und ab geschlendert war, nahm er ein Taxi, lohnte jedoch den Wagen in einem plötzlichen Entschluß bald wieder ab und legte den Rest des Weges nach seiner Wohnung mit der Gelassenheit eines eleganten Bummlers zu Fuß zurück.

Es war ein kalter, klarer Abend, und als Hubbard bei seiner kurzen, breiten Quergasse angelangt war, konnte er sie ziemlich deutlich überblicken. Sie lag hell und fast menschenleer vor ihm, aber er ging einige Male an ihr vorüber, bevor er die Rechte in die Tasche schob und mit einer Wendung einbog. Er hatte zu gute Augen und war zu erfahren in solchen Dingen, als daß ihm die harmlosen Straßenpassanten entgangen wären, die sich dem nächtlichen Bild so unauffällig anpaßten und die doch nicht hierhergehörten. Er wußte sofort, daß sein Haus unter Beobachtung stand, und nur über den Zweck war er sich nicht gleich im klaren. Bedeutete dies eine unmittelbare Gefahr, oder wollte man nur über alle seine Schritte unterrichtet sein? Seitdem er von dem lebhaften Interesse wußte, das der rätselhafte Mr. Strongbridge an ihm nahm, und seit der gestrigen Episode im grünen Salon des Spielklubs war er jeden Augenblick auf irgendeinen Hinterhalt vorbereitet, und es hatte ihn eigentlich überrascht, daß bisher nichts geschehen war. – Sollte es nun kommen?

Er schritt hochaufgerichtet und unbefangen an dem äußersten Rand des Gehsteiges vorwärts, gelangte aber wider Erwarten unangefochten bis zu seiner Haustür, und auch als er sie mit der linken Hand aufschloß, während seine Rechte die Waffe in der Tasche schußbereit umklammert hielt, geschah nichts.

Auch in der Wohnung war anscheinend alles in Ordnung. Er vermochte nicht selbst zu öffnen, da André die Sicherheitskette vorgelegt hatte, aber als er energisch klingelte, vernahm er sofort die wuchtigen Schritte des Dieners.

Er ließ seinen Herrn ein, als dieser sich zu erkennen gegeben hatte, und Hubbard gewahrte dabei in der Hand Andrés ein Schießeisen von vorsintflutlichen Dimensionen.

»Eine telefonische Nachricht?« fragte er kurz.

André legte den Revolver beiseite und nahm seinem Herrn den Mantel ab.

»Drei, Sir«, berichtete er. »Ich habe sie unter genauer Angabe der Zeit notiert.«

Hubbard hatte es sichtlich sehr eilig, davon Kenntnis zu erhalten, denn er ging sofort in sein Arbeitszimmer und nahm den Zettel auf, den André immer neben das Tischtelefon legte.

Die Meldungen, die der intelligente Diener mit seiner etwas steifen Handschrift niedergeschrieben hatte, waren sehr kurz und nichtssagend, aber er las sie mehrere Male durch, und seine Miene verriet, daß sie ihm zu denken gaben:

»19 Uhr 40 Minuten: Weder am Argyll Platz noch in der Berkeley Street. Hier große Aufregung, da Miss Mariman ins Theater soll.«

»20 Uhr 30 Minuten: Festgestellt, daß der Einäugige gegen 17 Uhr in der Nähe des Warenhauses gewartet hat. Knapp danach hat er mit einer Dame, deren Erregung allgemein auffiel, beim Royality-Theater ein wartendes Privatauto bestiegen, das gegen Norden fuhr. Verfolge die Spur.«

Die letzte der Aufzeichnungen war um 21 Uhr 50 eingelaufen und lautete:

»Spur verlorengegangen. Bei den Nachforschungen aber in Erfahrung gebracht, daß kurz nach 18 Uhr der italienische Wagen in Highbury wieder gesehen wurde.«

Hubbard kniff das Papier mehrmals zusammen und überlegte eine Weile.

Der Sekretär dachte an Lucy, an ihren geheimnisvollen Begleiter, der ein solches Interesse an seinen, Hubbards, Strafen hatte, daß er sie sogar aufschrieb, an den Gärtnerburschen und an den unangenehmen Herrn von Skidemore-Castle. Und dieser Gedankengang wurde für ihn zu einer lückenlosen Schlußfolgerung. Wenn Muriel Irvine tatsächlich verschwunden blieb, so wußte er, wo er sie zu suchen hatte ...

Er zog plötzlich die Brauen zusammen und legte sekundenlang die Hand über die Augen. Es war ihm, als hätte er eben, da er an die Frau dachte, ihre große steile Handschrift vor sich gesehen, und solch ein hemmungsloses Spiel der Nerven konnte er nicht brauchen.

Aber als er eine Zigarette angezündet und sich vergewissert hatte, daß er kühl und ruhig war wie immer, lag der große weiße Briefumschlag mit den charakteristischen steilen Buchstaben noch immer auf dem Schreibtisch: »Ralph Hubbard. Eigenhändig und dringend!« Die beiden letzten Worte waren dick unterstrichen.

Er atmete sichtlich erleichtert auf und streckte bereits die Hand nach dem Brief aus, als er ihr im letzten Augenblick eine andere Richtung gab und sie auf dem Klingelknopf landen ließ.

»Wann ist dieses Schreiben abgegeben worden?« fragte er André, der dienstbeflissen erschien.

»Um 21 Uhr 25«, erwiderte dieser.

»Von wem?«

»Von einem Mann, anscheinend einem Chauffeur, der es sehr eilig hatte. Er schob mir den Brief in die Hand und verschwand sofort wieder.«

Hubbard nickte entlassend, und als er wieder allein war, legte sich ein eigentümliches Lächeln um seinen Mund. Es war ihm mit einem Male klar, was die Beobachter vor seinem Haus zu bedeuten hatten, und er begann mit dem Brief, der unzweifelhaft die Handschrift von Muriel Irvine trug, eine höchst merkwürdige und umständliche Prozedur vorzunehmen. Er faßte den Umschlag behutsam mit der Feuerzange, trug ihn zu dem Kaminvorsetzer und versuchte, ihn dort mit Hilfe eines Schüreisens vorsichtig zu öffnen. Das Papier war ziemlich stark, und da er sehr behutsam zu Werke ging, dauerte es eine geraume Weile, bevor die Einlage zutage trat. Sie bestand vorerst noch aus einem zweiten Umschlag, und erst diesem entfiel ein Briefblatt, das Hubbard nach längeren vergeblichen Bemühungen mit der unhandlichen Zange fassen und gegen das Kaminfeuer halten konnte.

Es war völlig unbeschrieben, und er hatte auch nichts anderes erwartet. Mr. Strongbridge war ein Mann von unerschöpflichen Einfällen und gab das Spiel sichtlich nicht so leicht verloren.

Ebenso umständlich und vorsichtig, wie er den Umschlag geöffnet hatte, begann er nun, dessen Inhalt in einer Blechkassette zu verwahren, und dann steckte er die Zange und das Schüreisen in den Kamin und bedeckte den ganzen Boden des Vorsetzers mit der schwelenden Glut.

Eine volle Viertelstunde starrte er gedankenvoll auf den dünnen Rauchschleier, der in die Kaminöffnung zog, dann setzte er sich an den Schreibtisch und führte mit halblauter Stimme drei geheimnisvolle Telefongespräche.

Hierauf rief die Klingel mit langem, anhaltendem Schrillen abermals den Diener herbei.

André schnupperte überrascht in der Luft herum, verzog aber keine Miene, als er die tanzenden Flämmchen vor dem Kamin bemerkte.

»André«, sagte Hubbard mit einem eigenartigen Nachdruck, der den gewiegten Mann aufhorchen ließ. »Sie sind ein sehr intelligenter Mensch, und ich bin sehr krank. Ich habe eben nach zwei Ärzten telefoniert, und ich zweifle nicht, daß meine Überführung in ein Sanatorium unbedingt notwendig sein wird. – In Wirklichkeit gedenke ich aber hierzubleiben, und wenn alles vorüber ist, mit Ihrer Beihilfe ein einfaches Abendbrot einzunehmen, da ich einen gewaltigen Hunger verspüre. Bereiten Sie also alles vor, und setzen Sie zunächst einmal alle Zimmer in festliche Beleuchtung.«

André verbeugte sich schweigend. Er hatte schon oft solche in ihren Zwecken unergründliche Aufträge von seinem Herrn erhalten und sich niemals darüber den Kopf zerbrochen, sondern immer nur blindlings gehorcht.

Die Sache spielte sich auch vollkommen programmäßig und Schlag auf Schlag ab.

Nach etwa zwanzig Minuten fuhr das erste Auto in rasender Eile bei dem Haus vor, und ein älterer, würdiger Herr schritt etwas kurzatmig zur Wohnung Mr. Hubbards hinauf. Ihm folgte nach kurzer Zeit ein ebenso würdiger und eiliger zweiter Herr, und dann sah man hinter den hell erleuchteten Fenstern geschäftige Schatten hin und her huschen.

Nach einer weiteren Viertelstunde hielt vor dem Haus ein Krankenauto, und gleich darauf wurde der junge, elegante Mr. Hubbard als ein unförmiges Bündel auf einer Bahre die Treppe hinabgetragen und in den Krankenwagen geschoben.

Wie immer bei solchen Anlässen gab es eine kleine Schar von Neugierigen, aber diesmal schienen einige von diesen Leuten ein besonderes Interesse an der Sache zu haben, denn sie zogen ihre Köpfe erst zurück, als sie in Gefahr gerieten, von dem Wagenschlag eingeklemmt zu werden.

»Sie können servieren, André«, sagte Hubbard, nachdem er eine Weile mit einem bissigen Lächeln hinter den dichtgeschlossenen Vorhängen hervor auf die menschenleere Gasse hinabgeblickt hatte.

33

»Wir haben Ihren Gatten gefunden. Halten Sie sich bereit, Corner wird Sie in einigen Minuten abholen ...«

Die Worte, die ihr Strongbridge durchs Telefon hastig und erregt zugeraunt hatte, waren auf Muriel Irvine wie betäubende Keulenschläge niedergesaust.

Sooft sie auch in ihren Gedanken diese Möglichkeit bangend und schaudernd in Erwägung gezogen hatte, war sie ihr doch so unwahrscheinlich erschienen, daß sie sie immer wieder abgetan hatte.

Nun aber war diese Möglichkeit Wirklichkeit geworden, und der jungen Frau war es, als ob ihr der Boden unter den Füßen entzogen wurde und sie in eine unendlich grauenvolle Tiefe stürzte. Sie sah das neue Leben, das sie sich in rastloser Arbeit unter Sorgen und Mühen aufgebaut hatte, jäh zusammenbrechen und eine Zukunft drohen, auf der die furchtbaren Schatten der Vergangenheit lagen.

Ihre Ehe war für die stolze Frau vom ersten Tag an zu einer ununterbrochenen Kette von Enttäuschungen und Demütigungen geworden und hatte sie schließlich in so trostlose und drückende Verhältnisse verstrickt, daß sie oft der Verzweiflung nahe gewesen war.

Die seinerzeitige Nachricht von dem Tode ihres Gatten hatte für sie eine Erlösung bedeutet und ihr die Kraft gegeben, von vorn zu beginnen. Corner, der eines Tages als teilnahmsvoller Freund ihres verschollenen Mannes aufgetaucht war, hatte ihr von Strongbridge ein namhaftes Darlehen vermittelt, und wenn sie es auch mit Wucherprozenten verzinsen mußte, bedeutete es für sie doch eine tatsächliche Hilfe. Sie konnte das Warenhaus »Zu den tausend Dingen« erwerben, das glänzend ging, und als ein Zufall ihr auch noch das Engagement am Central-Theater bot, war sie imstande, sich ihrer finanziellen Verpflichtungen weit rascher zu entledigen, als sie ursprünglich hatte hoffen dürfen.

Und nun sollte Richard Irvine wieder in ihr Leben treten, das er bereits einmal zerstört hatte. Es fiel ihr nicht einen Augenblick ein, an der Richtigkeit der Mitteilung Strongbridges zu zweifeln. Wie würde sie den Mann wiederfinden, nachdem er länger als ein Jahr spurlos verschwunden war? Als er das Haus ohne Abschied verließ, war er bereits ein seinen Leidenschaften und Lastern rettungslos verfallener Kranker – was hatten die Monate, die seither verstrichen waren, weiter aus ihm gemacht? Wo war er untergetaucht, und was hatte er getrieben?

Völlig verstört und gejagt von tausend bangen Fragen, war Muriel aus ihrem Kontor gestürzt und die Treppe hinabgeflogen, so daß die Angestellten, die ihr begegnet waren, betroffen hinter ihr dreingeblickt hatten. Und als ein Bild ratloser Verzweiflung war sie ziel- und planlos auf der Straße weitergerannt, bis Corner sie einholte und seine Hand leicht auf ihren Arm legte.

Die Berührung brachte sie zu sich, und sie ließ es geschehen, daß er ihr in den Pelz half und sie zu dem wartenden Auto geleitete. Er war dabei von einer ehrerbietigen Zurückhaltung, und in seiner Miene war noch immer die schwere Kränkung zu lesen, die ihm jüngst angetan worden war.

»Sie haben mich sehr schlecht behandelt, Mrs. Irvine«, sagte er leise, »aber ich werde Sie trotzdem überzeugen, daß ich Ihr aufrichtiger und ergebener Freund bin. – Seien Sie auf der Hut«, fuhr er hastig fort, »und wenn Sie Hilfe benötigen, so rufen Sie mich.«

Der Wagen fuhr um den Aberdeen Park herum in eine der nächsten Seitengassen, wo Phelips, der ihn dicht vermummt lenkte, unmittelbar hinter einem anderen Auto hielt, das hier bereits wartete.

Corner sprang heraus und trat zu dem Mann im ersten Wagen.

»Alles in Ordnung?« fragte dieser gespannt.

»Jawohl«, gab der Einäugige zurück. »Aber ich mache Sie nochmals darauf aufmerksam, Strongbridge . . .«

Er erhielt einen Stoß, daß er förmlich zurücktaumelte.

»Sind Sie des Teufels, daß Sie Namen nennen?« zischte der Mann. »Lassen Sie Ihr albernes Gewäsch und trachten Sie, die Frau so rasch und unauffällig wie möglich herüberzuschaffen. Phelips soll Ihnen helfen.«

Wieder einmal kämpfte Corner sekundenlang mit dem Entschluß, sich auf Strongbridge zu werfen und mit ihm abzurechnen, aber auch diesmal brachte er nicht den Mut dazu auf. Gleich darauf verschwand Mrs. Irvine, von ihm und Phelips hilfreich geleitet, in dem anderen Wagen. Sie schien sich nicht bewußt zu werden, was mit ihr vorging, sondern ließ alles ruhig mit sich geschehen und sank kraftlos in die Polsterung.

Strongbridge hatte bereits den Motor angelassen, als er Corner durch einen Wink nochmals zu sich heranrief.

»Sehen Sie zu, daß im Warenhaus alles klappt und ohne viel Aufsehen verläuft«, sagte er leise und eindringlich. »Die notwendigen Vollmachten von Mrs. Irvine schicke ich Ihnen noch im Laufe des heutigen Abends in den Klub. Sie haben nichts anderes zu tun, als sich morgen früh in das Geschäft zu begeben, die Papiere vorzuweisen und darauf zu sehen, daß der Betrieb so weitergeht wie bisher. Sollten sich irgendwelche Schwierigkeiten ergeben, so verständigen Sie mich.«

Der Mann mit der Binde machte ein bedenkliches Gesicht.

»So einfach, wie Sie das sagen, wird die Geschichte sicher nicht gehen«, meinte er bissig. »Hubbard wird schon dafür sorgen.«

»Nein, nicht mehr«, gab Strongbridge zurück. »Und Sie brauchen sich auch nicht zu fürchten, daß er Ihnen weiter in die Quere kommen wird.«

Muriel war in einer seelischen Verfassung, die es ihr ganz gleichgültig erscheinen ließ, wohin die Fahrt ging und was mit ihr geschah. Auch als das Auto endlich in der Einfahrt des unheimlichen Gebäudes hielt, erwachte sie nicht aus ihrer Lethargie, und Strongbridge hatte Zeit, einige leise Worte mit dem Pförtner zu wechseln.

»Was ist mit der Frau?« raunte er ihm hastig zu.

»Betty ist bei ihr«, erwiderte der Mann mit einem vielsagenden Blick, und Strongbridge war beruhigt, denn auf das Weib konnte er sich verlassen. Sie war eine große knochige Person ohne irgendwelche Sentimentalität, aber dafür mit Riesenkräften, und er hatte sie herangeholt, damit er von Lucys Seite keine Störung seiner wichtigen Pläne zu befürchten hatte.

»Ist im linken Flügel alles in Ordnung?« fragte er weiter.

»Wie Sie es angeordnet haben, Sir. Jessie hat alles hergerichtet.«

»War sie neugierig?«

Der Alte zuckte mit den Achseln.

»Die Weiber sind immer neugierig«, brummte er verächtlich. »Aber gefragt hat sie nichts.«

»Ist sie in ihrem Zimmer?«

»Jawohl. Und den Schlüssel habe ich in der Tasche.«

»Und der Mann?«

»Der sitzt noch immer in meiner Stube, wie Sie ihn am Nachmittag verlassen haben, und starrt vor sich hin. Man könnte sich vor ihm fürchten, denn er sieht wie der leibhaftige Tod aus.«

»Wenn ich zweimal läute, so bringen Sie ihn in das kleine Zimmer«, sagte Strongbridge und wandte sich ab, um Mrs. Irvine aus dem Wagen zu helfen.

Der Raum neben dem westlichen Turm war ebenso riesig wie jener im andern Flügel, nur sah es hier weit komfortabler und heimischer aus als dort.

In einer der Ecken stand unter einer großen Stehlampe ein sorgfältig gedeckter Teetisch mit bequemen Fauteuils, und nachdem Strongbridge der Frau beim Ablegen behilflich gewesen war, geleitete er sie zum Sessel.

»Sie werden müde sein und einer Stärkung bedürfen«, meinte er besorgt und machte sich eifrig daran, den Wirt zu spielen.

Muriels Gesicht war von erschreckender Blässe, und die letzten Stunden hatten um ihre Augen und ihren Mund scharfe Linien gegraben. Sie ließ den Tee, den er ihr eingeschenkt hatte, unberührt stehen, und erst nach einer Weile netzte sie ihre Lippen an einem Glas Wasser, das sie mit zitternder Hand an den Mund führte.

»Wo ist er?« fragte sie plötzlich, und ihre Augen richteten sich mit einem unruhigen Flimmern auf Strongbridge.

»Sie werden ihn sehen«, beruhigte er sie. »Deshalb habe ich Sie ja herbemüht. Aber ich möchte, daß Sie sich vorher von mir beraten lassen«, fuhr er eindringlich fort. »Es wird alles weit besser ausfallen, als Sie augenblicklich zu befürchten scheinen.«

Sie strich sich über die Stirn und schüttelte den Kopf.

»Oh, ich bin vollkommen gefaßt. Auf alles. Nur möchte ich endlich Gewißheit haben.«

Strongbridge sah sie lauernd von der Seite an. Sie war nun in der Verfassung, in der er sie haben wollte, aber trotzdem bangte ihm vor der Szene, die er seit langem vorbereitet und in ihren

Wirkungen genauestens berechnet hatte. Es stand für ihn dabei nicht nur der Besitz dieser Frau auf dem Spiel, sondern noch weit mehr, und er fühlte eine gewisse Furcht, ob ihm bei seinen Berechnungen nicht ein verhängnisvoller Fehler unterlaufen war.

Er drückte zweimal auf einen Klingelknopf, und als er nach einer Weile ein leises Geräusch in dem Nebenzimmer vernahm, beugte er sich ganz nahe zu der jungen Frau.

»Sie werden ihn sehr verändert finden«, bereitete er sie schonend vor. »Er muß Schweres durchgemacht haben und wird einiger Zeit bedürfen, um sich wieder zu erholen. Es wäre auch wünschenswert, daß ihm die heutige Begegnung nicht zuviel Aufregung bringt, und ich möchte Sie daher bitten, sich damit zu begnügen, daß Sie ihn nur einige Augenblicke sehen. Sie werden dann ja selbst sofort merken, wie es um ihn steht.«

Muriel nickte ungeduldig und erhob sich etwas mühsam. Strongbridge nahm ihren Arm und führte sie zu der großen Flügeltür am anderen Ende des Raumes, die er mit einer leichten Handbewegung aufstieß.

Es war alles auf das eindrucksvollste und wirksamste inszeniert. In dem kleinen Zimmer gerade gegenüber der Tür saß Sten Moore, sog mit tiefen Zügen an seiner Zigarette und lächelte mit einem verlorenen Ausdruck vor sich hin. Er sah sehr gepflegt aus, aber das grelle Licht, das auf ihn fiel, zeigte mit erschreckender Deutlichkeit die Spuren seines körperlichen und geistigen Verfalls. Sein hageres Gesicht war von aschgrauer Farbe, die Augen hatten einen fieberhaften Glanz und lagen tief in den Höhlen, und das stark angegraute Haar schien tot und brüchig.

Der Mann, der wenig mehr als dreißig Jahre zählte, machte den Eindruck eines hinfälligen Greises, aber trotzdem erkannte ihn Muriel Irvine auf den ersten Blick. Sie stützte sich an dem Türrahmen und sah mit großen, entsetzten Augen auf das Bild des Jammers, das sich ihr bot.

Sten nahm von den beiden Personen nur mit einem flüchtigen Blick Notiz und ließ sich in seinen Träumereien nicht stören. Erst als Strongbridge zu sprechen begann, wandte er ein wenig den Kopf.

»Sten Moore, ich habe Ihnen einen Besuch gebracht. Erkennen Sie ihn?«

Strongbridge gab Muriel einen leisen Wink, etwas vorzutreten, und sie gehorchte; aber der Kranke sah sie fremd und verlegen an.

»Richard . . .«

All das Erbarmen eines mitfühlenden Frauenherzens lag in diesem Ausruf, und Strongbridge zuckte jäh zusammen. Wenn diese warme Stimme in dem Mann die Erinnerung weckte, war sein Spiel verloren. Sein Blick hing mit Spannung an dem Gesicht Moores, aber Sten hatte die Augen geschlossen und lächelte schon wieder verträumt.

»Dic Stimme . . .!« murmelte er halblaut vor sich hin.

»Richard!« klang es abermals von Muriels Lippen, und sie machte unwillkürlich einen Schritt auf die regungslose Gestalt zu, aber Strongbridge hielt sie mit einem warnenden Blick zurück.

»Die Frau . . .«, flüsterte Sten geheimnisvoll. »Eben jetzt habe ich sie wieder gesehen und ihre Stimme gehört. Aber sie läßt sich nicht halten . . .«

Er schüttelte wehmütig den Kopf, und sein Blick glitt an Muriel vorbei ins Leere.

Die junge Frau schlug die Hände vor die Augen und brach in ein krampfhaftes Schluchzen aus.

Strongbridge fand es an der Zeit, der Szene ein Ende zu bereiten. Er wußte nun, daß ihm von Richard Irvine keine Gefahr mehr drohte. Sanft und rücksichtsvoll schob er Muriel in das große Zimmer zurück und schloß hinter ihr die Tür.

Als er nach etwa einer Viertelstunde wieder erschien, war Mrs. Irvine ihrer Erschütterung einigermaßen Herr geworden, aber ihre Augen verrieten, was sie gelitten hatte.

»Er hat mich nicht erkannt«, sagte sie schmerzlich und fragend.

Er beruhigte sie durch eine kurze Geste.

»Das wird sich gewiß wieder geben, wenn er die entsprechende Pflege haben wird. Und dafür werde ich schon sorgen. – Aber ebenso notwendig ist es, Mrs. Irvine«, fuhr er eindringlich fort, »daß für Sie etwas geschieht. Sie müssen sich unbedingt einige Zeit zurückziehen, um den Unannehmlichkeiten auszuweichen, die sich sonst vielleicht für Sie ergeben können. Was Corner und mich betrifft, so werden wir ja selbstverständlich Stillschweigen bewahren, aber es könnte doch geschehen, daß durch irgendeinen Zufall das Wiederauftauchen Ihres Gatten bekannt wird. Und das würde Sie in arge Ungelegenheiten bringen.«

»Ich verstehe Sie nicht«, sagte die junge Frau ängstlich.

»Sie werden mich verstehen, wenn Sie daran denken, daß Sie seinerzeit der Polizei gegenüber erklärt haben, in dem Verunglückten mit aller Bestimmtheit Ihren Gatten wiederzuerkennen. Und daß Sie gegen die Versicherungsgesellschaft einen Prozeß wegen der Auszahlung der Prämie für Richard Irvine führen. – Wenn man nun plötzlich erfahren sollte, daß dieser Richard Irvine wohlbehalten unter den Lebenden weilt, so wird man von Ihnen wohl verschiedene Aufklärungen verlangen.«

»Ich werde sie geben können«, stieß Muriel hastig hervor, aber ihre verstörte Miene verriet, daß sie sich des Ernstes ihrer Lage vollkommen bewußt war.

»Gewiß«, gab der Herr von Skidemore-Castle zu, »aber Sie dürfen sich das nicht allzu leicht vorstellen. Der Schein spricht nun einmal gegen Sie, und ich glaube, ohne eine längere Untersuchungshaft würde es kaum abgehen.«

Das Wort ließ die junge Frau zusammenschrecken, und ihre angstvollen Augen richteten sich in verzweifelter Ratlosigkeit auf Strongbridge.

»Das möchte ich Ihnen gerne ersparen«, fuhr er nach einer kleinen Pause fort. »Sie haben hier, wo Sie sich eben befinden, einen Zufluchtsort, an dem Sie niemand entdecken wird, und wir gewinnen Zeit, für Sie zu arbeiten. – Lassen Sie mich also für Sie sorgen. Ich glaube, ich habe Ihnen bereits den Beweis erbracht, daß ich es mit Ihnen gut und ehrlich meine.«

In Muriels Gesicht zeigte sich eine eisige Abwehr.

»Und mit sich auch«, erwiderte sie kurz. »Sie haben dabei ein glänzendes Geschäft gemacht.«

Strongbridge lächelte gutmütig.

»Allerdings«, gab er offen zu. »Bisher hätte ich dabei ungefähr vierzig Prozent verdient. Aber Sie dürfen nicht vergessen, Mrs. Irvine, daß ich das ansehnliche Kapital seinerzeit einer Frau vorstreckte, die ich nicht kannte, und daß ich daher trachten mußte, mein Geld so rasch wie möglich wieder hereinzubringen. Sie haben mich dann allerdings durch die Pünktlichkeit, mit der Sie Ihren Zahlungen nachkamen, überrascht. – Aber wenn ich Ihnen morgen oder übermorgen, wie ich es vorhabe, Ihre Schuldurkunde übergebe, werde ich nur ungefähr neun Prozent Zinsen erhalten haben, und das ist doch schließlich ein bescheidener Gewinn.«

Mrs. Irvine sah ihn mit einem unsicheren Blick an, denn sie begann an dem Mann, der so warm und schlicht sprechen konnte, plötzlich irre zu werden. Sie war bisher nur zweimal mit ihm zusammengetroffen, aber jedesmal hatte sie von ihm einen so unsympathischen, ja geradezu unheimlichen Eindruck empfangen, daß sie es vorzog, nur durch seinen Mittelsmann Lewis mit ihm zu verkehren.

Nach den Erfahrungen der letzten Stunde mußte sie sich aber sagen, daß sie ihm unrecht getan hatte, und diese bittere Erkenntnis machte sie verlegen und unschlüssig.

»Was soll ich tun?« fragte sie ratlos.

»Was ich Ihnen gesagt habe«, meinte Strongbridge eindringlich.

»Sie bleiben hier und spannen einmal einige Zeit aus. Mittlerweile kümmern wir uns darum, daß Ihr Geschäft in Ordnung weiterläuft und daß die gewissen unangenehmen Dinge aufgeklärt werden. Ihre Angestellten können Sie wissen lassen, daß Sie plötzlich eine kurze Reise antreten mußten. Über das ›Wohin‹ sind Sie ja nicht verpflichtet, ihnen Mitteilung zu machen.« Er erhob sich und ging zu dem kleinen Schreibtisch, an dem er sich eifrig zu schaffen machte. »Am besten ist es, Sie machen das schriftlich, damit unnütze Fragereien und weitschweifige mündliche Aufklärungen vermieden werden. Sie können sich ganz kurz fassen, und wenn es Ihnen recht ist, werde ich Ihnen den Brief diktieren.«

In diesem Augenblick erinnerte sich Muriel Irvine plötzlich daran, daß sie zu dieser Stunde eigentlich auf der Bühne des Central-Theaters stehen sollte, und sie malte sich mit klopfenden Pulsen die fatalen Folgen aus, die ihr unerklärliches Ausbleiben nach sich gezogen haben mußte. Sie sagte sich, daß es für sie wirklich keinen andern Ausweg gab, als den Rat Strongbridges anzunehmen und für einige Zeit spurlos zu verschwinden. Sie war am Ende ihrer Kräfte und fühlte sich außerstande, den Widrigkeiten, die auf sie warteten, zu begegnen.

Sie wußte nicht, wie sie an den Schreibtisch gekommen war, aber plötzlich hielt sie die Feder in der Hand und schrieb mechanisch die Worte nieder, die ihr Strongbridge vorsprach.

Plötzlich aber hielt sie inne und schüttelte energisch den Kopf.

»Ich sehe nicht ein, weshalb Mr. Corner die Führung des Geschäftes übernehmen soll. Hubbard ist sehr tüchtig, und ich habe volles Vertrauen zu ihm.«

Strongbridge lächelte nachsichtig.

»Ich weiß, Mrs. Irvine. – Aber das war vielleicht ein sehr verhängnisvoller Fehler, denn Hubbard ist nicht der Mann, dem man allzuviel Vertrauen schenken soll. – Ich habe einige gute Beziehungen zu Scotland Yard«, verriet er ihr und sah sie vielsagend an, »und man hat mir mitgeteilt, daß Sie die Hausdurchsuchung der letzten Tage einem anonymen Brief zu verdanken haben, der in Ihrem Kontor geschrieben wurde.«

Muriel hob in peinlicher Überraschung mit einem jähen Ruck den hübschen Kopf.

»Sie werden ja Ihre Maschine und deren Eigenheiten gewiß kennen«, fuhr er ruhig fort, indem er ein zerknittertes Papier vor sie auf den Tisch legte. »Sehen Sie selbst.«

Die junge Frau starrte auf das Blatt, und schon der erste Blick sagte ihr, daß Strongbridge mit seiner Behauptung recht haben könne. Denn sie sah hier genau die gewissen schadhaften Buchstaben, die ihr in ihrer Korrespondenz immer wieder auffielen und über die sie sich zuweilen sehr geärgert hatte. Wenn aber die Anzeige tatsächlich aus ihrem Kontor stammte, so konnte als ihr Schreiber wirklich nur Hubbard in Betracht kommen. Was hatte sie dem Mann getan, daß er sich so feindlich gegen sie stellte, und was hatte diese seltsame Komödie, die er aufführte, zu bedeuten?

Muriel preßte die Lippen zusammen und vollendete entschlossen den Satz, den sie vorher unterbrochen hatte. Dann schrieb sie die Adresse auf den Umschlag, den ihr Strongbridge hinschob und fügte auf seinen ausdrücklichen Wunsch noch die Worte »Eigenhändig und dringend« bei.

Der Herr von Skidemore-Castle übernahm es selbst, das Schreiben zu verschließen, und die junge Frau richtete rasch noch einige Zeilen an ihre Zofe, die sie anwies, ihr durch den Überbringer die Sachen, die sie aufzählte, zukommen zu lassen.

Etwa eine halbe Stunde später stieg Strongbridge mit einem befriedigten Lächeln die Treppe hinab. Es war alles genauso gegangen, wie er es angelegt hatte, und das so geschickt gehetzte und gestellte Wild befand sich endlich in der Falle. Nun hatte er nur noch den entscheidenden Zug zu tun, um den komplizierten Fall der weißen Spinne endgültig zu erledigen.

Als er fahrbereit am Steuer saß, hob der Pförtner auf einen kurzen Wink den schlaftrunkenen Sten Moore wie ein Bündel in den Wagen, hinter dem sich das schwere Tor von Skidemore-Castle sofort wieder schloß.

Es war etwas nach 23 Uhr, als Strongbridge zur größten Überraschung Corners und Phelips' plötzlich in dem kleinen Direktionszimmer des Spielklubs erschien, was bisher noch nie vorgekommen war.

»Hier haben Sie Ihr Beglaubigungsschreiben«, sagte er lächelnd, indem er Corner den Brief von Mrs. Irvine überreichte. Das Schreiben war ohne Umschlag, und als Corner es überflog, machte er ein sehr bedenkliches Gesicht.

»Er wird trotzdem Skandal machen«, meinte er.

Strongbridge grinste über das ganze Gesicht.

»Das müßte mit seltsamen Dingen zugehen«, sagte er. »Ich glaube eher, er wird morgen stumm wie ein Fisch sein. Dann übergeben Sie eben den Brief einfach der Geschäftsführerin.«

Corner und Phelips horchten gespannt auf, aber Strongbridge schien nicht weiter über die Sache sprechen zu wollen, und ihn direkt zu fragen hatte keiner den Mut.

»Ist Mrs. Irvine gut aufgehoben?« wandte sich Corner mit einem lauernden Blick an den Herrn von Skidemore-Castle.

»Wie eine Prinzessin«, gab Strongbridge mit einem herausfordernden Lächeln zurück.

»Und wie lange soll die Geschichte eigentlich dauern?« wollte Corner weiter wissen.

»Das wird davon abhängen, wie sich die Sache mit Richard Irvine entwickelt. Sie müssen sich des Mannes annehmen. Ich werde Sie übermorgen abend mit ihm zusammenbringen. Erwarten Sie mich gegen 21 Uhr 30 an der gewissen Stelle in Islington.«

Damit hatte Guy Strongbridge zu seinem letzten entscheidenden Zug angesetzt.

34

Miss Constancia Babberly war an diesem Morgen der Spielball qualvoller Ungewißheit, ernster Sorgen und peinigender Befürchtungen.

Mr. Hubbard, das Vorbild der Pünktlichkeit, der bisher Tag für Tag fünf Minuten vor Schlag acht das Kontor betreten hatte, war bisher ausgeblieben, obwohl die Uhr bereits auf ½10 zeigte.

In der ersten Viertelstunde hatte Miss Babberly über diese Unpünktlichkeit nachsichtsvoll gelächelt, in der zweiten hatte sie die Mundwinkel herabgezogen, und ihr Gesicht war vor Sorge grau und vor Entrüstung gelb geworden, und seit einer Stunde trippelte sie nun ruhelos und verstört vom Kontor in die Geschäftsräume und wieder zurück.

Eben als sie wieder einmal ins Kontor zurückgekehrt war, um ihre müden Füße und ihren schmerzenden Kopf auszuruhen, öffnete die stupsnäsige Lil plötzlich die Tür und ließ Mr. Corner eintreten.

»Ist Mr. Hubbard zu sprechen?« fragte er sehr höflich.

Die Geschäftsführerin war in tödlicher Verlegenheit, denn sie sah keine Gelegenheit mehr, Puderquaste und Lippenstift in Tätigkeit zu setzen. Auf ihre blendenden Zähne allein wollte sie sich doch nicht so ganz verlassen, und sie zog es daher vor, mit dem eleganten Besucher etwas hoheitsvoll über die Schulter zu sprechen.

»Ich bedaure«, sagte sie mit abgewandtem Kopf und etwas kühl, »aber Mr. Hubbard ist heute noch nicht gekommen.«

Corner nahm die Mitteilung mit großer Erleichterung auf, und seine korrekte Höflichkeit wurde zu bezaubernder Liebenswürdigkeit.

»Dann habe ich den Auftrag, Miss Babberly, dieses Schreiben von Mrs. Irvine zu übergeben. – Es freut mich außerordentlich, Sie kennenzulernen, und ich hoffe, daß Sie mich in meiner schwierigen Aufgabe unterstützen werden.«

Constancia hatte ihn nicht recht verstanden, aber sie nahm mit einem verbindlichen Lächeln das Papier entgegen, das er ihr überreichte. Es waren wenige Zeilen in der unverkennbaren Handschrift von Mrs. Irvine, worin sie Mr. Hubbard mitteilte, daß sie in dringenden Angelegenheiten für einige Zeit verreisen müsse und für die Dauer ihrer Abwesenheit Mr. Corner mit ihrer Vertretung betraue.

Constancia mußte das Schreiben zweimal lesen, bevor sie es zu fassen vermochte. Das war eine Wendung der Dinge, die sie völlig unvorbereitet traf und über deren Tragweite sie mit sich erst ins reine kommen mußte. Darüber aber war sie sich schon jetzt im klaren, daß ihr Mr. Corner als Chef weit sympathischer war als Mrs. Irvine und daß sich die Tage, da sie zwischen dem Sekretär und dem stellvertretenden Chef würde hin und her schweben können, äußerst anregend gestalten würden.

»Bitte sehr«, flötete sie süß, indem sie Corner das Schreiben zurückgab, »ich werde mein möglichstes tun. Wenn Sie etwa Wünsche haben sollten . . .«

»Ich möchte Sie nur bitten, mir zu sagen, was sich Mrs. Irvine zur persönlichen Erledigung vorbehalten hat. Ihre Abreise ging so überstürzt vonstatten, daß ich mich darüber bei ihr nicht näher erkundigen konnte.«

Constancia zog die schwarzgefärbten Brauen empor und die schmalen Lippen herab und lächelte selbstbewußt.

»Mrs. Irvine pflegt sich so ziemlich in allem ganz auf mich zu verlassen. Nur die Verfügungen über die Kasse traf sie persönlich, und es mußten ihr allabendlich die Geschäftsschlüssel und die Tageseinnahmen in die Wohnung gebracht werden. Sonst beschäftigte sie sich nur mit der Erledigung der Korrespondenz und der Aufgabe der notwendigen Bestellungen, die aber auch zumeist wir in Vorschlag brachten.«

Corner gefiel dieser bescheidene Pflichtenkreis, der an ihn keine sonderlichen Anforderungen stellte, und er war gesonnen, sich die Tage im Warenhaus »Zu den tausend Dingen« so angenehm wie möglich zu gestalten. Die Geschäftsführerin war, wie er sofort heraus hatte, eine eitle Frau, mit der sich reden ließ, und er wollte sie so gefügig machen, daß er sich unbedingt auf sie verlassen konnte.

»Sie werden wohl nichts dagegen haben, wenn ich mich im Zimmer von Mrs. Irvine einquartiere«, bemerkte er bescheiden. »Ich möchte Ihnen so wenig wie möglich lästig fallen.«

Constancias bestrickendes Lächeln sagte, daß von einem Lästigfallen nicht die Rede sein könne, aber sie beeilte sich doch, seinem Wunsch nachzukommen. Das Chefzimmer pflegte immer versperrt zu sein, aber im Kontor befand sich ein zweiter Schlüssel für die Frau, die das Reinemachen besorgte.

Sie schloß dienstbeflissen auf, und im nächsten Augenblick wurde ihr Gesicht aschgrau, und zitternd griff sie nach einem Halt, denn sie glaubte, ein Gespenst zu sehen . . .

An dem Schreibtisch von Mrs. Irvine saß behaglich zurückgelehnt mit dem Monokel im Auge und der Zigarette im Mund der von ihr so schmerzlich vermißte Mr. Hubbard, und seine Miene verriet ihr, daß er nicht nur völlig gesund, sondern auch glänzender Laune war.

»Guten Morgen, Mr. Corner«, sagte er höflich, indem er dem Besucher lässig zuwinkte. »Sie haben sich etwas verspätet. Ich erwarte Sie bereits seit zwei Stunden.«

Der Einäugige war einige Augenblicke außerstande, auf diese eigenartige Begrüßung eine Erwiderung zu finden. Er war von dem plötzlichen Auftauchen Hubbards ebenso überrascht wie Miss Babberly. Nach den Andeutungen Strongbridges hatte er zuversichtlich damit gerechnet, dem Mann hier nicht zu begegnen. Er war wütend auf Strongbridge, war wütend auf sich selbst, daß er sich in die Geschichte eingelassen hatte, ohne volle Klarheit über die Zusammenhänge zu fordern. Nun tappte er völlig im dunkeln, und das war einem Mann wie Hubbard gegenüber eine sehr fatale Sache.

»Wenn ich das gewußt hätte, wäre ich natürlich früher erschienen«, meinte er leichthin. »Da Sie jedoch den Zweck meines Besuches zu kennen scheinen, werden wir wohl rasch ins reine kommen. Ich habe Ihnen einige Zeilen von Mrs. Irvine zu übergeben, die Ihnen alles sagen werden.«

Der Sekretär griff gelassen nach dem Blatt und überflog es mit einem flüchtigen Blick, um es dann nachlässig in die Tasche zu schieben.

»Der Brief ist an mich gerichtet, und ich nehme an, daß er verschlossen war. – Wo ist der Umschlag geblieben?« fragte er pedantisch.

Corner zog ungeduldig die Brauen hoch und zuckte mit den Achseln.

»Man hat ihn mir ohne Umschlag gegeben«, erklärte er ausweichend. »Übrigens wollen wir uns wegen einer solchen Kleinigkeit doch wohl nicht aufhalten.«

»Bitte«, gab Hubbard höflich zurück, »wenn Sie Ihren Hals für eine Kleinigkeit ansehen, gehen wir über diesen Punkt hinweg. – Was wünschen Sie also?«

Der Einäugige rückte etwas unruhig auf seinem Sitz hin und her.

»Nichts weiter, als was Mrs. Irvine selbst verfügt hat«, erwiderte Corner und gab sich Mühe, möglichst ruhig und unbefangen zu erscheinen.

Der Sekretär schnippte bedächtig die Asche von seiner Zigarette und lächelte.

»Und Sie glauben, daß ich mich dem so ohne weiteres fügen werde? – Mr. Corner, Sie sind trotz Ihrer grauen Haare – Verzeihung, daß ich in Gegenwart einer Dame davon spreche – naiv wie ein Jüngling, und Ihr Herr und Gebieter Strongbridge ist nicht nur ein Erzhalunke, sondern auch ein riesiger Dummkopf.«

Dem Mann mit der Binde paßte dieser Ton nicht, und daß der Name Strongbridge gefallen war, machte ihn noch gereizter. Er schnellte auf und hatte sichtlich Mühe, sich zu beherrschen. »Ich stehe hier als Vertreter von Mrs. Irvine«, protestierte er scharf. »Und ich verlange . . .«

Hubbard machte eine nachlässige Geste und schnitt ihm kurz das Wort ab.

»Bemühen Sie sich nicht, mir etwas vorzulügen, denn ich bin wahrscheinlich etwas besser unterrichtet als Sie selbst. Sie stehen hier als Vertreter des sehr ehrenwerten Mr. Strongbridge und müssen es sich gefallen lassen, daß ich Sie als solchen behandle. Über das ›Wie‹ bin ich mir bereits schlüssig geworden. Ich könnte Sie eigentlich zur Tür hinausbefördern, was mir ein besonderes Vergnügen wäre, oder ich könnte die Polizei rufen, woran Sie sicherlich keine Freude hätten – aber ich will aus besonderen Gründen einen mittleren Weg wählen und den Anwalt von Mrs. Irvine zu Rate ziehen. Die Sache soll korrekt und in aller Ruhe ausgetragen werden, und ich möchte für die Geschichte einen einwandfreien Zeugen haben. – Miss Babberly«, wandte er sich an die interessiert lauschende Geschäftsführerin, »lassen Sie, bitte, Lil ein Auto nehmen und Mr. Summerfield sofort hierherbringen. Sie soll bestellen, daß es sich um eine Angelegenheit handelt, die äußerst wichtig und dringend ist.«

Constancia schoß davon, und Corner wollte die Gelegenheit benützen, um den Rückzug anzutreten.

»Ich habe nicht die geringste Lust, diese Komödie mitzumachen«, sagte er würdevoll und schickte sich an, zu gehen.

Aber damit war der Sekretär nicht einverstanden. Als der Einäugige nach seinem Hut griff und sich entschlossen erhob, drückte ihn Hubbard ebenso entschlossen wieder auf seinen Platz zurück, und so nachdrücklich, daß Corner den Halt unter den Füßen verlor und ziemlich unsanft in den Klubsessel fiel.

»Das kann ich mir denken, denn Sie werden sich dabei wahrscheinlich nicht sonderlich behaglich fühlen, aber ich kann Ihnen nicht helfen. Schließlich ist es doch nur in der Ordnung, daß Sie als geschäftlicher Vertreter von Mrs. Irvine mit deren Anwalt Fühlung nehmen.« Hubbard war die Liebenswürdigkeit selbst, und Corner hätte vor Wut bersten mögen, weil der andere ihn so freundlich anlächelte. »Also, bleiben Sie hübsch hier und machen Sie keine Geschichten, denn das liebe ich nicht, und wenn Ihnen etwas passieren würde, hätten Sie nicht einmal einen Zeugen.«

Der Einäugige biß die Zähne zusammen, fand es aber geraten, nur mit einem nachlässigen Achselzucken zu reagieren. Seit der Episode im grünen Salon empfand er in der Nähe Hubbards stets ein arges Unbehagen, und wenn nicht die beruhigenden Andeutungen Strongbridges gewesen wären, hätte er sich um keinen Preis der Welt zu dieser Geschichte hergegeben, die äußerst verfänglich werden konnte, wenn nun auch noch der Anwalt der jungen Frau auf den Plan trat.

Er mußte fast eine volle Stunde warten, bevor die Erlösung in der Gestalt Mr. Summerfields kam.

Der Anwalt stürmte an der gespannten Miss Babberly mit Riesenschritten vorbei ins Chefzimmer, und während er mit der Linken höflich seinen Hut zog, schüttelte er mit der Rechten dem Sekretär kräftig die Hand.

»Worum handelt es sich?« fragte er in geschäftsmäßiger Kürze.

Hubbard reichte ihm wortlos das Schreiben von Mrs. Irvine, und Summerfield ließ seine großen, leuchtenden Augen darüber rollen. Dann räusperte er sich mehrmals und sah hierauf den Mann mit der Binde mit so eingehendem Interesse an, daß dieser etwas unruhig zu werden begann.

»Mr. Corner«, sagte der Anwalt ruhig und sachlich, »dieser Brief ist unzweifelhaft von Mrs. Irvine geschrieben, denn ich habe die Ehre, ihre Handschrift genau zu kennen. Aber er genügt für den Zweck, für den er ausgestellt ist, nicht. Da es sich hierbei auch um das Verfügungsrecht über Gelder handelt, wäre eine unzweifelhafte mündliche Erklärung von Mrs. Irvine vor Zeugen notwendig gewesen oder eine einwandfreie beglaubigte Vollmacht. Nicht aber solch ein Brief, von dem man nicht weiß, wie er zustande gekommen ist. Es tut mir leid, daß Mrs. Irvine sich deshalb nicht mit mir in Verbindung gesetzt hat, und es wundert mich auch«, setzte er bissig hinzu, und seine Stimme wurde immer lauter und schärfer, »daß sie gerade Sie zu ihrem Vertreter bestellt hat. Das müssen Sie mir etwas näher erklären, mein Herr. Es interessiert mich außerordentlich, denn je genauer ich Sie mir ansehe, desto weniger gefallen Sie mir.«

Der Einäugige war über diese grobe Offenheit weit mehr erfreut als entrüstet, denn man konnte doch von ihm nicht erwarten, daß er solche Dinge ruhig hinnehmen werde.

Er stand gemessen auf und nahm seinen Hut.

»Ich werde veranlassen, daß Sie diese Erklärung von Mrs. Irvine selbst erhalten«, sagte er hastig, und man merkte ihm an, wie eilig er es hatte, wegzukommen. »Ebenso die gewünschte Vollmacht.«

Er hatte aber kaum einige hastige Schritte getan, als die Tür plötzlich weit aufflog und im gleichen Augenblick ein gedämpfter Knall erfolgte, der von einem scharfen Aufschlag im Zimmer begleitet war.

Der Einäugige fuhr entsetzt zurück und sah sich unwillkürlich um, begegnete aber nur den rollenden Augen Summerfields, während Hubbard wie vom Erdboden verschlungen schien.

Aber schon in der nächsten Sekunde saß er sehr liebenswürdig lächelnd wieder auf seinem Platz.

»Darf ich Sie bitten, Mr. Summerfield, die Tür zu schließen? Ich möchte nämlich Mr. Corner noch einige Worte sagen.«

Der Anwalt zog es vor, gleich bei der Tür stehenzubleiben, denn wenn er auch von den Dingen, die sich vor seinen Augen abspielten, nichts verstand, hatte er doch gesehen, daß es hier ziemlich scharf herging, und er fand es daher ratsam, dem Einäugigen für alle Fälle den Rückzug abzuschneiden. Er war zwar ein alter Mann, aber wenn es not tat, wußte er seine ansehnlichen knochigen Fäuste noch recht gut zu gebrauchen.

Vorläufig allerdings war Corner so verstört, daß er kein Glied zu rühren vermochte. Die Kugel war dicht an ihm vorbei gegen den Schreibtisch geflogen, und es schien ihm ein unerklärliches Wunder, daß Hubbard völlig wohlbehalten und sichtlich in bester Laune auf seinem Platz saß. Nur das splittrige Loch in der Täfelung hinter seinem Kopf verriet, wie ernst die Sache gemeint gewesen war.

»Ihr Freund Strongbridge ist sehr hartnäckig und hat immer neue Überraschungen für mich«, meinte der Sekretär leichthin, indem er sich eine frische Zigarette anzündete. »Und er schießt ausgezeichnet – nur etwas zu langsam. Das ist ein verhängnisvoller Fehler, wie Sie eben gesehen haben.«

Corner legte in diesem Augenblick weniger denn je Wert darauf, mit dieser geheimnisvollen Persönlichkeit in Verbindung gebracht zu werden, und wehrte daher mit einem energischen Achselzucken ab.

»Weshalb sagen Sie mir das? – Ich interessiere mich nicht für Dinge, die mich nichts angehen.«

»Ein sehr löblicher Grundsatz, den Sie sich aber etwas früher hätten zu eigen machen sollen«, meinte Hubbard. »Jetzt sitzen Sie bereits so in der Patsche, daß er Ihnen kaum mehr etwas helfen wird. Ich kalkuliere, daß es unter zehn Jahren für Sie diesmal nicht abgehen wird. Es sind da gewisse brenzlige Sachen – aber das wissen Sie ja selbst am besten, und ich spreche nur davon, damit zwischen uns kein Mißverständnis besteht, wenn wir auseinandergehen. Ich gedenke nämlich, Ihre kostbare Zeit nicht mehr allzulange in Anspruch zu nehmen, sondern möchte Sie zum Schluß nur um eine kleine Gefälligkeit bitten. Sie betrifft Mr. Strongbridge. Sagen Sie ihm«, fuhr er mit bedächtiger Überlegung fort, indem er seine Uhr zog und aufmerksam das Zifferblatt betrachtete, »daß er sich beeilen muß, wenn er mir auf den Leib rücken will. Ich gebe ihm nur noch achtundvierzig Stunden Zeit. Wir haben jetzt 11 Uhr 40 Minuten. Wenn er es bis übermorgen um diese Stunde nicht geschickter anfängt als bisher, bekomme ich ihn am Kragen zu fassen. Wollen Sie ihm das ausrichten? – Mr. Summerfield, bitte, geben Sie unserem verehrten Gast den Weg frei.«

»Wenn mich meine Sinne nicht sehr getäuscht haben«, sagte der Anwalt, als Corner gegangen war, und bohrte mit seinem Finger prüfend in dem Loch in der Wand, »so war das ein Schuß. Ein scharfer Schuß. Ich muß gestehen, daß ich so etwas noch nie mitgemacht habe und daß ich davon etwas verwirrt bin. – Worum handelt es sich eigentlich?«

»Um eine Schurkerei, bei der leider Mrs. Irvine arg in Mitleidenschaft gezogen ist. Man hat sich ihrer bemächtigt, und ich fürchte, daß die arme Frau augenblicklich böse Stunden zu durchleben hat.«

»Glauben Sie, daß sie in Gefahr ist?« fragte Summerfield hastig und besorgt.

Hubbard überlegte eine Weile mit gerunzelten Brauen.

»Das wäre vielleicht zuviel gesagt. Nur in einer unangenehmen Lage. Aber auch das wird nicht allzulange dauern«, fügte er bestimmt hinzu.

Der Anwalt sah ihn einige Augenblicke forschend von der Seite an, dann nickte er beruhigt.

»Ich verlasse mich auf Sie. Wenn Sie mich brauchen sollten, so lassen Sie mich holen. Es kann auch wieder im Auto sein, denn ich glaube, daß ich mich mit diesem modernen Verkehrsmittel doch befreunden werde.«

Er schüttelte dem Sekretär kräftig die Hand, schwenkte seinen Hut und stelzte zur Tür. Er stand bereits halb im Korridor, als er plötzlich wieder kehrtmachte, die Tür sorgsam hinter sich schloß und Hubbard mit einem langen Blick ansah.

»Es ist nicht gut«, sagte er feierlich, indem er seine Stimme geheimnisvoll dämpfte, »daß eine so schöne und prächtige Frau allein ist.«

»Wie meinen Sie das?« fragte Hubbard etwas betroffen und mit seltsamen Augen.

»Daß ich Mrs. Irvine heiraten würde, wenn ich an Ihrer Stelle wäre«, polterte Summerfield gereizt zurück und schlug die Tür heftig ins Schloß.

35

Die Herbstnacht war kühl und klar, aber das dichte Gestrüpp, das sich eng um die Mauern von Skidemore-Castle rankte, lag in tiefem Dunkel.

Als der Liebhaber der robusten Jessie aus drei Meter Höhe gelenkig zur Erde sprang, stand neben ihm eine dunkle Gestalt, die leicht seinen Arm berührte.

Der Bursche war einen Augenblick starr vor Schreck, denn er hatte kein gutes Gewissen, dann versuchte er mit einem kräftigen Ruck und einer jähen Wendung auszubrechen. Aber die Hand auf seinem Arm griff wie eine eiserne Klammer zu, und er war schon entschlossen, sich auf das Schlimmste einzulassen, als er eine gedämpfte Stimme vernahm, die ihn etwas beruhigte.

»Sie haben noch einen halben Sovereign bei mir gut«, sagte der Mann an seiner Seite. »Ich mache daraus ein Pfund, und Sie erhalten es sofort, wenn Sie mir ein wenig behilflich sind.«

Der Gärtnerbursche hatte noch nicht so oft in seinem Leben einen halben Sovereign geschenkt bekommen, um nicht sofort zu wissen, mit wem er es zu tun hatte. Aber die unerwartete Begegnung machte ihn mißtrauisch. Was wollte der Mann hier und vor allem: bedeutete sein Auftauchen Gutes oder Schlimmes für Jessie?

Jessie war seit Tagen seine beständige Sorge. Sooft er nämlich auch an den letzten Abenden zu der verabredeten Stunde den Weg über die Mauer genommen hatte, das Mädchen war nie mehr erschienen, und so nahe er auch an das Hauptgebäude herangeschlichen war, er hatte nicht eine Spur von ihr entdecken können. Das hatte ihn immer unruhiger und ängstlicher gemacht, und er mußte unwillkürlich dem Fremden gegenüber davon sprechen.

»Ich kann Jessie nicht finden.«

»Das ist ein weiterer Grund, daß Sie mit sich reden lassen, denn ich glaube Ihnen und Jessie helfen zu können. – Sind Hunde im Hause?«

Der Gärtner verneinte. Die Aussicht auf Hilfe für Jessie hatte ihn plötzlich zugänglich gemacht.

»Wer wohnt hier?«

»Der Portier neben dem Haupttor, und in dem kleinen Hofgebäude neben der Garage der Chauffeur«, gab der Bursche eifrig Auskunft. »Aber der Chauffeur ist vor zwei Stunden mit dem großen Wagen in die Stadt gefahren. Und dann ist seit ein paar

Tagen noch ein Weib da, das ich früher nie gesehen habe. Am Ende hat man Jessie um die Ecke gebracht«, entfuhr es ihm.

»Wer sollte das getan haben?«

»Der Herr«, raunte der Gärtner furchtsam. »Wenn Sie ihn kennen würden, würden Sie ihm so etwas auch zutrauen. Jessie hat sich schon immer vor ihm gefürchtet, und als wir uns zum letzten Male sahen, war sie ganz außer sich, weil sie nicht wußte, was aus ihrer Madam geworden war.«

Es war für Hubbard nicht so leicht, aus dem Mann herauszubekommen, was er wissen wollte. Endlich konnte er sich aus den Angaben aber doch ein beiläufiges Bild von der Anlage des Baues machen, und er wußte nun, daß Madam im Mittelgebäude gewohnt hatte, daß im östlichen Flügel die letzte Tür zu einem geheimnisvollen, stets sorgfältig verschlossenen Raum führte und daß Jessie ihre Kammer im dritten Stock hatte.

»Sie können auf mich warten, wenn es Ihnen nichts ausmacht«, sagte er, als er soweit war. »Wenn ich aber binnen eineinhalb Stunden nicht zurück sein sollte, so geben Sie diesen Brief dem Mann, den Sie bei dem Hohlweg unten an der Straße finden werden. Sie werden dafür ein weiteres Pfund erhalten. Das erste ist hier.«

Der Gärtner schloß krampfhaft die Hand um den Schatz und starrte mit großen Augen auf den Mann, der sich im selben Augenblick mit einem Satz an der Mauer emporschnellte und auch schon oben saß. Er selbst war gewiß geübt in solchen Dingen, aber das hätte er nicht zustande gebracht.

»Vier Schritte rechts von Ihnen steht im Gebüsch eine Tasche«, flüsterte die dunkle Gestalt von oben herab. »Reichen Sie mir diese herauf, aber fassen Sie nicht allzu fest zu.«

Der Bursche suchte in der angegebenen Richtung, und als er den eigenartigen großen Lederbeutel ergriff und ihn emporhob, begann sich darin etwas lebhaft zu regen. Fast hätte er die Tasche vor Schreck wieder fallen lassen, aber der andere griff bereits rasch zu und war gleich darauf verschwunden.

36

Lucy Rowe war eine robuste und zähe Natur, und das bequeme Leben, das sie seit mehr als einem Jahr in Skidemore-Castle führte, hatte ihrer Widerstandsfähigkeit und ihren Kräften nichts anzuhaben vermocht.

Seitdem sie in ihren Zimmern als unfreiwillige Gefangene lebte, hatte sie doch ihre Kräfte auch unausgesetzt betätigt und zunächst einmal so ziemlich alle Einrichtungsgegenstände kaputt geschlagen. Dann war immer die kräftige Betty gekommen, um sie zu beruhigen, und es begann regelmäßig eine Balgerei, bei der es unter einem Schwall von nicht wiederzugebenden Schmeichelworten stets sehr heiß herging. Und wenn auch Lucy schließlich immer klein beigeben mußte, so hielt sie das doch nicht ab, am nächsten Tag einen neuen Streit zu beginnen, denn sie war nicht gesonnen, sich endgültig kleinkriegen zu lassen.

In den Pausen zwischen diesen Scharmützeln beschäftigte sich die blonde Frau ununterbrochen damit, einen Weg und eine Gelegenheit zur Flucht zu finden. Aber die einzige Tür, die aus ihren Zimmern führte, war an drei Zoll dick und hatte ein massives Schloß, und vor den Fenstern befanden sich starke Eisengitter, mit denen nichts anzufangen war.

Da es also mit Gewalt nicht ging, verlegte sich die unternehmende Lucy auf die Geschicklichkeit und begann zunächst einmal das Schloß in Arbeit zu nehmen. Sie bohrte mit allen möglichen Nägeln, Nadeln und sonstigen Dingen in dem Schlüsselloch herum und ließ sich nicht entmutigen, als ihre Bemühungen zunächst völlig erfolglos blieben. Schließlich stöberte sie alle Kästen und Laden durch, um ein anderes brauchbares Werkzeug zu finden, und stieß dabei auf einen Schlüsselbund. Sofort probierte sie mit fieberhaftem Eifer die Schlüssel aus. Unter den drei letzten fand sie endlich einen, der den Riegel zu greifen schien, und sie ließ sich die Mühe nicht verdrießen, wenigstens eine halbe Stunde behutsam zu drehen und dabei zu überlegen, wie sie da mithelfen könnte. Endlich kam sie auf den Gedanken, dem zweiteiligen Bart mit ihren Nagelfeilen zu Leibe zu rücken. Erhitzt und erregt schob sie den Schlüssel ins Schloß, und sie hatte Mühe, einen Triumphschrei zu unterdrükken, als sie merkte, daß er faßte und daß der schwere Riegel zurückwich. Minutenlang stand sie zitternd still, bevor sie es wagte, die Klinke niederzudrücken und die Tür ein wenig zu öffnen.

Mit dem Erfolg ihrer Bemühungen war über Lucy eine entschlossene Ruhe gekommen. Sie versperrte wiederum die Tür und begann, alle Vorbereitungen für ihre Flucht zu treffen. Man hatte ihr bereits vor einer Stunde ihr Abendbrot gebracht, und sie durfte daher damit rechnen, nun nicht mehr gestört zu werden. Sie suchte alles zusammen, was sie an kostbarem Schmuck und Geldeswert besaß, und legte sich dann auf die Lauer, um den Augenblick für ihre Flucht abzupassen. Sie hatte das Licht in dem ersten Zimmer immer abgedreht, nur aus ihrem Schlafzimmer drang ein gedämpfter Schein herüber.

Plötzlich glaubte sie mit ihren geschärften Sinnen von der Treppe her ein leises Geräusch zu vernehmen, das sich nach kurzen Zwischenräumen wiederholte. Sie wußte sofort, daß das Schritte waren, die sich vorsichtig über die knarrenden Stufen herauftasteten. Es konnte der schurkische Strongbridge sein, der da heraufgeschlichen kam, oder das widerwärtige Frauenzimmer, oder der Pförtner, dessen höhnisch grinsende Fratze sie immer in maßlose Wut versetzte.

Lucy überlegte blitzschnell, was sie tun solle. Die Vernunft riet ihr, sich ruhig zu verhalten und abzuwarten, bis die Luft wieder rein war, die Rachsucht in ihr aber drängte sie, diese günstige Gelegenheit zu einer gründlichen Abrechnung nicht ungenützt vorübergehen zu lassen. Es war ganz gleich, welcher von ihren Peinigern da draußen herumschlich, jeder von ihnen hatte eine gehörige Lektion verdient.

Der Rachedurst siegte über die Vernunft. Blitzschnell zog sie aus einem Versteck neben dem Kamin ein abgebrochenes Tischbein hervor, öffnete geräuschlos die Tür, schlüpfte hinaus und drückte sich mit gespannten Muskeln an die Wand des stockdunklen Flurs.

Hubbard war froh, als er die knarrende Treppe hinter sich hatte, und blieb einen Augenblick stehen, um zu lauschen und sich zurechtzufinden.

Unschlüssig, wohin er sich wenden sollte, tastete er sich nach der gegenüberliegenden Wand, aber kaum hatte er einige Schritte getan, als ihn seine Sinne vor einer nahen Gefahr warnten. Er fühlte, daß unweit von ihm ein lebendes Wesen atmete, und das erregte leise Fauchen, das aus seiner Handtasche drang, bestätigte ihm, daß er sich nicht irrte.

Er wich auf seinen lautlosen Gummisohlen rasch aus, und schon in der nächsten Sekunde schnellte sich jemand dicht an ihm vorbei.

Gleichzeitig vernahm er einen wuchtigen Schlag, der die Mauer getroffen zu haben schien; und gleich darauf polterte ein schwerer Gegenstand zu Boden.

Hubbard stürzte mit ausgebreiteten Armen in die Dunkelheit, und als er einen Körper fühlte, griff er hastig zu.

Die Gestalt wehrte sich unter seiner Umarmung mit allen Kräften, aber außer einem wütenden Knirschen kam kein Laut von ihren Lippen. Plötzlich fühlte Hubbard einen stechenden Schmerz in seinem Arm, doch ließ er nicht los, sondern schleifte den geschmeidigen Körper rasch den Gang entlang, als er plötzlich einen dünnen Lichtspalt gewahrte. Kurz entschlossen stieß er gegen die Tür, zog seinen Gefangenen, der sich in seinen Arm verbissen hatte, in den halbdunklen Raum und schleuderte ihn dort mit einem kräftigen Ruck von sich.

In der nächsten Sekunde suchte seine Taschenlampe nach dem Lichtschalter, und als dieser einschnappte, lehnte sich Hubbard gegen die Tür und erwartete mit dem Browning in der Hand die Dinge, die da kommen würden.

Lucy lag einige Augenblicke strampelnd auf dem Rücken, dann schnellte sie elastisch auf, kam aber nicht ganz auf die Füße. Ihre Überraschung war zu groß. Als sie ihr Gegenüber erblickt hatte, blieb sie sprachlos sitzen. Das war weder Strongbridge noch jemand von seinem Gesindel, sondern ein völlig fremder Mann, der sehr gut aussah. Er konnte zwar auch ein Gauner sein, aber wenn er nicht zur Bande Strongbridges gehörte, machte ihr das weiter nichts aus. Jedenfalls war ihre Furcht vor ihm nicht so groß, daß sie nicht vor allem daran gedacht hätte, ihre etwas derangierte Toilette mit einigen hastigen Griffen in Ordnung zu bringen, worauf sie sofort mit dem Verhör begann.

»Was suchen Sie hier?«

»Sie, Miss Rowe«, gab Hubbard höflich zurück, aber Lucys Blick verlor nichts von seinem Mißtrauen, denn sie erinnerte sich nicht, diesem Mann je begegnet zu sein.

Sie stand auf und zog sich vorsichtig gegen die Tür zu ihrem Schlafzimmer zurück.

»Da hätten Sie sich schon eine etwas schicklichere Zeit aussuchen können«, sagte sie spitz. »Wenn Sie eins über den Kopf bekommen hätten, wäre das nur Ihre Schuld gewesen. Und wenn Sie vielleicht etwas im Schilde führen sollten«, fügte sie nachdrücklich hinzu, ohne ihn aus den Augen zu lassen, »so kann Ihnen das noch immer passieren.«

»Sie verkennen mich, Miss Rowe«, beruhigte sie der Sekretär. »Ich habe zwar nicht die Ehre, von Ihnen gekannt zu werden, aber wir haben einige gemeinsame Freunde. Der ›lange Lord‹ ...« Er hielt inne, aber die blonde Frau machte rasch zwei Schritte auf ihn zu, und in ihren Augen leuchtete es auf. Der »lange Lord« war eine der wenigen wirklich gefährlichen Schwächen, die sie in ihrem Leben gehabt hatte. Kam der Mann etwa mit einer Botschaft von ihm? Sie fuhr sich mit zwei Fingern der Rechten glättend über die Brauen, und als der Fremde mit Daumen und Zeigefinger leicht über die Nasenflügel strich, wurde sie überaus lebendig.

»Kommen Sie herein«, flüsterte sie ihm hastig zu und deutete nach ihrem Schlafzimmer. »Die Bande hat mich hier eingesperrt, und es ist möglich, daß jemand spionieren kommt. – Wissen Sie etwas von ihm?«

»Jawohl, Miss Rowe«, sagte der Besucher. »Er führt sich ausgezeichnet, und ich kann Ihnen mitteilen, daß er in sechs Wochen entlassen werden wird.«

Die Botschaft war für Lucy so überraschend, daß sie sie nicht zu glauben vermochte. Sie hatte fast täglich an den ›langen Lord‹ gedacht und immer wieder mit stillem Kummer berechnet, daß sie mindestens noch ein Jahr auf ihn würde warten müssen.

»Halten Sie mich wirklich nicht zum besten?« fragte sie erregt. »Das wäre nicht schön von Ihnen.«

»Sie dürfen mir glauben«, versicherte ihr Hubbard, und in dem ehrlichen Ton seiner Stimme lag etwas, was ihre letzten Zweifel verscheuchte.

»Und Sie sind eigens hierhergekommen, um mir das zu sagen?« meinte sie dankbar.

Er schüttelte mit einem leichten Lächeln den Kopf.

»Nein, Miss Lucy, so selbstlos bin ich nun gerade nicht. Ich habe Ihnen diese für Sie so erfreuliche Nachricht überbracht, um einen Gegendienst von Ihnen zu erbitten. – Außer Ihnen weilt seit gestern abend noch eine Frau in Skidemore-Castle. Würden Sie mir sagen, wo ich sie finden könnte?«

»Jedenfalls wird sie ganz gut aufgehoben sein«, sagte sie höhnisch. »Solange der Kerl liebestoll ist, läßt er es einem ja an nichts fehlen. Aber das dauert nicht lange. Sie wird schon auch noch ihre Erfahrungen mit dem Schuft machen.«

»Sie sind in einem Irrtum befangen«, sagte der Besucher ruhig. »Es handelt sich da nicht um eine Liebesgeschichte, sondern um ein Verbrechen. Man hat die Frau unter irgendwelchen Vorspiegelungen hierhergelockt und dann wahrscheinlich hier festgehalten. Um das festzustellen, bin ich gekommen, und dazu möchte ich mir Ihre Unterstützung erbitten.«

Nun war Lucy plötzlich ganz bei der Sache. Einer Rivalin hätte sie alles mögliche gegönnt, aber da es sich um eine Niederträchtigkeit gegen eine Frau handelte, erwachte in ihr das weibliche Solidaritätsgefühl.

»Sehen Sie im Turmzimmer nach«, flüsterte sie endlich geheimnisvoll. »Die letzte Tür an der rechten Seite. Irgend etwas werden Sie vielleicht dort finden. Hier oben ist niemand, und ich werde mich an die Treppe stellen und aufpassen, damit Sie nicht überrascht werden. – Aber es fragt sich«, fügte sie zweifelnd hinzu, »ob Sie hineinkommen. Es sind drei Schlösser da.«

»Ich werde Ihre Liebenswürdigkeit gewiß nicht zu lange in Anspruch nehmen«, sagte Hubbard lächelnd.

Auf dem Korridor nahm er den Lederbeutel auf, den er vor dem Ringkampf rasch beiseite gestellt hatte, und schritt beim Schein der Taschenlampe direkt auf die letzte Tür zu.

Sie vernahm sekundenlang ein ganz leises Klirren, dann war es still, und sie lauschte mit angehaltenem Atem in die Dunkelheit.

Hubbard sah sich erst einige Augenblicke in dem weiten Raum um, dann öffnete er die Tasche, und der kleine Jim turnte mit einem Satz auf seine Schulter und blinzelte in das Licht. Als er sich daran gewöhnt hatte, gewahrte er vergnügt die verschiedenen Dinge, die es da zu untersuchen gab, und er machte sich mit einem eleganten Schwung auf eine selbständige Entdeckungsreise.

Mittlerweile schritt sein Herr von Gegenstand zu Gegenstand, und selbst die unscheinbarsten Kleinigkeiten schienen sein Interesse zu finden.

Als er endlich in einem Winkel auf die Puppe stieß, betrachtete er das seltsame Ding eine Weile sehr nachdenklich, dann stieß er einen leisen Pfiff aus, der Jim sofort wieder auf seine Schulter springen ließ. Aber so war es anscheinend gar nicht gemeint gewesen, wie der kleine Affe zu seiner größten Verwunderung feststellen mußte. Sein Herr kümmerte sich nämlich nicht um ihn, sondern besah und befühlte das seltsame Gestell von allen Seiten und betastete mit einem eisigen Lächeln die zahlreichen Einkerbungen, die an der linken Brustseite kreuz und quer liefen. Jim fand das sehr langweilig und begab sich wieder auf Wanderschaft, während sein Herr einer Schminkkassette, einer Schachtel mit Bärten und Perücken und den verschiedenen Kleidungsstücken an den Ständern besondere Aufmerksamkeit schenkte. Aber so interessant alle diese Dinge auch waren und soviel sie ihm auch sagten, empfand Hubbard doch eine arge Enttäuschung, als er bemerkte, daß das saalartige Gelaß keinen Zugang zu einem Nebenraum aufwies. Wie sollte er nun in der kurzen Zeit Muriel Irvine in dem riesigen Bau suchen?

Mehr mechanisch und gewohnheitsmäßig als mit sonderlichen Erwartungen begann er schließlich die hohe Holzbekleidung an der Turmseite zu untersuchen und abzuklopfen.

Das war eine Sache, die den kleinen Affen aufhorchen ließ, und da ihm das leise Trommeln gefiel, mußte er dabei sein. Er turnte geschäftig die Holzwand hinauf und hinunter und machte es dann mit seinen winzigen Fingerchen seinem Herrn nach, wobei er lauschend die Ohren spitzte.

Aber plötzlich stutzte er, denn dort, wo er eben geklopft hatte, war irgend etwas Besonderes. Jim hatte eine unendlich feine Witterung für alle Verstecke, denn in solchen Verstecken fanden sich gewöhnlich die köstlichsten Dinge. Er preßte zunächst noch einmal sein Näschen dicht an das Holz, um fauchend die Luft einzuziehen, und begann dann mit seinen Nägeln eifrig und gespannt zu kratzen.

Hubbard kannte die Eigenheiten seines kleinen Freundes sehr genau und war sofort an seiner Seite, um ihm die Arbeit abzunehmen. Nun, da er wußte, wo er zu suchen hatte, gab es für ihn keine besonderen Schwierigkeiten mehr, denn er war mit derartigen Spielereien vertraut, und wenige Minuten später lag die gepolsterte Tür bloß.

In fieberhafter Eile machte er sich mit seinen winzigen Instrumenten an dem Schloß zu schaffen, aber schon, als er die Tür mit einem Ruck öffnete und ihm aus den Turmluken die kalte Nachtluft entgegenstrich, wußte er, daß ihn auch diese Entdeckung nicht ans Ziel gebracht hatte.

Er sah sich nur flüchtig in dem Raum um und ahnte, daß dieser Strongbridge als sicherer Zufluchtsort dienen sollte. Aber er war nicht gesonnen, den Mann in dieses Loch schlüpfen zu lassen, und es kam ihm ein Einfall, der auf den Herrn von Skidemore-Castle wie ein Donnerschlag wirken mußte.

Er schloß das Turmgemach sorgfältig ab, schob die Wandverkleidung wieder zu und stellte dann zunächst die Puppe genau der Tür gegenüber auf. Dann schrieb er eilig zwei Zettel und heftete den einen an die Puppe, den andern an die Wand vor der verdeckten Tür.

Die Zettel enthielten nichts als in großer, deutlicher Schrift das Datum des übernächsten Tages und die Zeitangabe:

»11 Uhr 40 Minuten.«

Als Hubbard zu der erwartungsvollen Lucy zurückkehrte, zog sie ihn nochmals in ihr Zimmer, und hinter verschlossener Tür hielten sie neuerlich Kriegsrat. Es kam jetzt nur noch der andere Flügel in Betracht, der aber, soviel Lucy sich erinnerte, nicht einmal möbliert war. Von irgendwelchen sonstigen Räumen wußte sie nichts, und Hubbard mußte daher seine Suche aufs Geratewohl fortsetzen.

Plötzlich fiel ihm Jim ein, der seine Findigkeit eben wieder einmal so überraschend bewiesen hatte. Mit dem klugen Äffchen mußte er einen neuen Versuch machen.

Während Lucy bereitwilligst wieder die Wache bezog, nahm er aus seiner Brusttasche ein sorgfältig in Papier eingeschlagenes Taschentuch und hielt es dem aufmerksam blinzelnden Jim unter die Nase. Dieser schnupperte begierig und seine veständigen Augen funkelten, denn er ahnte, daß es nun eine neue Unterhaltung geben würde.

Mit einem gewaltigen Satz schoß Jim unternehmungslustig in die Dunkelheit.

Hubbard schritt den Gang langsam wieder hinab und ließ diesmal vorsichtig seine Lampe spielen. Aber er konnte nirgends etwas Auffälliges entdecken, und wie überall in dem unheimlichen Bau herrschte auch hier Totenstille. Nicht einmal Jim, der irgendwo vor ihm sein mußte, war zu hören, und Hubbard fand dies immer auffälliger, da er sich allmählich der Mauer näherte, die den Flügel abschloß.

Aber plötzlich klang ein leises Klappern an sein Ohr, und als er das Licht suchend vorangleiten ließ, gewahrte er an der letzten Tür ein dunkles Etwas, das mit lebhaften Bewegungen auf- und niederschaukelte.

Mit einigen lautlosen Sätzen stand er bei dem eifrigen Jim, der die Hinterbeine fest an die Tür gestemmt hatte und bemüht war, mit seinen Händchen die Klinke niederzudrücken. So etwas mußte ja ein intelligenter Affe unbedingt können, wenn er von einem Zimmer in das andere gelangen wollte, und Jim hatte das auch schon lange weg, aber bei dieser Tür ging das seltsamerweise nicht so leicht. Und doch mußte er sie aufbringen, denn er war überzeugt, daß sein Herr hier das Ding versteckt hatte, das er bringen sollte, denn sein Näschen trog ihn nie.

Er wurde auf die dumme Tür immer wütender, und während er immer grimmiger an der Klinke rüttelte, ließ er ein böses Fauchen hören, und er fauchte sogar noch, als ihn sein Herr zärtlich am Nacken faßte und auf die Schulter setzte.

Der Sekretär klopfte leise an, aber er mußte es dreimal wiederholen, bevor er drinnen eine angstvolle Stimme vernahm, bei deren Klang er am liebsten aufgejubelt hätte.

»Wer ist da?«

»Ich, Hubbard«, flüsterte er hastig und eindringlich, indem er den Mund dicht an die Tür brachte. »Bitte, öffnen Sie. Ich muß Sie sprechen.«

Mrs. Irvine bedurfte sehr langer Zeit, um sich schlüssig zu werden, was sie tun solle. Daß es gerade Hubbard war, der draußen stand, ließ sie zögern, denn mit ihm war eine der empfindlichsten Enttäuschungen verbunden, die sie je erlebt hatte.

Trotzdem drehte sie schließlich den Schlüssel im Schloß, und gleich darauf glitt eine dunkle Gestalt ins Zimmer, die sie mit einem seltsam bangen und forschenden Blick umfaßte.

»Ist Ihnen nichts Schlimmes geschehen?« war seine erste hastige Frage, und als sie ihn etwas verständnislos ansah, ging eine leichte Röte über sein Gesicht, und er atmete tief auf.

Die junge Frau war aber nicht so sehr über seine Frage erstaunt, wie über seine ganze Erscheinung, denn der Mann in dem enganliegenden schwarzen Anzug aus Trikotstoff ähnelte so gar nicht dem eleganten Hubbard, den sie zu sehen gewohnt war, und der kleine Affe auf seiner Schulter vervollständigte den ungewöhnlichen Anblick.

Jim verschwand allerdings sehr rasch, denn kaum hatte er sich wieder an das Licht gewöhnt, als er auch schon Dinge entdeckte, die ihm das Wasser im Mäulchen zusammenlaufen ließen.

Muriel und Hubbard standen einander Aug in Aug gegenüber, und er konnte in ihrem blassen, leidvollen Gesicht lesen, welche Qualen sie in den letzten vierundzwanzig Stunden durchlebt hatte.

»Was wollen Sie von mir?« fragte sie plötzlich hart und kurz, und ihre Stimme hatte einen rauhen, feindlichen Klang. »Was habe ich Ihnen getan, daß Sie mich unablässig verfolgen und daß Sie mir keine Ruhe gönnen?«

Er sah sie aus großen Augen erstaunt an.

»Ich weiß nicht, was Sie veranlaßt, so von mir zu denken. – Ich bin gekommen, um Sie aus einer Gefahr zu befreien, der Sie sich allerdings gar nicht bewußt zu sein scheinen. – Es war sehr unvorsichtig von Ihnen, Mrs. Irvine, sich in diese Falle locken zu lassen, aber Gott sei Dank ist noch nichts geschehen.«

Er sprach sehr herzlich und besorgt, aber ihr Mißtrauen ließ sie hierfür nur ein verächtliches Lächeln finden.

Die Komödie, die er spielte, empörte sie, und sie war entschlossen, ihr ein Ende zu bereiten.

»Wenn Sie mir nichts anderes zu sagen haben, hätten Sie sich die Mühe dieses seltsamen nächtlichen Besuches ersparen können«, sagte sie frostig. »Ich bin mir selbst genug, um für mich zu sorgen. Wenn es sich für Sie aber um die Bestellung an Mr. Corner gehandelt haben sollte, so habe ich mir diesen Entschluß sehr wohl überlegt, und er ist unabänderlich.«

Hubbard lächelte sie höchst vergnügt an.

»Das tut mir leid, Mrs. Irvine, denn ich habe den Mann bereits vor die Tür gesetzt.«

»Wie kamen Sie dazu?« fuhr sie empört auf.

»Ihr Anwalt hat mich dazu veranlaßt«, erklärte er. »Ich hielt nämlich die Sache für so wichtig, daß ich Mr. Summerfield zu Rate zog, und er fand gleich mir, daß Mr. Corner nicht die geeignete Persönlichkeit für eine derartige Vertrauensstellung sei.«

Muriel hob den Kopf und sah den Sekretär an.

»Das zu entscheiden ist allein meine Sache«, bemerkte sie, aber ihre Stimme klang nicht mehr so scharf wie früher, denn es war ihr äußerst peinlich, daß Summerfield eingegriffen hatte.

»Übrigens«, fuhr sie nachdrücklich fort, »halte ich Corner jedenfalls für vertrauenswürdiger, als Sie mir scheinen.«

Deutlicher konnte sie nicht mehr werden, aber Hubbard nahm die Bemerkung mit dem größten Gleichmut hin.

»Wenn Sie wüßten, welch ein durchtriebener Gauner dieser Corner ist, würden Sie verstehen, daß ich Ihr Urteil sehr wenig schmeichelhaft finde. Und ich zerbreche mir vergeblich den Kopf, was Sie zu Ihrer schlechten Meinung über mich veranlaßt hat.«

»Dieser Mühe will ich Sie entheben. Ich habe den Brief in Händen gehabt, dem ich die« – sie zögerte einige Sekunden, bevor sie das Wort aussprach – »Hausdurchsuchung zu verdanken hatte, und bin mir nun vollkommen im klaren, wer ihn geschrieben hat.«

Sie spielte ihren Trumpf mit großem Nachdruck aus, aber der Sekretär schien ihr nur mit halbem Ohr zuzuhören. Seine Augen hafteten auf irgendeinem Punkt hinter ihrem Rücken, und als sie sich umwandte, gewahrte sie den kleinen Affen, der mitten auf dem gedeckten Tisch saß und eben dabei war, das eine Händchen vorsichtig in die Zuckerdose zu versenken und mit dem andern nach einem Biskuit zu greifen.

»Pfui, Jim, schäme dich.«

Jim fuhr bei der Stimme seines Herrn entsetzt herum und ergriff eiligst die Flucht.

Muriel war nicht gesonnen, Hubbard durch dieses Zwischenspiel über ihre Anschuldigung hinweggehen zu lassen.

»Haben Sie mich verstanden? Es würde mich interessieren, was Sie darauf zu sagen haben?«

»Daß Strongbridge bei all seiner Schlauheit die unglaublichsten Dummheiten macht und daß man nicht nach dem Schein urteilen soll, Mrs. Irvine«, sagte er leichthin und lächelte sie dabei so offen und unbefangen an, daß sie den letzten Rest ihrer Sicherheit verlor. »Ich will Ihnen dafür ein Beispiel anführen: Sie haben mir gestern einen Brief geschickt, der ein so tückisches Gift enthielt, daß ich in wenigen Augenblicken erledigt gewesen wäre, wenn ich das Blatt auch nur flüchtig mit dem Finger berührt hätte. – Trotzdem ist es mir nicht einen Augenblick eingefallen, Sie zu verdächtigen, daß Sie mir nach dem Leben getrachtet hätten.«

Sie war totenblaß geworden, und ihre Augen hingen mit einem Ausdruck verständnislosen Entsetzens an ihm. Dann begann es in ihrem Gesicht plötzlich zu zucken, und sie suchte mit verstörten Augen nach einem Halt. Er sprang ihr hilfreich bei und geleitete sie fürsorglich zu dem Sofa.

»Es tut mir leid«, sagte er, »daß Sie dies so aufgeregt hat, denn ich wünsche Sie in dieser Stunde ruhig und gefaßt zu sehen, weil der Augenblick gekommen ist, da ich Ihnen eine Geschichte erzählen möchte. – Die Geschichte der weißen Spinne.«

Sie hob schnell den Kopf, und in ihrem unruhigen Blick lagen Überraschung und Furcht.

»Ich werde mich so kurz und schonend wie möglich fassen, Mrs. Irvine«, begann Hubbard, »und so schmerzlich Ihnen vielleicht auch manches sein dürfte, so hoffe ich doch, daß Ihnen meine Mitteilungen endlich die Befreiung von jener bedrückenden Last bringen werden, an der Sie so lange und so schwer getragen haben. – Also, um wie im Märchen zu beginnen, wenn es auch leider keines ist: Es war einmal ein reicher Mann, der von Jugend auf der Spielleidenschaft verfallen war. Auch die Ehe vermochte ihn von dieser Besessenheit nicht zu heilen, und nach seinem eigenen Vermögen floß das seiner Frau in die unergründlichen Taschen eines Ausbeuterkonsortiums, das sich aus Strongbridge, Corner und Phelips zusammensetzte. Eines Abends hatte der halb irre Mann sein letztes Pfund verloren und warf als Einsatz ein Bild auf den Tisch – das Bild seiner Frau. Strongbridge nahm die Fotografie auf, und sie gefiel ihm. – Das war der eine Grund, weshalb man den ausgeplünderten Mann nicht einfach wie eine ausgepreßte Zitrone wegwarf. Der zweite Grund war der, daß er auf eine ziemlich bedeutende Summe versichert war, die man auch noch ergattern konnte, wenn man es geschickt anfing. Zu diesem Zweck mußte der Mann allerdings ums Leben kommen, damit die Auszahlung der Versicherungssumme an seine Witwe erfolgte – er mußte aber doch am Leben bleiben, damit man die Frau in der Hand behielt und von ihr den Betrag wieder erpressen konnte. So wurde der Unfall auf der Untergrundbahnstrecke in Hampstead in Szene gesetzt, bei dem ein Fremder daran glauben mußte. Die Frau aber wurde durch die weißen Spinnen ständig in quälenden Zweifeln gehalten. Der nicht vorhergesehene Umstand, daß die Versicherungsgesellschaft die Auszahlung der Versicherungssumme verweigerte, zog das Spiel in die Länge und machte es notwendig, die Frau bei dem Prozeß finanziell zu unterstützen. Strongbridge sprang mit einem Darlehen ein, in der stillen Hoffnung, dadurch auch seinem anderen Ziele eher näher zu kommen, aber die Tatkraft der Frau machte ihm einen Strich durch diese Rechnung. Und schließlich wurde dadurch, daß er die weiße Spinne auch noch anderen Zwecken dienstbar machen wollte, sein Erfolg im ersten Falle völlig gefährdet. Er mußte rasch handeln, wenn er wenigstens die Frau in seinen Besitz bringen wollte – und deshalb, Mrs. Irvine, hat er Sie hierhergebracht. Ich weiß ganz genau, durch welche Mittel er dies erreichte, und ich weiß auch, warum er seine entscheidende Karte schon jetzt ausspielte. Aber das wird erst das letzte Kapitel in der Geschichte der weißen Spinne sein, und soweit sind wir noch nicht. – Sie wissen aber nun, Mrs. Muriel, weshalb ich gekommen bin, kommen mußte.«

Sie saß regungslos wie eine Statue, und aus ihrem Gesicht war jede Farbe gewichen. Erst als sich Hubbard besorgt vorbeugte, schlug sie plötzlich die Hände vors Gesicht und warf sich mit einem wilden Aufschluchzen in die Kissen.

Hubbard beugte sich über die weinende Frau und strich ihr beruhigend über das herrliche Haar. »Muriel . . . liebste Muriel . . .«

Er wußte selbst nicht, was er sagte, und sie verstand ihn nicht und ließ alles ruhig geschehen, aber das krampfhafte Schluchzen, das ihren Körper erschütterte, wollte nicht verstummen.

Diese seltsamen, ergreifenden Laute waren für Jim etwas ganz Neues. Er begnügte sich vorläufig damit, neugierig unter der Tischdecke hervorzublinzeln, und als er sah, daß die Hand seines Herrn mit dem Streicheln des dunklen Kopfes beschäftigt war, turnte er frech und unbefangen heran. Erst vorsichtig auf eine Ecke, als aber nichts Schlimmes geschah, immer näher, bis auch er mit seinem Händchen über das glänzende feine Haar fahren konnte, was ein besonderes Vergnügen sein mußte, weil sein Herr damit gar nicht aufhören wollte. Es war auch wirklich ein sehr angenehmes Spiel, wie Jim mit Befriedigung feststellte, denn das Haar war so seidig weich, und es knisterte so sonderbar, daß es ihm in den Fingern kribbelte.

Plötzlich aber durchfuhr ihn ein arger Schreck, denn er fühlte sich stürmisch umfaßt, und er wollte schon entsetzt Reißaus nehmen, als er im letzten Augenblick entdeckte, daß dies eigentlich sehr behaglich war. Es lag sich so gut in den Armen, die ihn sanft umfangen hielten, und die Hände, die ihm über das Köpfchen strichen, waren so ganz anders, als die Hände Andrés und sogar als jene seines Herrn und verstanden das Kosen weit besser.

»Mrs. Irvine«, sagte Hubbard jetzt etwas verlegen, indem er auf die Uhr sah, »es wird Zeit, daß Sie sich fertigmachen. In fünf Minuten hole ich Sie ab. Und Sie müssen mir gestatten, Sie in London irgendwo unterzubringen, wo Sie völlig sicher sind.«

Eine Viertelstunde später huschten über den dunklen Hof von Skidemore-Castle drei flüchtige Schatten, während Hubbard, dicht an den Torbogen gelehnt, den Rückzug deckte. Erst als die Frauen in Sicherheit waren, nahm auch er den Weg zur Parkmauer und konnte gerade noch gewahren, wie Jessie als erste mit fliegenden Röcken flink darüber hinwegsetzte. Dann tauchte oben das strahlende Gesicht des Gärnerburschen auf, und mit seiner Beihilfe wurden Mrs. Irvine und Lucy hinüberbefördert.

Etwa eine halbe Meile weiter stand in einem kleinen Hohlweg ein großer geschlossener Kraftwagen mit gelöschten Lichtern, und ein untersetzter Mann öffnete hastig den Schlag. Dann schwang sich Hubbard ans Steuer, der Mann neben ihn, und pfeilschnell schoß das Auto auf die breite Landstraße.

Halbwegs zwischen Skidemore-Castle und London glaubte Muriel ein verbissenes Lächeln in Hubbards Gesicht wahrzunehmen, als plötzlich zwei kleine Lichter an ihnen vorüberflitzten.

Strongbridge fuhr nach Skidemore-Castle. Corner hatte ihm

grinsend die Botschaft Hubbards ausgerichtet, und sie klang ihm noch immer unheimlich in den Ohren. Er war da zum erstenmal an einen Mann geraten, aus dem er nicht klug werden konnte, den er aber zur Strecke bringen mußte, wenn sein Spiel nicht verloren sein sollte.

Er atmete erleichtert auf, als der schlaftrunkene Pförtner ihm wie immer das Tor öffnete.

Aber kaum zehn Minuten später stürzte sich Strongbridge mit aschfahlem, verzerrtem Gesicht lautlos auf den Mann, faßte ihn an der Gurgel und versetzte ihm einen Faustschlag gegen die Schläfe, daß er wie ein gefällter Baum zu Boden stürzte. Dann flog der Wagen aus dem Tor, und Strongbridge fuhr, als ob die Hölle hinter ihm her sei.

37

Pünktlich wartete Corner am nächsten Abend zur angegebenen Stunde an dem vereinbarten Treffpunkt in Islington.

Als Strongbridge etwa zehn Minuten später seinen Wagen knapp vor Corner stoppte und diesen durch eine Kopfbewegung zu sich heranwinkte, war er von einer auffallenden, ängstlichen Unrast, und der Einäugige sah in ein Gesicht, das trotz der Maske von fahler Blässe und seltsamer Starre war.

Er schien es sehr eilig zu haben und kam sofort auf den eigentlichen Zweck zu sprechen.

»Ich habe Ihnen den Mann gebracht«, sagte er mit gepreßter Flüsterstimme. »Er braucht etwas Bewegung in der frischen Luft, und ich habe niemanden, dem ich ihn anvertrauen könnte. Führen Sie ihn eine Stunde herum, dann hole ich ihn mir wieder ab. – Seien Sie jedoch vorsichtig«, warnte er, »denn der Arme hat zuweilen seine Anfälle und wird dann gefährlich. Aber wenn Sie sich vorsehen, werden Sie mit ihm leicht fertig werden.«

»Nette Beschäftigung, die Sie für mich haben«, knurrte der Einäugige.

»Zu etwas anderem sind Sie ja nicht zu gebrauchen«, gab Strongbridge bissig zurück.

Der Mann mit der Binde biß die Zähne zusammen und machte sich wortlos daran, Richard Irvine aus dem Wagen zu bringen. Der Kranke stellte sich höchst unbeholfen an, und als er endlich mit zitternden Beinen auf dem Boden stand, vermochte er vorerst keinen Schritt zu tun. Dann aber raffte er sich doch auf und schritt mit seinem Begleiter schwerfällig davon.

Strongbridge lenkte seinen Wagen kreuz und quer durch dunkle, fast menschenleere Gassen, bis er die gedrungene Gestalt Billy Knox' gewahrte, der breitbeinig an einer Ecke stand und rauchend und spuckend Ausschau hielt.

»Sie haben Ihre Sache sehr gut gemacht«, sagte der Herr von Skidemore-Castle zu dem Exmatrosen, »aber der Arzt, bei dem ich eben mit Sten war, meint, daß er doch in einer Anstalt am besten aufgehoben sein werde. Da habe ich ihn denn gleich dortgelassen. Holen Sie sich also aus der Wohnung Ihre Sachen und geben Sie den Schlüssel beim Hausverwalter ab. Damit Sie aber für die nächsten Wochen versorgt sind, nehmen Sie das.« Der Herr Wohltäter drückte Billy, der ihn mit offenem Mund anstarrte, rasch einige Geldscheine in die Hand und ließ im selben Augenblick auch schon wieder den Wagen anlaufen.

Mittlerweile war Strongbridge am Steuer seines Wagens plötzlich der Gedanke gekommen, daß er vielleicht vor wenigen Minuten einen Fehler begangen hatte, der ihm verhängnisvoll werden konnte. Er starrte noch einige Augenblicke mit verkniffenen Lippen vor sich hin, dann warf er das Auto an der nächsten Ecke herum und fuhr in rasendem Tempo den ganzen Weg zurück, den er eben gekommen war.

Als Billy, selig lächelnd, gerade die Fahrbahn überquerte, sauste der Tod haarscharf an ihm vorbei. – Daß er nicht als ein blutiges Bündel Fleisch und Knochen auf dem Pflaster lag, hatte er einem netten Mann zu verdanken, der ihn gerade noch im letzten Augenblick beim Kragen erfaßt und zurückgerissen hatte.

»Verdammt knapp gewesen«, meinte Billy, indem er den anderen etwas verlegen, aber dankbar anblinzelte. Es war ihm, als ob er dieses Gesicht am heutigen Abend schon einige Male flüchtig gesehen hätte.

»So 'ne Sache muß man begießen«, sagte der Mann, und Billy fand, daß der Gentleman nicht nur sehr wacker, sondern auch vernünftig war. Schließlich mußte er ja einmal seine zwanzig Pfund anreißen, wenn er damit überhaupt je fertig werden wollte.

»Das soll ein Wort sein«, pflichtete er seinem Lebensretter eifrig bei und schlug ihm kräftig auf die Schulter. »Und ich bezahle, denn ich kann es mir Gott sei Dank leisten.«

»Nein«, widersprach der andere bestimmt, »erst das nächste Mal. Heute ist die Reihe an mir.«

Auch dagegen hatte Billy Knox nichts einzuwenden, und eine halbe Stunde später war er vom Whisky und von seinem neuen Freund so begeistert, daß er dem netten Mann von Sten und dem Wohltäter Pringle erzählte, was jener nur wissen wollte ...

Mittlerweile schritt Corner in Gedanken versunken an der Seite Richard Irvines, bis er plötzlich bemerkte, wie dessen Augen ihn drohend anstarrten.

»Wo haben Sie mein Pulver?« brachte Irvine mit schwerfälliger Zunge hervor. »Pringle hat mir gesagt, daß Sie mir mein Pulver geben.«

Corner hielt das für ein wirres Gerede und achtete nicht weiter darauf, aber der Kranke wurde immer erregter und faßte ihn krampfhaft am Arm.

»Geben Sie mir mein Pulver«, keuchte er.

»Seien Sie ruhig«, zischte ihn der Einäugige an und schüttelte mit einem kräftigen Ruck seinen Arm ab, »oder ich stopfe Ihnen den Mund.«

Richard Irvine duckte sich unwillkürlich, aber in seinen Augen glomm es tückisch auf, und plötzlich fühlte Corner sich an der Kehle gepackt. Er hob die Hand, um den Irren abzuwehren, aber im selben Augenblick verspürte er einen heftigen Schlag und einen seltsamen Schmerz im Rücken, vor seinen Augen flackerten flimmernde Kreise, und er vermochte nur noch die Waffe aus seiner Tasche zu reißen und blindlings loszudrücken ...

Der junge Detektiv von Scotland Yard, der kaum eine Viertelstunde später atemlos in die Polizeiwache von Islington stürzte, war mehr erregt, als es einem Polizeibeamten zustand.

»Es ist vor meinen Augen geschehen«, meldete er dem Inspektor zerknirscht. »Ich hatte den Auftrag, Corner zu beobachten, und das ging auch ganz glatt, bis plötzlich die Katastrophe eintrat. Ich war kaum zwanzig Schritte entfernt, aber eigentlich kann ich doch nicht genau sagen, wie es zugegangen ist. – Der Einäugige hat ein Messer im Rücken stecken, der andere eine Kugel von unten durch den Kopf.«

Der Mann stürzte zum Telefon im Nebenraum und kam erst nach einer langen Weile schweißtriefend und verstört wieder zum Vorschein.

»Ist es eine besondere Geschichte?« fragte der Inspektor.

»Die weiße Spinne«, gab der Detektiv geheimnisvoll zurück. »Der Erschossene hat auch einige davon in der Tasche gehabt.«

Der Beamte zog die Brauen hoch.

»Der Fall des Captain Conway, was? Ich habe davon schon gehört. – Es tut mir leid, aber ich glaube, Sie werden sich nach einem anderen Beruf umsehen müssen, mein Lieber.«

38

Phelips gähnte immer häufiger, denn es gab für ihn nichts Langweiligeres, als den Mann am Roulettetisch zu kontrollieren.

Plötzlich aber verzog sich sein Gesicht zu einer Grimasse, denn an der Schwelle des Zimmers war eine Gestalt erschienen, die er heute nicht erwartet hatte. Er wußte, wie fieberhaft Strongbridge und Corner den ganzen Tag über Hubbard gesucht hatten, und es wäre ihm nicht im Traum eingefallen, daß der Mann plötzlich im Spielklub auftauchen könne. Er sah womöglich noch feudaler aus als sonst, wozu die fabelhafte Orchidee im Knopfloch seines Fracks nicht wenig beitrug.

»Wollen Sie sich den Rummel auch wieder einmal ansehen?« fragte er vorsichtig.

»Ich will ihn wieder einmal mitmachen«, verriet Hubbard mit Nachdruck, indem er das Einglas in die Hand fallen ließ und Phelips vielsagend zublinzelte. »Ich glaube, ich habe heute einen Glückstag, und so etwas muß man ausnützen.«

Der Mann mit der Glatze begann Blut zu schwitzen, denn wenn der andere sein Vorhaben ausführte, konnte es für die Bank einen gehörigen Aderlaß geben.

»Machen Sie keine Dummheiten«, flüsterte er hastig. »Sagen Sie mir, wieviel Sie brauchen, und ich zahle Ihnen den Betrag sofort aus. Hundert Pfund?«

Hubbard sah ihn mit einem Blick an, der ihn veranlaßte, sein Angebot schleunigst noch verlockender zu gestalten.

»Also zweihundert«, zischte er wütend und griff entschlossen nach seiner Brusttasche.

Der Sekretär schüttelte sehr entschieden den Kopf.

»Wenn Sie fünfhundert gesagt hätten, und wenn ich zu dem Geld nicht auch noch das Vergnügen haben möchte, hätten wir vielleicht darüber reden können«, meinte er gelassen und wandte sich mit einem freundlichen Nicken ab.

Als Hubbard dem Croupier gegenüber Aufstellung nahm und lässig einige Banknoten aus der Tasche zog, blitzte es in den Augen des Mannes erschreckt auf, und er sandte einen fragenden

Blick zu Phelips hinüber, doch dieser hatte keine Lust, irgendwelche Verantwortung zu übernehmen.

Der Sekretär beobachtete wieder dieselbe Taktik, wie an jenem Abend, da er hinter den Trick des Roulettetisches gekommen war. Er wartete ab, bis er die Einsätze überblicken konnte und schob dann, ohne den bleichen, nervösen Bankhalter auch nur eine Sekunde aus den Augen zu lassen, seine Scheine auf jene Farbe, die nach seiner Beobachtung die sichere Gewinnchance hatte.

Er strich eben seelenruhig sein vervielfachtes Geld ein, als plötzlich eine etwas laute und derbe Stimme dröhnte:

»Ladys und Gentlemen, ich muß Sie bitten, sich ganz ruhig zu verhalten, bis einige kleine Formalitäten erfüllt sind.«

In der Mitte des kleinen Spielsaals, dicht hinter Hubbard, stand der stämmige Sergeant Gibbs, ließ seine Polizeimarke blinken und hatte ein ungemein verbindliches Lächeln auf seinem robusten Gesicht.

Sekundenlang war alles wie gelähmt, dann entstand eine wilde Bewegung, aber sie kam an den Türen ins Stocken, da dort zwei handfeste Leute den Ausgang versperrten. Der Überfall schien mit großer Umsicht vorbereitet gewesen zu sein, denn der aschgraue Bankhalter und der schlotternde Phelips erhielten jeder eine eigene Ehrenwache.

Gibbs legte Hubbard die Hand auf den Arm und grinste schadenfroh.

»Ich freue mich, daß wir uns bei dieser Gelegenheit wiedersehen«, sagte er. »Wenn ich nicht irre, haben wir miteinander noch eine kleine Rechnung auszugleichen.«

Der Sekretär musterte den Beamten mit kühler Gelassenheit durch sein Monokel und staubte mit den Fingerspitzen umständlich die Stelle seines Ärmels ab, die der andere berührt hatte.

»Ich wüßte mich wirklich nicht zu erinnern, obwohl ich es nicht gerade in Abrede stellen will. Im übrigen würde Ihnen aber auch das nicht das Recht zu einer solchen Vertraulichkeit geben, wie Sie sich eben erlaubt haben. Mein Frack und ich vertragen das nicht.«

»Der Frack, den wir Ihnen nächstens über den Leib ziehen werden, wird das schon vertragen«, knurrte der Sergeant giftig zurück, »und Sie werden sich noch an ganz andere Dinge gewöhnen.«

Er wandte sich wütend ab und gab seinen Leuten den Befehl, den Anwesenden ihre Ausweise abzuverlangen und sie dann zu entlassen. Die Abfertigung ging ziemlich rasch und glatt vonstatten, aber als Hubbard Miene machte, dem Beispiel der andern zu folgen, hielt ihn der Mann von Scotland Yard durch eine kurze Geste zurück.

»Für Sie gilt das nicht«, sagte er höhnisch. »Nachdem ich mich so lange nach einem Wiedersehen mit Ihnen gesehnt habe, nehme ich Sie mit mir. Wenn Ihnen das nicht passen sollte«, fuhr er leise drohend fort, »so bekommen Sie ein paar Armbänder, die sich zu Ihrem Frack nicht gut ausnehmen werden.«

Der Sekretär zuckte mit den Achseln und schritt mit einer Würde die Treppe hinab, als ob der Polizist an seiner Seite völlig Luft sei.

»Meine Garderobe werde ich wohl mitnehmen dürfen?« meinte er im Vestibül, und dagegen hatte der Sergeant nichts einzuwenden.

»Gabriel«, sagte Hubbard freundlich und vergaß sogar in diesem Augenblick nicht, wie immer in die Westentasche zu greifen, »ich werde wahrscheinlich einige Zeit verhindert sein, in den Klub zu kommen. Sorgen Sie dafür, daß mein Tisch frei bleibt, denn es wäre mir ungemein peinlich, daran denken zu müssen, daß mittlerweile irgend jemand anders an meinem Platz sitzt.«

»Haben Sie wirklich keine anderen Sorgen?« grinste Gibbs verwundert.

»Vorläufig nicht«, erwiderte der elegante junge Mann und drückte sich vor dem Spiegel den Zylinder unternehmungslustig auf den Kopf.

Sie waren bereits an der Drehtür angelangt, als ein mittelgroßer Mann mit erhitztem Gesicht hereinstürmte und Gibbs sofort abfaßte, als er ihn gewahrte.

»Was ist los?« stieß er völlig außer Atem hervor. »Was hat es gegeben?«

»Wir haben uns da oben in dem Spielklub ein bißchen umgesehen«, meinte der »Zauberlehrling« leichthin.

»Haben Sie etwas gefunden?« wollte der neugierige Meals wissen.

»Genug, um einige der Gentlemen auf ein paar Jahre zu versorgen«, erklärte der andere mit Befriedigung. »Kommissar Bates wird sich die Sache erst etwas näher ansehen.«

Meals schnitt ein ärgerliches Gesicht.

»Verdammt, daß ich da nicht mit dabeisein konnte. Einmal passiert etwas, und ausgerechnet ich, der ich fast Tag und Nacht in Scotland Yard bin, erfahre nichts davon. Wie ist das so rasch gekommen?«

Gibbs hob die Schultern.

»20 Minuten vor 11 kam plötzlich der Befehl.«

»Von wem?« fragte Meals interessiert.

»Vom Chef selbst. Und fünf Minuten später saß alles, was gerade da war, in den Autos, und knapp nach elf waren wir hier.«

Hubbard hatte sich mittlerweile gemächlich eine Zigarette angesteckt, aber allmählich währte ihm die Sache zu lange.

»Wenn Sie sich unterhalten wollen«, wandte er sich an den Sergeanten, »so bin ich wohl überflüssig . . .«

Meals war bisher zu sehr in Anspruch genommen gewesen, um den Begleiter seines Kollegen weiter zu beachten, aber bei dem Klang dieser Stimme fuhr er blitzschnell herum und starrte den Sekretär einige Augenblicke überrascht und forschend an. Dann faßte er Gibbs hastig am Arm und zog ihn noch etwas weiter beiseite.

»Das ist doch der Sekretär von Mrs. Irvine«, flüsterte er. »Was ist mit ihm?«

»Einer von den Leidtragenden von oben«, erklärte der Sergeant. »Und dann ist da noch eine etwas böse Geschichte von früher.«

Der freundliche Meals trippelte von einem Fuß auf den anderen und zog überrascht die Brauen hoch.

»Wohin bringen Sie ihn?«

Gibbs neigte sich dicht zum Ohr des anderen und flüsterte ihm ein kurzes Wort zu, worauf Meals noch größere und verwundertere Augen machte.

»Sie können mich mitnehmen«, sagte er eifrig. »Wenn es auch ein Umweg ist, komme ich doch früher nach Scotland Yard als mit dem Autobus.«

»Leider sind wir bereits komplett«, meinte Gibbs bedauernd. »Phelips und der Bankhalter kommen nämlich auch mit.«

Trotzdem brachte Meals das Kunststück fertig, früher im Yard zu sein als der »Zauberlehrling«.

Als er des Kollegen ansichtig wurde, stürmte er sofort auf ihn zu.

»Da staunen Sie, was?« triumphierte er. »Ich bin wenigstens schon zehn Minuten hier. Ein Mann, dem daran gelegen ist, sich mit der Polizei gut zu stellen, hat mich in seinem Wagen mitgenommen. – Haben Sie Ihren Schützling mitgebracht?«

»Ja«, knurrte Gibbs übellaunig. »Aber ich fürchte, sie wollen ihn nach dem ersten Verhör wieder entlassen, da keine Fluchtgefahr vorliegt, wie sie sagen. Bei uns werden mit solchen Burschen viel zuviel Umstände gemacht, und wir haben nachher die Schereien. Aber morgen bekommt ihn mein Chef in die Arbeit, und ich hoffe, da wird er hängenbleiben.«

Meals nagte nervös an den Lippen, lief dann planlos einige Schritte davon, kam jedoch sofort wieder zurück.

»Glauben Sie, daß der Kommissar hier ist?« fragte er.

»Versuchen Sie es doch und klopfen Sie an. Haben Sie etwas für ihn?«

»Ich werde mich hüten«, stieß der freundliche Sergeant hervor. »Selbst wenn wer weiß was geschehen würde, ließe ich mir das nicht mehr einfallen.«

Plötzlich vernahmen die beiden aus dem nahegelegenen Wachzimmer das anhaltende Schrillen einer Klingel, und der arme, abgehetzte Meals war so fertig, daß er zusammenfuhr. Nach einer Weile kamen hastige, schwere Schritte um die Ecke, und der Polizist meldete kurz:

»Sergeant Gibbs und Sergeant Meals zu Kommissar Conway.«

Auch diesmal ließ sich der Unsichtbare ziemlich lange Zeit, bevor er ein Lebenszeichen von sich gab. Nur die Hemdbrust in ihrer blendenden Weiße war zu sehen.

»Sie haben recht gehabt, Meals«, klang es plötzlich hinter dem Schreibtisch hervor.

»Womit?« fragte der Sergeant hastig und beugte unwillkürlich den Kopf vor, als ob er so den Sprecher vielleicht doch mit einem Blick erhaschen könne.

»Mit Ihrer Behauptung, daß Richard Irvine lebt. – Jetzt allerdings ist die Sache bereits wieder etwas anders. Irvine hat heute abend in Islington eine Kugel in den Kopf bekommen, und der einäugige Corner, der bei ihm war, ein Messer in den Rücken.«

Meals starrte mit entsetzten Augen gegen das Licht, und seine Erregung war so groß, daß ihm der Schweiß in dicken Perlen auf die Stirn trat.

»Wieder ein Mord?« stieß er hastig hervor. – »Soll ich hinaus?«

»Nein, das müssen Sie nicht«, sagte der Unsichtbare ruhig, aber bestimmt. »Ich war selbst draußen, um mich umzusehen, und es ist alles völlig klar.«

»Ich habe kein Glück mehr, Captain«, sagte er verzweifelt. »Eben heute abend hatte ich die Wohnung Richard Irvines entdeckt.«

»Nehmen Sie sich diese Geschichte nicht allzusehr zu Herzen«, tröstete ihn der Kommissar freundlich. »Ich weiß sehr wohl, was

Sie in dem Falle geleistet haben. Auch die Sache mit den weißen Spinnen dürfte sich so verhalten, wie Sie angenommen haben, denn Irvine hat noch einige bei sich gehabt. – Sie sind ein sehr tüchtiger und findiger Mann, Meals, und ich schwöre Ihnen, daß ich das, was ich Ihnen versprochen habe, halten werde. – Sie erinnern sich doch?«

39

Muriel Irvine war weder ungehalten noch überrascht, als ihr am nächsten Morgen in dem vornehmen Hotel, in dem er sie in der Nacht nach der Flucht aus Skidemore-Castle untergebracht hatte, Hubbard gemeldet wurde.

Nur befremdete sie lediglich die frühe Stunde seines Besuches, und als sie in sein ernstes Gesicht sah, wußte sie sofort, daß er keine guten Nachrichten brachte.

»Mrs. Irvine«, begann er etwas stockend, indem er ihrem ängstlich fragenden Blick auswich, »es ist etwas Furchtbares geschehen. Aber Sie müssen darüber hinwegkommen, wie Sie es ja eigentlich schon einmal getan haben.«

Es währte ziemlich lange, bevor sie die entsetzte Frage hervorbrachte.

»Richard . . .?«

Hubbard senkte leicht den Kopf.

»Er ist verunglückt. Diesmal wirklich. Und Corner mit ihm.«

Sie strich sich mehrmals hastig über die Stirn, als ob sie aus einem Traum erwache, und wollte dann mit seltsam gefaßter Ruhe alles wissen.

»Mehr vermag ich Ihnen leider nicht zu sagen«, meinte er bedauernd. »Ich habe von der Sache nur durch Zufall erfahren, weil auf der Polizeiwache, wo ich die letzte Nacht verbracht habe, davon gesprochen wurde. Übrigens sucht Sie Scotland Yard bereits, und deshalb bin ich eigentlich gekommen. Da Sie nirgends aufzufinden waren, hat man die Vorladung beim Portier des Warenhauses hinterlassen. Sie lautet auf 11 Uhr, und Sie werden wohl dann alle Einzelheiten hören.«

Plötzlich richtete sie eine Frage an ihn, die er nie erwartet hätte und die ihn sichtlich in Verlegenheit setzte.

»Weshalb haben Sie die letzte Nacht auf der Polizeiwache verbracht?«

Er verkniff die Lippen zu einem etwas zynischen Lächeln und zuckte mit den Achseln.

»Sie müssen es ja sowieso erfahren, Mrs. Irvine. – Ich habe gestern abend wieder einmal ein kleines Mißgeschick gehabt. Man hat einen Spielklub ausgehoben, und die Polizei interessiert sich nun für mich, da ich bei ihr nicht besonders gut angeschrieben bin. Wahrscheinlich werde ich nun abermals gewisse Schwierigkeiten haben, die meine Zeit sehr in Anspruch nehmen dürften, und deshalb muß ich Sie bitten, mich aus Ihren Diensten zu entlassen. Womöglich sofort, denn es wäre mir peinlich, eines Tages aus dem Geschäft abgeholt zu werden.«

Die Mitteilung schien keinen besonderen Eindruck auf sie gemacht zu haben, und nur ihre Augen, zwischen denen eine leichte Falte stand, hatten einen eigenartigen Ausdruck.

»Das ist allerdings schlimm für Sie«, sagte sie endlich, und Hubbard wunderte sich über den gleichgültigen Ton ihrer Stimme.

»Und ich bedaure aufrichtig, daß ich Sie verlieren soll. – Wann, glauben Sie, wird man über Sie verfügen?« schloß sie schonend.

»Ich glaube, man wird mich gleich dortbehalten«, meinte er hastig. »Ich bin zur selben Stunde wie Sie nach Scotland Yard geladen.«

»Dann können Sie mich hinbringen!«

40

In den dunklen, sonst so stillen Gang vor dem Zimmer Nummer 7 hatte der neue rätselhafte Fall von Islington Leben gebracht. Neben drei riesigen uniformierten Schutzleuten standen mehrere Detektive, und Meals schoß geschäftig von einer Gruppe zur andern und trachtete, weitere Einzelheiten über den Fall zu erfahren.

Er konnte es nicht erwarten, bis Conway endlich erscheinen werde, aber dieser war offenbar durch nichts aus seiner gemächlichen Ruhe zu bringen, und Gibbs hatte von dem Gleichmut seines Chefs schon sehr viel angenommen, denn er saß seelenruhig auf einer Bank und paffte aus seiner kurzen Pfeife, daß dicke Rauchschwaden zur Decke stiegen.

Erst als Mrs. Irvine und Hubbard in den Gang einbogen, stand er schwerfällig auf, klopfte die Pfeife an der Stiefelsohle aus und winkte, während er vor der jungen Frau den Hut lüftete, durch einen raschen Blick einen der Detektive herbei.

»Führen Sie diesen Herrn durch die gewissen Stationen«, befahl er kurz und deutete auf Hubbard. »Wenn alles besorgt ist, ist er zu Kommissar Conway zu bringen.«

Nach einer Weile faßte Gibbs plötzlich nach der Klinke von Zimmer Nummer 7, und Meals erlebte zum zweitenmal die Überraschung, daß die Tür unter dem Druck des Kollegen nachgab, obwohl er selbst sie noch kurz vorher bei wiederholten verstohlenen Versuchen verschlossen gefunden hatte.

Der »Zauberlehrling« forderte zunächst die junge Frau mit eckiger Höflichkeit auf einzutreten, dann winkte er Meals und den Polizisten sowie den Detektiven und schloß hinter ihnen wieder die Tür.

Wie immer warfen die beiden starken Lampen vom Schreibtisch her ihr blendendes Licht in den Vorderraum, und hinter ihnen lag undurchdringliche Dunkelheit.

Gibbs bot der jungen Frau einen Stuhl an, und als sie sich gesetzt hatte, herrschte minutenlang eine beklemmende Ruhe und Schwüle in dem Zimmer. Die Beamten standen regungslos wie Statuen, Gibbs lehnte mit verschränkten Armen gelangweilt neben der Tür, und nur Meals verriet durch seine Zappeligkeit, wie ungeduldig er die weitere Entwicklung der Dinge erwartete.

»Mrs. Irvine«, brach plötzlich eine klare Stimme das unheimliche Schweigen, »ich muß Ihnen von Amts wegen die Eröffnung machen, daß Ihr Gatte nicht am 11. Juni vorigen Jahres in Hampstead verunglückt ist, sondern erst gestern in Islington durch einen Schuß seines Begleiters Corner ums Leben kam. Weiter kann ich Ihnen nicht vorenthalten, daß gewisse Umstände den Verdacht aufkommen lassen, Richard Irvine sei der Urheber oder wenigstens Mitbeteiligte an den verschiedenen Kapitalverbrechen gewesen, die als ›die Fälle der weißen Spinne‹ bekanntgeworden sind. – Stimmt das, Sergeant Meals?«

Der freundliche Sergeant reckte sich selbstbewußt.

»Jawohl, Captain.«

»Wir haben auch tatsächlich die Spinnen, die uns noch fehlten, bei Ihrem Gatten gefunden«, fuhr der Unsichtbare in kühlem Amtston fort, »aber es wird natürlich Sache einer eingehenden Untersuchung sein, die vorliegenden Verdachtsmomente genauestens zu prüfen. Ich wollte Sie nur auf diesen Umstand aufmerksam machen, Mrs. Irvine, weil Sie vielleicht einige sehr wichtige Angaben zu machen haben werden. – Wieviel Uhr haben wir, Meals?«

Der Sergeant, der sich in der Rolle einer Hauptperson dieser Szene ungemein wichtig und glücklich fühlte, riß hastig seine Uhr heraus und sah auf das Zifferblatt.

»11 Uhr und ...«, stieß er dienstbeflissen hervor, aber plötzlich versagte ihm die Stimme, und er ließ seinen verstörten Blick blitzschnell durch den Raum gleiten.

»Nun?« drängte Kommissar Conway scharf und ungeduldig.

»11 Uhr 40 Minuten«, murmelte Meals, am ganzen Leibe zitternd.

»All right.«

Wie auf ein Stichwort griffen sechs kräftige Hände nach dem freundlichen Sergeanten Meals, und Gibbs, der ihm die Arme zurückgerissen hatte, legte liebevoll und mit großer Sorgfalt zwei völlig neue Spangen um die Gelenke seines Kollegen.

Einen Augenblick bäumte sich der Mann mit erstaunlichen Kräften auf, aber die sechs Fäuste umklammerten ihn wie Schraubstöcke, unter deren Druck er schmerzhaft aufstöhnte.

»John Meals«, sagte der geheimnisvolle Mann im Dunkel, der ihn zur Strecke gebracht hatte, »ich verhafte Sie unter dem Verdacht des Mordes an Lewis, Inspektor Dawson und Corner, sowie unter dem Verdacht der Täterschaft aller weiteren Verbrechen der weißen Spinne. Die übrigen Dinge, die noch gegen Sie vorliegen, will ich nicht erst aufzählen, und öfter als einmal kann man Sie leider nicht hängen. Aber das eine Mal werden Sie baumeln, und damit habe ich das Versprechen erfüllt, das ich Ihnen vor einiger Zeit gegeben habe: Ihnen zu einer Beförderung zu verhelfen, wie sie noch selten einem Mann von Scotland Yard zuteil geworden ist.«

Der torkelnde Sergeant, dessen immer so freundliches und liebenswürdiges Gesicht totenblaß und zu einer grauenhaften Fratze verzerrt war, wurde von sechs starken Armen aus dem geheimnisvollen Zimmer Nummer 7 geschleift, und nur der gleichmütige Gibbs und Mrs. Irvine blieben zurück. Die junge Frau saß regungslos auf ihrem Platz und starrte ununterbrochen in die Finsternis hinter den Lichtkegeln, aber dort war es plötzlich ganz still.

Endlich räusperte sich der »Zauberlehrling« etwas ungeduldig, und als dies nichts nützte, tippte er Mrs. Irvine sehr ehrerbietig auf den Arm.

»Sie werden nicht mehr benötigt, Madam«, meinte er höflich.

Muriel fuhr aus ihren Gedanken auf, sah sich etwas hilflos um und schritt dann zur Tür.

In diesem Augenblick ging diese auf, und der Sekretär wurde von dem Detektiv vorgeführt. Er wollte mit einem stummen Neigen des Kopfes Mrs. Irvine an sich vorüberlassen, aber die junge Frau blieb stehen und reichte ihm in jähem Impuls die Hand.

»Auf Wiedersehen!« sagte sie klar und bestimmt, aber Hubbard konnte nur mit einem verlegenen Achselzucken antworten.

Der Tagesbefehl von Scotland Yard, der an diesem Abend ausgegeben wurde, enthielt folgende kurze, aber inhaltsschwere Verlautbarungen:

›Kommissar Captain Conway nach Erledigung seiner Spezialmission zurückberufen auf seine Dienststelle nach Dover unter Bewilligung eines vierwöchigen Erholungsurlaubs.

Sergeant Tom Gibbs unter Beförderung zum wirklichen Detektiv und unter Zuerkennung der für den Fall Dawson ausgesetzten Prämie einrückend zur Überwachungsstelle in Dover.

Sergeant John Meals wird seines Dienstes enthoben und aus den Listen der A-Abteilung gestrichen.‹

41

Bei Miss Constancia Babberly häuften sich die unangenehmen Tage in geradezu erschreckender Weise, denn mit dem Schmerz über das Verschwinden des Sekretärs hatte sie auch noch den Ärger über das Verhalten von Mrs. Irvine zu verwinden, die nicht nur ihre vorsichtige Frage nach Hubbard mit einem kurzen »Er hat gekündigt« abgetan hatte, sondern auch wieder einmal voller Heimlichkeiten steckte, hinter die Constancia trotz aller ehrlichen Bemühungen nicht kommen konnte.

Sie preßte daher auch jetzt, da Summerfield eben wieder einmal im Chefzimmer saß, ihr Ohr so dicht wie möglich an die Tür, aber selbst wenn sie die gedämpften Worte, die drinnen gesprochen wurden, gehört hätte, wäre sie daraus wohl nicht klug geworden.

»Glauben Sie also auch, daß es sich so verhält?« fragte Muriel in fieberhafter Hast, und in ihren schönen Augen lag ein hoffnungsfrohes Leuchten.

»Ich glaube nicht nur, daß es sich so verhält, Mrs. Irvine«, sagte er mit Würde, »sondern ich bin davon fest überzeugt. Sie haben mir das ehrende Vertrauen erwiesen, mich mit den gewissen Erkundigungen zu beauftragen, und die Sache schien mir viel zu wichtig, als daß ich mich dabei auf andere verlassen hätte. Was ich Ihnen mitgeteilt habe, habe ich teils mit meinen eigenen Augen beobachtet, teils mit eigenen Ohren von dem ganz intelligenten Diener gehört, mit dem ich an den letzten Abenden wiederholt gespeist habe. Sie werden meine Auslagen hierfür im Betrag von drei Schillingen vier Pence in meiner Honorarrechnung spezifiziert finden. Im übrigen gestatte ich mir, Sie daran zu erinnern, daß ich ein vortrefflicher Menschenkenner bin und daß mir der junge Mann sofort gefallen hat. Ganz ausgezeichnet gefallen sogar.«

Muriel hörte mit gespannten Mienen und leicht geröteten Wangen zu.

»Mrs. Irvine«, sagte er feierlich, »ich verhehle mir nicht, daß ich mit meiner Garderobe etwas zurückgeblieben bin. Wenn Sie daher meiner bei einem festlichen Anlaß bedürfen sollten, so bitte ich, hierauf freundlichst Rücksicht zu nehmen und mich rechtzeitig zu verständigen, damit ich mich darauf einrichten kann.«

Als der Anwalt diese Sätze hervorgestoßen hatte, machte er wiederum eine tiefe Verbeugung und konnte daher nicht bemerken, daß Muriels schönes Gesicht von einer brennenden Röte übergossen war.

»Ich wünsche Jim zu sehen«, sagte die elegante, reizende Dame zu André, die mit einer großen Tüte im Arm vor ihm stand, als ob es sich um etwas ganz Selbstverständliches handele, und der gewiegte Diener zögerte nur den Bruchteil einer Sekunde, bevor er Mrs. Irvine ehrerbietig in den kleinen Salon geleitete. Jim hatte zwar noch nie einen Besuch empfangen, und es war dies gewiß keine alltägliche Sache, aber André war weit davon entfernt, sie unerhört zu finden. Wenn eine Lady einem kleinen Affen die Ehre gab, so war dies eine gesellschaftliche Angelegenheit wie jede andere, und ein wirklich geschulter Diener mußte eben wissen, was er in solch einem außergewöhnlichen Fall zu tun hatte.

Jedenfalls gehörte zunächst einmal die Lady in den Salon und nicht in die Küche, wo Jim gerade in einer nicht sehr empfangsfähigen Verfassung geschäftig herumturnte.

Nachdem André also die Lady im Salon untergebracht hatte, nahm er den kleinen Jim in Arbeit und ging hierbei trotz aller gebotenen Eile mit derselben peinlichen Sorgfalt zu Werke, als ob er seinen Herrn unter den Händen hätte. Sogar die leichte Dusche mit Lavendelwasser vergaß er nicht, obwohl Jim diese Prozedur nicht liebte und die Spritze wütend anblies. Es kam nun nur noch die schwierige Frage in Betracht, wie er der Lady den kleinen Affen in wirklich korrekter Weise präsentieren sollte.

Aber er hatte kaum die Tür halb geöffnet, als sich Jim auch schon mit einem energischen Strampeln selbständig machte und unter unendlichem freudigem Quietschen und Plappern an der schlanken Gestalt der freundlich lächelnden Dame hinaufschoß. André vermochte die Situation nur dadurch halbwegs zu retten, daß er sich ehrerbietig verbeugte, womit er sagen wollte, daß er seine Pflicht getan habe.

Wenn aber auch der Besuch ausschließlich Jim galt, fühlte sich André doch verpflichtet, seinem Herrn hiervon sofort Mitteilung zu machen.

Hubbard saß an seinem Schreibtisch und ordnete einige Papiere, und André wußte aus verschiedenen Anzeichen schon längst, daß jener wieder einmal Vorbereitungen für eine längere Abwesenheit traf.

»Sir«, murmelte er gemessen. »Jim hat Besuch bekommen.«

Hubbard hörte nur mit halbem Ohr zu und ließ sich in seiner Arbeit nicht stören.

»Wenn es die Katze von nebenan ist, so passen Sie auf, daß sie einander nicht ins Fell geraten«, meinte er kurz.

»Es ist eine Dame«, stellte André mit Nachdruck richtig, aber er vermochte nicht zu verstehen, daß sein Herr ihn deshalb entgeistert anstarrte und dann in eine geradezu fieberhafte Erregung geriet.

»Es ist sehr lieb, Mrs. Muriel, daß Sie gekommen sind«, sagte Hubbard an der Tür, und der Ton seiner Stimme sowie das Leuchten seiner Augen waren noch beredter als seine Worte.

Das erste war, daß zunächst Jim unter Mitnahme der großen Tüte, die sein rechtmäßiges Eigentum war, die Flucht ergriff, und gleichzeitig hob die junge Frau höchst bestürzt den Kopf und machte sehr große und überraschte Augen.

»Oh«, meinte sie gedehnt, »darauf war ich nicht vorbereitet. Ich dachte, daß Sie bereits anderweitig Wohnung genommen hätten.«

Er schien peinlich berührt.

»Soll das heißen, daß Sie nicht gekommen wären, wenn Sie gewußt hätten, daß ich noch hier bin?« fragte er vorwurfsvoll.

»Ja«, log Muriel mit großer Entschiedenheit und war stolz darauf, daß ihr das so gut gelang. »Ich hätte natürlich nicht einen Fuß hierher gesetzt. Aber der arme, verlassene Jim tat mir leid.«

»Und für mich haben Sie gar nichts übrig, Muriel? Ich glaube, ich bin weit bedauernswerter als der nichtsnutzige Affe, denn mein ganzes Lebensglück hängt von einem lieben Wort von Ihnen ab.«

Er griff zögernd nach ihrer Hand, und zum ersten Male hatte Mrs. Irvine die Genugtuung, diesen Mann in hilfloser Verlegenheit zu sehen, während sie selbst sich der Situation vollkommen gewachsen fühlte.

»Ich weiß, was Sie meinen«, erwiderte sie kühl, »aber dieses Wort habe ich leider bereits zu einem anderen gesprochen.«

Er ließ jäh ihre Hand los und senkte den Kopf.

»Zu wem?« fragte er sehr leise.

»Zu Kommissar Conway. – Bereits als ich das erste Mal in Scotland Yard war«, gab sie freimütig zurück und sah ihn mit ihren schönen Augen herausfordernd an.

Hubbard richtete sich auf, und sein überraschter Blick hing forschend an ihrem unbefangenen Gesicht.

»Daran glaube ich nicht, Muriel«, sagte er mit einem verlegenen Lächeln. »Aber selbst wenn es geschehen sein sollte, bin ich entschlossen, den Kampf mit diesem Phantom aufzunehmen, weil ich ohne Sie nicht leben kann.«

Muriel Irvine hob die Schultern, aber da sie sonst nichts erwiderte, neigte er sein Gesicht immer tiefer zu dem ihren, bis seine Lippen ihren Mund fanden ...

»Liebste Muriel, ich bin so glücklich«, flüsterte er, als sie sich endlich frei machte, »daß ich einen Zeugen dafür haben muß. Du wirst doch hoffentlich einverstanden sein?«

Er wartete aber ihre Einwilligung nicht erst ab, sondern drehte bereits in übermütiger Laune am Telefon.

»Hallo, Mr. Turner?« fragte er hastig. – »Hier Hubbard. Ich bin Ihnen noch Revanche für den letzten Abend schuldig und bitte Sie für heute zehn Uhr ins Carlton. Wir werden zu dritt sein, und wenn Sie nett sind, sollen Sie dann das Schlußkapitel der Geschichte von Miss Mariman hören.«

Er legte schon wieder auf, weil er augenblicklich wichtigere und angenehmere Dinge zu tun hatte, als lange Telefongespräche zu führen, aber Muriel wehrte ihn mit beiden Händen ab.

»Du wirst gut daran tun«, warnte sie ernst und nachdrücklich, »die Geschichte von Miss Mariman sehr vorsichtig zu berichten, denn wenn mir dabei etwas nicht passen sollte, so werde ich Mr. Turner die vielleicht noch interessantere Geschichte von dem geheimnisvollen Kommissar Conway von Scotland Yard erzählen, der ...«

Er faßte ihre Hände mit einem so stürmischen Kuß, daß sie keine Silbe ihres Geheimnisses mehr herauszubringen vermochte.

ENDE

Leseprobe

Spannendes Lesevergnügen auf den
folgenden Seiten
mit dem neuen Roten Krimi

Band 106

Inhalt

Kurz nach seiner Rückkehr aus Indien fällt ein Sonderagent des britischen Geheimdienstes in London einem heimtückischen Giftmord zum Opfer.
Scotland Yard schaltet sich ein. Aber zu spät: Wertvolle Informationen sind in die Hände einer internationalen Verbrecherbande gelangt . . .

16

Als Burns im Kastanienhaus eintraf, hatte die gerichtliche Aufnahme des Nachlasses eben begonnen.

Sie brachte einige Überraschungen. Mit Ausnahme einiger Industriepapiere im Werte von wenigen tausend Pfund und eines Bankausweises über ungefähr siebenhundert Pfund wurde in dem primitiven Kassenschrank nur Gold und Papiergeld gefunden, das sich auf die ansehnliche Summe von rund zweiundsiebzigtausend Pfund belief. Die Scheine – zumeist englisches Geld und etwa achttausend Dollar – waren mit peinlicher Sorgfalt geordnet und gebündelt, und ein einfach, aber sehr übersichtlich geführtes Kassabuch, das sich in einem kleinen Fach des Tresors befand, bot die Möglichkeit einer genauen Kontrolle. Dabei stellte sich plötzlich heraus, daß ein Betrag von zwölftausend Pfund nicht gebucht war. Milner hatte zwei Tage vor seinem Tode einen Abschluß gemacht, der auf der Vermögensseite vierundachtzigtausend Pfund auswies, aber sooft die Kommission auch das Geld überzählte, es blieben immer nur zweiundsiebzigtausend Pfund und selbst die wiederholte Durchsuchung der Kasse und des Schreibtisches förderte nicht einen weiteren Geldschein zutage.

Diese Unstimmigkeit war um so auffallender, als Milner auch die kleinsten Posten gebucht zu haben schien, wenn auch zuweilen ganz eigenartige Eintragungen vorkamen, offenbar nur Milner verständliche Chiffren.

Aber die Ziffern stimmten auf den Penny, und das Manko blieb einfach unerklärlich.

Daß der Betrag nach dem Tode Milners aus der Kasse entnommen worden war, erschien ausgeschlossen, denn erstens war der Tresor bereits wenige Stunden später versiegelt worden, und zweitens war es unwahrscheinlich, daß in diesem Falle nur diese verhältnismäßig kleine Summe entwendet worden wäre.

Der Leiter der Kommission machte Burns auf dieses Ergebnis aufmerksam, aber der Oberinspektor schien nicht allzu überrascht zu sein. Er sagte nur einfach »Oh«, und als der Gerichtsbeamte ihn fragend ansah, fügte er etwas widerstrebend und orakelhaft hinzu: »Das habe ich erwartet. Ein recht rentables Geschäft. Zwei Fliegen auf einen Schlag.«

Sehr gründlich wurde auch nach irgendwelchen testamentarischen Bestimmungen gesucht, aber es fand sich auch nicht eine diesbezügliche Zeile vor. Überhaupt war die Ausbeute an Schriftstücken gering. Der große Schreibtisch enthielt, von einigen alten, geschäftlichen Korrespondenzen und Rechnungen abgesehen, fast nur Zeitungsausschnitte, die völlig belanglos schienen. Nur Burns interessierte sich dafür und belegte sie mit Beschlag, ebenso ein altes, abgegriffenes Notizbuch, das der Gerichtsbeamte nach flüchtiger Durchsicht achtlos beiseite gelegt hatte.

Crayton hatte sich als Anwalt Milners verpflichtet gefühlt, der Kommission beizuwohnen, obwohl er hierzu nicht aufgefordert worden war. Er hielt sich die ganze Zeit über bescheiden im Hintergrund, aber es entging ihm kein Wort, und seine erwartungsvoll funkelnden Augen verrieten, daß er ununterbrochen bei der Sache war.

Als endlich die Frage des Kurators aufgeworfen wurde, die sich durch das Fehlen eines Testaments ergab, hielt er seinen Augenblick für gekommen.

»Ich möchte darauf aufmerksam machen, daß ich den Toten seit fünfzehn Jahren vertreten habe und mich daher wie kein anderer in seinen Angelegenheiten auskenne«, sagte er bescheiden und machte vor jedem der Kommissionsmitglieder einen Bückling. »Ich habe auch noch eine Forderung von ungefähr achthundert Pfund...«

Burns fuhr wie der Blitz herum und sah den Anwalt durchdringend an.

»Wofür?«

Crayton knickte etwas zusammen, aber dann setzte er eine gekränkte Miene auf.

»Das werde ich natürlich spezifizieren und belegen«, erwiderte er mit Würde. »Übrigens glaube ich, daß dies nicht Sache der Polizei, sondern des hohen Gerichtes ist«, fügte er mit einem devoten Blick auf den Beamten hinzu, und dieser schien derselben Ansicht zu sein.

»Wenn Mr. Crayton den Verstorbenen tatsächlich so lange vertreten hat, so finde ich es allerdings richtig ...«

»Einen Augenblick, Sir«, schnitt ihm Burns das Wort ab. »Ich möchte Sie darauf aufmerksam machen, daß eine voraussichtlich erbberechtigte Person, Miss Ann Learner, im Hause ist, und daß diese das Recht hat, in dieser wichtigen Frage ebenfalls gehört zu werden. Bitte, lassen Sie sie holen, bevor Sie Ihre Entscheidung treffen.«

Der Beamte zuckte etwas ärgerlich die Schultern, ließ sich aber doch bestimmen, dem Wunsche Burns' Rechnung zu tragen.

Als Ann Learner eintrat, machte ihre Erscheinung sichtlich einen außerordentlichen Eindruck. Sie sah von einem zum andern, und ihre Miene verriet, daß sie zur Abwehr irgendeines Angriffs gerüstet war.

Crayton ließ es sich nicht nehmen, sie sofort mit einer Herzlichkeit zu begrüßen, als ob er mit ihr auf sehr vertrautem Fuße stände, aber Ann sah ihn nur verwundert an und kehrte ihm den Rücken.

Der Anwalt hätte seine Sache jedoch sicher nicht so leicht verlorengegeben, wenn nicht Burns in seiner entschiedenen Art eingegriffen hätte. Er schob den schwatzenden Crayton mit einer ruhigen Armbewegung beiseite und nahm dann Ann bei der Hand.

»Die Sache ist die, Miss Learner«, erklärte er, und seine Stimme klang sanft und väterlich, »daß wir kein Testament vorgefunden haben und daß daher ein Vermögensverwalter bestellt werden muß, bis die gesetzlichen Erbansprüche geregelt sind. Nun meint Mr. Crayton, daß er dafür der geeignete Mann sei, aber ich habe beantragt, daß man auch Sie darüber hören soll. Wie ist es also: Sind Sie mit Mr. Crayton einverstanden?«

Ohne einen Augenblick zu überlegen, warf Ann den Kopf zurück und antwortete mit einem scharfen »Nein«.

»Schön«, meinte Burns. »Können Sie nun vielleicht jemanden anders vorschlagen, Miss Learner? Wissen Sie irgend jemanden, zu dem Sie Vertrauen haben und der für dieses Amt geeignet wäre?«

Das junge Mädchen geriet in Verlegenheit, denn sie mußte sich sagen, daß sie völlig allein stand und auch nicht einen Menschen kannte, dem sie zumuten durfte, sich für ihre Interessen einzusetzen. Endlich fiel ihr ein, daß sie vielleicht William Brook darum bitten könnte, der ihr stets soviel Anteilnahme entgegengebracht hatte, und sie nannte zögernd seinen Namen.

»Brook & Sons...? Kenne ich«, sagte Burns. »Eine der ersten Firmen der City, Sir«, wandte er sich an den Gerichtsbeamten, »und ich glaube, daß dagegen das Gericht wohl keinen Einspruch erheben wird.«

»Jedenfalls werde ich den Antrag stellen«, erwiderte der Beamte, der plötzlich überaus entgegenkommend geworden war, und machte Ann eine sehr höfliche Verbeugung.

Als Ann das Zimmer verlassen wollte, stürzte Crayton auf sie zu und faßte sie unsanft am Arm.

»Das soll Ihnen teuer zu stehen kommen«, zischte er ihr zu, und in seinen geröteten Augen blitzte es drohend auf.

Ann entwand sich seinem Griff und eilte fluchtartig davon.

»Mr. Crayton«, sagte Burns, »finden Sie sich damit ab, und machen Sie keine Dummheiten. Ich glaube, daß Sie für die Sache ohnehin nicht genügend Zeit gefunden hätten, weil Ihnen in den nächsten Tagen das Eiserne Tor einiges zu schaffen geben dürfte.«

Der Anwalt zuckte wie unter einem Peitschenhieb zusammen und starrte den Oberinspektor mit entsetzten Augen an.

17

Ann Learner stand bereits im Begriff, ihre Firma anzurufen, als sie sich die Sache wieder überlegte und den Entschluß faßte, lieber in die Stadt zu fahren und Mr. Brook ihr Anliegen mündlich vorzutragen. Sie konnte noch bequem den Mittagszug erreichen, und da ihr Chef nie vor vier Uhr das Kontor verließ, hatte sie die Gewißheit, ihn dort anzutreffen.

Sie machte rasch Toilette, und da sie seit dem schrecklichen Geschehen keinen Schritt aus dem Hause getan hatte, bedeutete die Fahrt für sie eine Abwechslung, der sie mit einer gewissen erwartungsvollen Ungeduld entgegensah.

Wenn Ann aber ehrlich gegen sich gewesen wäre, hätte sie sich eingestanden, daß die Ungeduld, die plötzlich über sie gekommen war, von einer geheimen Sehnsucht und Hoffnung herrührte, aber das junge, hübsche Mädchen war nicht ehrlich gegen sich, sondern redete sich nachdrücklich ein, daß sie nur das fieberhafte Bedürfnis habe, wieder einmal unter Menschen zu kommen.

Ohne nach rechts oder links zu blicken, legte sie den Weg zum Bahnhof zurück, und es schien, als ob sie mit ihrer Eile einer unliebsamen Begegnung entgehen wolle.

Aber als sie allein im Abteil saß und der Zug sich in Bewegung setzte, spiegelte sich in ihrem Gesicht etwas wie Enttäuschung wider, und sie starrte trüben Blicks auf die vorüberfliegende herbstliche Themselandschaft.

Sie hörte nicht, daß die Tür geöffnet wurde, und erst als Crayton sich vernehmlich räusperte, wandte sie sich um und sah die klebrigen kleinen Augen des Anwalts hämisch auf sich gerichtet. Er ließ sich ohne viele Umstände ihr gegenüber nieder, und als sie unwillkürlich aufspringen wollte, drückte er sie mit seiner dürren, behaarten Hand kurzweg auf ihren Sitz zurück.

»Bleiben Sie hübsch ruhig sitzen, Miss Learner«, sagte er mit einem widerlichen Grinsen, »und lassen Sie uns vernünftig reden. Es wird nur zu Ihrem Besten sein, wenn Sie mich anhören und wenn Sie sich entschließen, mit mir gut auszukommen. Ich bin zu lange

Anwalt Ihres Onkels gewesen, um nicht verschiedenes zu wissen, was auch Ihnen sehr unangenehm werden könnte. Und außerdem« – er wog sichtlich jedes Wort, bevor er es aussprach – »möchte ich Sie darauf aufmerksam machen, daß vielleicht verschiedene Ansprüche geltend gemacht werden könnten. Es wäre ja möglich, daß Milner bei seinen Geschäften die eine oder andere sehr bedeutende Verpflichtung eingegangen ist, die vielleicht erst später präsentiert werden wird. Da könnte es leicht passieren, daß Sie um alles kommen, was Ihnen so plötzlich zugefallen ist. Der alte, ehrliche Mr. Brook würde Ihnen da kaum helfen können. Vielmehr würden Sie einen gerissenen Anwalt brauchen, wie ich es bin ... Was haben Sie denn überhaupt gegen mich, Miss Learner«, fuhr er einschmeichelnd fort und sah sie mit lüsternen Augen an. »Sie wissen gar nicht, wie gut ich Ihnen bin. Wenn Sie ein bißchen freundlich zu mir wären, würde ich Ihnen Dienste leisten, die Sie heute nicht einmal ahnen können ...«

Ann verharrte wie gelähmt. Sie war weder imstande, etwas zu erwidern noch zu fliehen, und Crayton war entschlossen, ihre Hilflosigkeit auszunützen.

Er nahm ihre Hand, die sie ihm apathisch überließ, tätschelte sie zärtlich und drückte sein unsauberes, stoppeliges Gesicht darauf.

»Sehen Sie, Kindchen«, flüsterte er, und seine Augen funkelten gierig, »so gefallen Sie mir. Und es wird Ihr Schaden nicht sein, wenn Sie etwas lieb zu mir sind ...« Er setzte sich plötzlich neben Ann und legte seinen Arm begehrlich um ihre Schultern. »Schließlich bin ich ja ...«

Ann fuhr wie aus einem fürchterlichen Traum empor, aber sie wußte noch lange Zeit nachher nicht, was sich in diesem Augenblick eigentlich zugetragen hatte ...

Sie hatte nur plötzlich einen großen dunklen Schatten wahrgenommen, einen gewaltigen, polternden Krach gehört, und als sie dann nach einer Weile die Augen aufschlug, saß auf dem Platz ihr gegenüber, den kurz vorher der Anwalt eingenommen hatte, jemand anders.

Sie schloß rasch wieder die Lider und begann nach einer Weile durch das Fenster zu blinzeln, um sich zu vergewissern, ob sie wache oder träume.

Aber da waren die endlosen Züge, die nach Osten und nach Westen rollten, da waren die Themsedampfer, die mächtige Rauchschwaden in die Luft stießen und deren Sirenen ihr scharf ins Ohr gellten.